AF433528

La Campana Nazi

Rubén Azorín Antón
Juan Vicente Azorín Antón

Título: **La Campana Nazi**
© Rubén Azorín Antón y Juan Vicente Azorín Antón

Julio 2021
ISBN: 9798529278581

Ilustración y maqueta de cubierta: Alexia Jorques
Maquetación interior: Valerie Miller

Sello: Independently published

Otras obras del autor:

Luna Apogeo (2014)
Luna Nuevo Mundo (2016)
La Torre Tesla (2017)
Cosmódromo (2019)
Spin nulo (2020)

DEDICATORIA

A Vicente Antón Marco

AGRADECIMIENTOS

A nuestros padres, a nuestras mujeres y a nuestros hijos, por
estar siempre ahí.

PRÓLOGO

El sueño de Nikola Tesla se había cumplido. Sus seguidores continuaron el proyecto en la sombra durante décadas hasta que, capitaneados por su biznieta Luz, lograron distribuir estratégicamente una red de Torres y ofrecer al planeta energía limpia, sin límites, con mínima infraestructura y de forma casi gratuita.

Por poco tiempo.

Gobiernos, lobbies e intereses macroeconómicos-supranacionales luchan por adueñarse del milagro de la energía regalada y, agitando impuestos y amenazas, la quieren restringir a lugares aislados y a ubicaciones testimoniales donde no se vulneran sus réditos, subvirtiendo así una noble y altruista génesis.

…Si pudieran gravar el aroma de las flores…

Philippe Hawk, el catalizador del vuelco energético, eludiendo el síndrome del impostor y esquivando represalias a su implicación en aquel caso, ha permanecido colgado en un ostracismo autoimpuesto todo este tiempo…

ÍNDICE

1

DUNDEE

—Sé que está ahí dentro. Abra la puerta, por favor.

No había contestado al telefonillo exterior ni al timbre del rellano, pero aquel individuo no se rindió y continuó aporreando la puerta de mi apartamento. En ese momento di por hecho que no iba a poder librarme de él.

—Pregunto por el señor Dundee.

Escuchar llamar a mi propio *alter ego* por un desconocido fue una señal de alarma. Podría contar con una mano las veces que alguien lo había usado para dirigirse a mí sin presentarme yo antes. De cualquier forma, no quise dar mi brazo a torcer.

—No está. Lo siento.

—¿Y quién es usted?

—Eso no viene al caso. Lo único que importa es que no nos interesa lo que vende.

Sabía perfectamente que los vendedores a domicilio prácticamente se habían extinguido y que no iban por ahí conociendo los nombres de todos los propietarios, salvo que fuesen a tiro hecho. Pero fue lo primero que se me ocurrió para ganar tiempo.

—Aguardaré aquí hasta que abra la puerta.

Intuía que no iba a encontrarme con nada bueno al otro lado, pero ¿qué podía hacer? Acabé cediendo y la abrí. Mi instinto no me engañó. El individuo que me encontré al otro lado, de unos cincuenta años, con pelo cano, ojos claros inexpresivos y traje oscuro solo podía significar problemas. Sabía que aquella visita acabaría llegando, pero no tan pronto. El tipo apoyó un elegante paraguas junto a la puerta. Me llamó la atención el puma tallado a mano del mango de madera. De haberse tratado de un loro, bien podría haber sido el paraguas parlanchín de alguna película infantil. Los segundos que esperé un rugido de la talla bastaron para que el tipo se me colase en el apartamento.

—Tiene los zapatos mojados.

Sé que no fue muy ocurrente, pero estaba enfadado con su atrevimiento.

—Lo siento. No había alfombrilla.

—¿Tiene algo en contra de la de mi vecino?

El hombre no se molestó en responderme, ni siquiera se volvió. Lo que hizo fue enfundarse unos guantes de cuero negro y pasearse abriendo puertas y fisgoneando sin disimulo por todas partes. Probablemente para comprobar que no había nadie más.

—¿Lo de cubrir con plástico los muebles del salón y dos de las tres habitaciones es por algo en especial?

—El apartamento no es mío.

—No es suyo... ¿Cuánto tiempo lleva viviendo en él?

—Unos dos años.

—Dos años sin quitarle el plástico al sofá del comedor ni al televisor…

—Ya le he dicho que no es mío. Uso lo que necesito. ¿Es usted decorador?

—¿Y qué necesita, señor Dundee?

Aquel entrometido estuvo a punto de enojarme, pero supe controlarme. Un detective no siempre tiene que dejarse llevar por sus instintos primarios. Aunque reconozco que, a mí, este punto no se me da especialmente bien.

—Cocina, dormitorio y cuarto de baño... Eso es lo que necesito. Y no en ese orden.

El hombre me miró fijamente. Sus ojos podrían haber sido de vidrio, no transmitían sensación alguna. Colocó la lengua detrás del labio inferior y la hizo chasquear un par de veces. Supongo que no me creyó. Allá él, era la verdad.

—Vayamos a su habitación entonces.

—Le sigo.

Noté una ligera cojera y la diferencia de grosor en las suelas de las botas me dejó claro que acusaba algún problema. El sujeto se llevó el dorso de la mano izquierda a la nariz nada más entrar, como si estuviese oliendo un perfume de prueba en su caro guante, aunque el gesto de su rostro evidenciaba que se trataba de todo lo contrario.

—Tampoco abre las ventanas porque no son suyas o... ¿es que le molesta el aire puro?

—No las abro porque está lloviendo. Aquí siempre está lloviendo.

Si quería un recibimiento por todo lo alto, que hubiese concertado una cita.

—Disculpe, no pretendía ofender. ¿Puedo hacerle otra pregunta?

—¿Puedo evitarlo?

—¿Quién se esconde en la ciudad de al lado de donde ha vivido y trabajado durante años?

Ese comentario fue la confirmación de que aquel entrometido traía problemas con mayúsculas.

—Diga a qué viene, prefiero que nos ahorremos el teatro.

El tipo dejó una tarjeta dorada sobre el colchón de mi cama deshecha.

—Esto podría salvarle de envenenarse con el engrudo que hay en el perol de la cocina. Y tranquilo, solo soy un mensajero.

De un vistazo comprobé que era una tarjeta canjeable de cinco mil créditos. No estaba mal, pero un abultado sobre lleno de billetes como en la era precréditos me hubiese tentado más. La cogí.

—Habrá más de estas…

—¿Qué quiere de mí?

—Quiero que me acompañe. Ha sucedido algo y necesito su ayuda.

—Basta de juegos. Usted no es un simple mensajero y ambos lo sabemos.

—Y tampoco vengo a por el señor Dundee, sino a por usted.

—Ah ¿sí? ¿Y quién soy yo?

—Un muerto que no quiere volver a la vida

—En eso estamos de acuerdo. ¿Acaso tiene usted el poder de resucitar a los muertos?

—Yo no, pero vengo de parte de alguien que sí. Ese alguien me previno de que usted era muy testarudo y que el dinero por sí solo no sería suficiente para convencerle.

El hombre me ofreció un sobre completamente blanco. Tan fino que parecía vacío.

—¿Qué hay aquí?

—Lo desconozco. Solo sé que cuando lo abra vendrá conmigo.

—¿Y si no lo abro?

—Todo el mundo sabe que los detectives son curiosos por naturaleza.

En eso estaba en lo cierto, pero no tenía por qué abrirlo delante de él.

—También sabe todo el mundo que la curiosidad mató al gato.

—Entonces todavía le quedan seis vidas… no creo que eso suponga un problema para usted.

Abrí el sobre. Contenía un papel celofán A5 con una sola frase escrita a mano. «Acepte el caso. Luz». La firma hizo que mi seguridad se tambalease con violencia. Eso significaba que Luz me había tenido controlado todo este tiempo. Aquella mujer jugó conmigo en Europa, me metió en muchos líos y también me salvó la vida. Así que no tenía más alternativa que aceptar.

—¿Le dejo vestirse, entonces?

No me gustó nada la sonrisa de superioridad que asomó en su rostro tras la pregunta.

—Será solo un minuto.

Aproveché el momento para cerrarle la puerta en las narices y quedar solo en mi cuarto.

La terrible sensación de ir desgranando días inútiles estaba acabando conmigo. La clandestinidad no es lo mío y jugar a vivir con una personalidad falsa, por perogrullada que parezca, me impedía ser yo mismo. La única relación social permanente que mantenía era con Carl, el mánager del gimnasio de barrio donde entrenaba boxeo. Aproveché la noticia del accidente de un vuelo que no llegué a coger para dejar que quienes me estuviesen buscando me dieran por muerto y se olvidasen de mí. Luego evité darme a conocer en la medida de lo posible, incluso con mi nombre falso. Obviamente Luz sabía que seguía con vida, ella preparó el engaño. Y el riesgo de que alguien más me quiera encontrar siempre estará ahí. Así que al comprender que aquel tipo me estaba presentando una oportunidad de regresar a mi vida, con la mano todavía cerrando la puerta, sonreí para mis adentros.

No tenía intención de cambiarme de ropa, con solo coger la gabardina era más que suficiente. Al abrir el armario y volver a verla al fondo, algo me atravesó el estómago. Llevaba más de dos años abandonada allí. Al tocarla sentí una descarga de electricidad, en el sentido metafórico de la palabra. Algo muy diferente a las descargas mortales que rodeaban a mi taimada Luz. Me la puse y, al guardar el móvil en el bolsillo interior, noté algo. Allí estaban las gafas con micrófono para poder grabar en tiempo real cualquier momento de una investigación. Las encendí y, pese a la larga inactividad, el piloto se puso en verde. ¡Qué gran invento el T-Candle que llevaba al cuello! Debía haber estado cargándolas en silencio durante todo este tiempo, como hacía con la batería de mi teléfono móvil. Me las puse. Ya no era policía y tampoco detective privado. Ahora era una especie de fantasma vagando en el purgatorio de los expolicías, exdetectives, exvivos. Pero me acababan de contratar para algo distinto y yo me comprometí en algún delirio a grabar y documentar todas mis pesquisas. Cumpliría con mi promesa por si por fin decidía volver a la vida. Además, tenía que reconocer que la última vez las grabaciones desempeñaron un papel fundamental. Así que cogí la gabardina, el smartphone y las gafas con micro. El atuendo del detective 2.0. Pero me faltaba una cosa. Abrí de nuevo el armario y recogí una antigua boina del fondo del estante superior. Al ponérmela descubrí que a mí no me venía grande. Llovía y me vendría bien llevarla, se lo debía al fiel y servicial Luka, todavía presente en mis recuerdos.

Como se puede ver, no siempre se trata de la visita de un marido cabreado o de una mujer despechada al romántico cuchitril que se espera tenga un detective privado como oficina. O, como por desgracia viene siendo cada vez más habitual, mediante un frío y distante *email* o videollamada.

Aquí concluye el audio que he incluido algo más tarde para que quede constancia de cómo me contrataron para este asunto. Podría servir tenerlo archivado. Para recuperar las conversaciones he usado las IPCAM de seguridad que vigilan el apartamento. El primer día pensé que solo servirían para que algún *hacker* me viera deambulando en calzoncillos por el piso. Nunca se sabe lo que nos depara el futuro, ¿verdad? Pido disculpas por lo mal que se escucha. De ahora en adelante, todo quedará registrado con el nítido sonido de las gafas en tiempo real, y mis añadidos explicativos. No siempre puedo pensar en voz alta.

2

SEÑOR WHITE

—Ya estoy listo.

El hombre me miró de arriba abajo, pero se ahorró el comentario. Yo también me había ahorrado unos cuantos, así que estábamos en paz. Al salir del portal me ofreció el paraguas, pero prefería resguardarme bajo la boina y las solapas de mi gabardina. Era 14 de febrero y podían confundirnos con una pareja de enamorados.

Nos dirigimos al polideportivo. Habían reconvertido las pistas de baloncesto en draxipuertos. Solo una de las canastas seguía allí. Solitaria y sin red, pero altiva. Como un último bastión de otros tiempos. ¿Todavía jugarían los jóvenes en ella? En el centro de la cancha había un draxi de los caros. Al acercarnos, las dos puertas se abrieron de forma automática convirtiéndolo en un gigantesco insecto mecánico. El sujeto manipuló el móvil y las cuatro hélices se pusieron en marcha. Una vez en el aire me bajé el frontal de la boina para intentar echar una cabezada. No tenía ganas de conversar más con aquel tipo, pero mi estratagema no funcionó.

—¿Por qué Dundee?

—¿Importa?

—Simple curiosidad.

—Es por una vieja película. El protagonista me caía simpático.

Era cierto. Ahora me parece ridículo, pero en aquel momento tuve que decidir un nuevo nombre en cuestión de segundos. Philippe Dundee. Al menos mantuve mi nombre de pila y me ahorré lo de Cocodrilo. Durante un tiempo hasta pensé que sonaba bien.

—Yo soy Fenimore, James Fenimore.

Su nombre, en caso de ser verdadero, también tenía guasa. Pero me ahorré la pregunta de ¿por qué Fenimore? Al parecer los dos años de inactividad y aislamiento me han hecho madurar y pude controlar mi sentido del humor.

—Me gustaría decir que mucho gusto, Fenimore.

Volví a bajarme la visera de la boina y cerré los ojos. Esa vez 'mi amigo' James me entendió y me dejó en paz. Me incorporé cuando los altavoces del draxi anunciaron que estábamos entrando en el espacio de vuelo restringido de la zona rica de la ciudad. Solo los propietarios de las mansiones tienen permiso para sobrevolarla y con muchas restricciones. Por ejemplo, solo se permite un coche volador por propietario. Era como visualizar Bervely Hills desde el cielo. El dron se estabilizó sobre una hacienda cuyos terrenos no parecían tener fin. En la mansión que ocupaba su centro podrían vivir más de cien personas con holgura. Saqué un bote de crema espesa y empecé a embadurnarme la cara. No quería sorpresas y menos en un distrito bajo la jurisdicción de mi antiguo departamento de policía. Si había cámaras solo verían un reflejo en lugar de mi rostro. Algo así como una aparición fantasmagórica, algo bastante apropiado dadas las circunstancias. Después de tantos años en el negocio se aprenden trucos. Fenimore me miró con curiosidad.

—Solo me estoy echando un protector solar.

—¿En un día nublado y lluvioso?

—Nunca se sabe, amigo. Soy un tipo delicado.

El dron descendió en vertical y tomó tierra de forma autónoma en el puerto privado de aquel ricachón. Al tocar suelo se iluminó una senda en el suelo que conducía hasta la mansión. Seguimos las luces magnificadas por un halo a consecuencia de la lluvia y la bruma. Pese al mal tiempo se podían distinguir no solo los jardines perfectos, adornados con olivos y pinos podados con formas de animales, sino también las fuentes y estanques iluminados a ambos extremos del camino. Fenimore caminaba usando el paraguas como bastón y disimulaba a la perfección su cojera. Un complemento muy apropiado en esta lluviosa ciudad. Cuando llegamos al porche de la entrada principal, la visera de mi boina parecía una fuente más de aquel edén. Fenimore dejó el paraguas en un cubo y se limpió los zapatos en la alfombrilla, no sin antes echarme una mirada, ahora sí, reprobatoria. Le imité por un instante y, sin convencimiento, restregué un par de veces las suelas de mis ajadas botas.

Nos recibió un individuo vestido de esmoquin con cara de circunstancias y mirada limpia. Se apresuró a tomar el abrigo de James y luego mi gabardina y boina. Al notar que estaban empapadas las separó un poco del cuerpo.

—Puede escurrirlos, si quiere.

El recibidor era enorme. Techo alto y con una amplia escalera en espiral que daba acceso a la segunda planta. Lo decoraban peanas con estatuas de mármol, muebles antiguos y lámparas colgantes. En los extremos había cuatro puertas cerradas. El mayordomo se perdió por un discreto acceso de servicio.

—Usted dirá, James…

—Acompáñeme.

Eso hice dejando unas huellas todavía húmedas en la moqueta de la escalera. Arriba había un descansillo del que salían dos pasillos descubiertos que bordeaban las dos alas. Tres puertas a cada lado. Todas cerradas. Había cámaras de seguridad tanto en la estancia principal como en los pasillos, pero el piloto parecía apagado. James tomó el corredor de la derecha. Abrió la segunda puerta y se apartó unos pasos.

—Le esperaré aquí fuera si no tiene inconveniente.

—Como prefiera. Si me escucha hablar no se preocupe, me ayuda decir en voz alta lo que veo.

Activé la cámara del móvil y entré. Como ya comenté anteriormente, es la regla número uno de un detective en la nueva era digital. Una vez dentro empecé a referir lo que veía en voz alta.

—Estancia amplia. Mezcla entre despacho y biblioteca. La mesa de escritorio destaca en el centro. En el sillón hay un hombre de edad avanzada, sesenta y pocos, ligeramente reclinado hacia atrás con los brazos cruzados sobre el pecho, ojos abiertos y facciones plácidas. Es evidente que está muerto. Tomo fotos panorámicas y me acerco. No hay signos de violencia. Viste un pijama señorial bajo un caro albornoz. Lleva alianza y vuelve a sorprenderme la placidez de su rostro. Sobre la mesa solo hay una copa con una oliva flotando en el agua de los hielos, un cuenco con frutos secos casi vacío y un libro cerrado que parece antiguo y bien conservado. Título: *Historia de la música*, volumen IV. Reviso la biblioteca. Hay un hueco entre una extensa colección de volúmenes que abarcan todos los periodos y disciplinas de la música. Debe corresponder al de la mesa. Hay una lámpara de techo y dos más discretas de pared en las columnas laterales. Me llama la atención un elegante gramófono en una mesita auxiliar con la aguja levantada y un vinilo girando sobre el plato. Parece una pieza cara de coleccionista.

Antes de continuar me asomé al pasillo en busca de James. Hay que ser extremadamente cuidadoso en la posible escena de un crimen y más, cuando eres el primero en llegar. Pues esa era la impresión que tenía. James Fenimore estaba de espaldas asomado a la estancia inferior con los brazos en cruz sobre la barandilla.

—¿Y la policía?

—La avisaremos en cuanto usted nos diga.

Le miré con suspicacia.

—¿Podría decirme qué papel juega usted en todo este asunto? Su presencia aquí le convierte en sospechoso en el caso de que se hubiese cometido un crimen.

—Solo soy un amigo de la familia.

—¿Cuándo lo encontraron?

—Esta mañana.

—¿Estaba usted presente?

—No. Hace años que no vengo.

—¿Me prestaría sus guantes por un momento?

Fenimore se lo pensó, pero acabó por entregármelos. Me los enfundé y entré de nuevo en la biblioteca, ahora bajo la vigilante mirada de Fenimore desde el dintel de la puerta. Lo ignoré y seguí registrando los detalles, pero siempre intentando darle la espalda.

—La única ventana de la estancia está cerrada desde dentro y sin forzar. Persiana y cortina pasadas. La bebida es un *bourbon* con algo de angostura y soda, para el alcohol tengo buen olfato. Detengo el disco con un dedo para fotografiar el título. No parece una etiqueta profesional. Pone «Una puerta a otro mundo». Hay una zona de la biblioteca dedicada a vinilos. No encuentro la portada vacía. Hago fotos a varios de los ejemplares. Vuelvo al libro que hay sobre la mesa. El dueño ha usado unas entradas de teatro como marcador. Lo abro. «Los orígenes de la música se remontan a... bla, bla, bla». Parece muy aburrido, pero no sé si lo suficiente para morirse. Ojeo el libro y hago fotos. Vuelvo a la biblioteca y hago fotos también de los otros volúmenes de la historia de la música que hay en la misma estantería. Por el reflejo de un cristal de la vitrina descubro que James ya no está en la puerta. Me acerco al cadáver para examinarlo con más detalle. Nuca, cuello, muñecas, sienes. Le abro la boca y compruebo garganta y debajo de la lengua. Nada sospechoso. Doy por terminada la inspección.

El corredor estaba vacío cuando abandoné la estancia. Me asomé a la planta inferior y pude ver a Fenimore en el vestíbulo hablando con familiaridad con el mayordomo justo antes de que este último se marchase. No me gustó. Comprobé que el resto de las puertas del pasillo estaban cerradas y bajé en su busca. James, al verme al pie de la escalera, se acercó.

—¿Cuál es su conclusión? —preguntó, recogiendo los guantes que le tendí.

—Es demasiado pronto para conclusiones. Supongo que este casoplón tendrá alarma.

James asintió ligeramente.

—¿Estaba conectada anoche?

—Por supuesto. Ninguna alerta.

—¿Las cámaras de seguridad?

—También estaban en funcionamiento. Las he revisado personalmente y no hay nada sospechoso. Aquí tiene un USB con las grabaciones —dijo, adelantándose a mis intenciones—. Y no se preocupe, ahora están apagadas.

—¿Dónde está el personal? No creo que una hacienda como esta se mantenga tan impoluta con un solo mayordomo.

—Están todos en la casa de invitados.

—¿Dónde ha ido el mayordomo?

—Ha tenido que ausentarse para hacer un recado. Volverá pronto.

—¿Un recado, ahora? ¿De qué han hablado?

—Solo me ha dicho que ha hecho lo que ha podido con su ropa. Está en el perchero.

El repiqueteo de la lluvia contra las ventanas arreció en ese momento. Así que recogí la gabardina y la boina antes de salir. El mayordomo había hecho un buen trabajo con ellas y estaban prácticamente secas. Seguí a James hasta la casita de invitados. Todo el personal nos esperaba en la entrada y, uno a uno, se fue presentando con un tímido paso al frente.

—Domingo Cruz, jardinero de la hacienda del señor White.

—Shara Ferguson, me ocupo de la cocina.

—Melinda Reed, ama de llaves.

—Amanda López, ama de llaves.

Todos estaban visiblemente nerviosos. James, sin molestarse en presentarme, me animó con un gesto para que tomase la palabra. Me quité la boina y me planté frente a ellos.

—Mi nombre es Philippe Dundee y quisiera hacerles algunas preguntas sobre lo sucedido anoche.

Todos asintieron y bajaron la vista.

—¿Quién de ustedes encontró al señor White?

El ama de llaves que respondía al nombre de Melinda, levantó tímidamente la mano y habló:

—Fui yo, señor. A primera hora de la mañana.

—¿Estaba usted sola?

—Todos los días a las seis de la madrugada Tom y nosotras dos vamos a la casa a prepararlo todo antes de que se levante el señor. Yo suelo ocuparme de la planta superior. Nada más subir la escalera vi luz en la biblioteca y lo encontré.

—Lo tocó.

—No. No me respondía y pegué un grito. Me quedé quieta hasta que vinieron los dos.

—¿Los dos?

—Tom, el mayordomo, y mi compañera Amanda.

—¿Viven todos aquí?

—Sí. Todos menos Domingo, el jardinero.

—¿A qué hora se retiran de la vivienda por la noche?

La gruesa cocinera dio un nuevo paso al frente.

—Yo suelo ser la primera. A las 20:00, poco después de servir la cena. Melinda y Amanda suelen llegar sobre las 21:00 y les dejo algo preparado. Tom siempre es el último.

—¿Sucedió esa noche algo fuera de lo común?

Todos negaron con la vista fija en la punta de sus respectivos zapatos.

—Señorita Melinda, ¿estaba la puerta principal cerrada y la alarma activada?

—Eso es labor de Tom, pero yo diría que sí.

—¿Vivía solo en la casa el señor White?

Cruzaron las miradas antes de responder con un asentimiento. Eso no me cuadraba. El cadáver llevaba puesta una alianza en la mano y también vi un par de fotos en el despacho y entrada en las que aparecía junto a una mujer.

—¿Dónde está la señora White?

—Se encuentra fuera —dijo Melinda.

—¿Lleva mucho tiempo fuera?

—Poco más de un mes. Viaja mucho.

—¿Negocios o placer?

No respondieron.

—Muchas gracias. No les molesto más.

Sus respuestas me parecieron sinceras, excepto en lo relacionado con la señora. Supuse que algo privado ocurría entre la pareja. Probablemente se habían dado un tiempo o quizá algún o alguna amante ocasional fuera de tiempo. En ese momento no pensé que la ausencia de la señora pudiera estar relacionada con la muerte del señor White. Principalmente porque todo apuntaba a una muerte natural. Un infarto o un derrame cerebral. Fenimore se encogió de hombros y salimos fuera.

—Ya puede llamar a la policía.

—¿Está seguro? ¿No tiene más preguntas? En cuanto la policía entre en escena, ya no podrá volver a la casa.

—No necesito volver a la casa.

—Entonces imagino que ya se ha formado una opinión de lo sucedido.

—No se les ha ocurrido pensar que no hay caso, que se trata de una muerte natural.

—¿Está seguro de eso?

—No hay nada seguro. Eso lo determinará la autopsia. Lo que realmente me intriga es que me llamasen a mí antes que a la policía. ¿Quién le mandó a buscarme?

—La señora White. Ella no opina lo mismo que usted respecto a las causas de la muerte de su marido. Ella sospecha que…

—¿Y usted qué sospecha? —le interrumpí.

—No tengo una opinión clara —dijo con ojos fríos.

—¿Puedo hablar con la señora para que sea ella misma la que me dé su opinión?

—Me temo que no es posible.

Aquel individuo me estaba tocando las narices.

—Entonces le agradecería que me llevase de vuelta a mi apartamento.

—Como desee… Aquí tiene otros cinco mil créditos por las molestias.

Fingí rechazarlos con un movimiento de mano.

—Ha venido hasta aquí. Así que son suyos.

Acabé aceptándolos. Si insistía tampoco era cuestión de rechazarlos.

—No discutiré.

—Habrá más si continúa con el caso.

3

TOM

James Fenimore me dejó en la cancha de baloncesto. Me niego a llamarlo draxipuerto. No es que hubiese hecho mucho deporte durante mi infancia, pero aquellas pistas se habían convertido en parte del paisaje. Un viejo mueble que recuerdo con cariño. Me subí las solapas y me calé la boina para protegerme de la lluvia en los doscientos metros que me separaban de mi edificio. Al meter las manos en los bolsillos noté algo que antes no estaba. Lo apreté en mi puño y decidí atenderlo más tarde, seco y con una copa de *bourbon*. Llegué al portal calado hasta los huesos. Y, al contrario que mi maleducado visitante, usé la alfombrilla del vecino antes de entrar al apartamento. Me quité la ropa y me di una ducha antes de consultar con el *whisky*.

Lo que alguien había metido en mi gabardina era una tarjeta de un pub llamado *Paraíso*. No era la tradicional caja de cerillas promocional como en las viejas películas, pero hacía su papel. En la parte trasera había una hora escrita a mano: '19:00'. Aún tenía tiempo. Combatí con kétchup el veneno de un cucharón de lo que Fenimore había llamado engrudo para acompañar la segunda copa y aproveché para revisar las grabaciones de audio de las gafas y completar el diario del caso. Si es que había caso. En mi opinión, lo que pasa por la mente de un detective es tan importante como sus palabras y actos. Seguramente nadie escuche esta historia y, si la escucha, dudo de que le sirva para mucho, pero a mí sí me resulta útil para centrarme y también para poder consultarlo más adelante y recordar ciertos detalles o conversaciones con exactitud.

He de confesar que, desde el principio, no me gustó este asunto que acepté como tabla de supervivencia y que tampoco me gustó ese tal James Fenimore. El prototipo de individuo del que no te puedes fiar. Mirada esquiva y labios finos. Resultaba evidente que sabía mucho más de lo que me había contado y todavía no tenía claro su interés en la muerte del señor White. Pese a todo, decidí acudir a la cita en el Paraíso. Como bien dijo James, la curiosidad es el punto débil de un buen detective. Confiaba en que el del bastón no fuese el autor de la nota. En teoría solo dos personas tuvieron acceso a mi gabardina, así que las probabilidades no jugaban a mi favor, pero algo me decía que aquel no era el estilo de James. A las 18:00, ya estaba preparado para salir. Gabardina, boina, gafas y móvil. Listo para documentar un nuevo capítulo. Cambié mis cómodas bambas por unas botas de invierno de cuero negro y cordonera hasta el tobillo, lo más parecido a unos zapatos que tenía para que me dejasen entrar.

Pedí un CityCab con la aplicación y, al salir a la calle, uno de aquellos taxis sin ojos ni alma me esperaba en la puerta. Agradecí la puntualidad, pues la lluvia no cesaba. Recliné el asiento y en la pantalla elegí un documental de historia. Estaba cansado de noticias y series. Llegamos con tan solo un minuto de retraso a lo estimado por el taxi. Bajé y el vehículo se marchó a mi espalda. En la callejuela en la que me encontraba no había más luz que el espectral y contradictorio cartel del pub Paraíso. Los hologramas de una palmera, un cóctel y una chica flotaban secuencialmente sobre la entrada. Este tipo de carteles estuvieron de moda durante un tiempo, pero ahora eran una rareza. Me resguardé bajo la repisa. La calle estaba desierta y dudé de que fuese a encontrar mucha gente en el interior. Si el que concertó la cita pretendía ser discreto, el tiro podía salirle por la culata.

Al acercarme, me topé con un gorila custodiando la puerta. Hay cosas que no cambian. Me miró de arriba abajo mientras compraba mi entrada con derecho a consumición en la taquilla virtual y, sin necesidad de otras credenciales, me dejó pasar moviendo los ojos. Tal vez tenía el resto de hipermúsculos agarrotados. Disponía de cuarenta minutos para hacerme una composición de lugar: camareros, personal, distribución del local, etcétera. Es importante localizar aseos y entradas o salidas secundarias. En este tipo de citas mi recomendación es llegar siempre con antelación. El pub tenía dos plantas. La parte inferior constaba de dos barras semicirculares que bordeaban una gran pista de baile. En ese momento no había más de seis o siete personas meciéndose sin mucho entusiasmo, más pendientes de las copas que sostenían que de la música. La segunda planta estaba dividida en varias parcelas VIP con cómodos sofás, sillas y mesas. No estaba lleno, pero había ambiente. Decidí esperar en la planta de abajo tomando algo en la barra desde una ubicación que me permitiese vigilar la puerta de entrada y las escaleras de acceso a la planta superior. Canjeé mi consumición y rechacé los cascos que me entregó la camarera. No tenía intención de bailar. La pista de baile se animó algo cuando activaron a tres chicas atractivas y a un joven atlético. Algunos de los clientes simularon bailar con ellos con bastante acierto, debían conocerse las coreografías. Cinco minutos antes de la hora pactada, entró al pub el mayordomo que nos abrió la puerta de la mansión. Esta vez la diosa fortuna estuvo de mi parte y salió cara. Nada de Fenimore. Seguía vestido de esmoquin, con una capa de dos colores al estilo del conde Drácula y la misma mirada serena. Lo podía vigilar cómodamente en el reflejo del cristal de la vitrina de las bebidas. Miró a su alrededor y subió por las escaleras. Apuré mi segunda copa, puse mi huella en la barra y fui tras él. Estaba en un reservado con capacidad para cinco plazas ocupando dos de ellas. Una él y la otra su capa perfectamente doblada. Así que el sofá de tres plazas estaba libre para mí. Se puso en pie al verme llegar y permaneció hasta que tomé asiento.

—Gracias por venir, señor…

—Dundee… ¡qué narices! Mejor llámeme Halcón.

Ya estaba bien de aquel ridículo nombre. Volvería a mi nombre de guerra, aunque en mi huella siguiera apareciendo Dundee, al igual que antes aparecía Hawk.

—Gracias por venir, Halcón.

—Eso ya lo ha dicho. Ahora dígame qué hacemos aquí.

—Quería hablar con usted.

—¿Por qué no lo hizo en la mansión?

—Hay muchos ojos y tengo una reputación que mantener.

—¿Una reputación? ¿De mayordomo? ¿En serio?

—Así es. En mi profesión, la confianza y la discreción van de la mano.

Lo dijo muy serio y se notaba algo ofendido, pero enseguida recuperó la compostura.

—Llevo más de treinta años sirviendo en la hacienda de los White y jamás…

—No dudo de su capacidad como mayordomo, pero le agradecería que fuésemos al grano. ¿Qué quiere de mí?

—Ponerme a su servicio.

—¿A mi servicio?

Asintió. ¿Es que se habían vuelto todos locos?

—Muy bien, su trabajo consistirá en responder a todas las preguntas que le haga. Si pienso que miente o titubea en sus respuestas, me marcharé. ¿Será capaz de hacerlo?

—Adelante.

—¿Quién es ese tal James Fenimore que llegó conmigo?

—Siento no poder serle de ayuda. No lo conozco de nada.

—¿Seguro? Dijo que era amigo de la familia.

—Como le he dicho, llevo más de treinta años sirviendo a los White y nunca antes lo había visto.

—Tengo entendido que usted fue el último en salir de la casa la noche de la muerte del señor White. ¿Notó algo inusual?

—Nada. Le preparé el baño y la ropa al señor. Más tarde le serví la bebida y, antes de retirarme, le pregunté si necesitaba algo más. Como todas las noches. El señor White era un hombre de rutinas.

—¿A qué hora exactamente se retiró?

—A las 23:00.

—¿Conectó la alarma?

—Por supuesto. Lo hago todas las noches. En mi profesión hay que ser metódico.

—¿Quién descubrió el cadáver?

—A la mañana siguiente entré con el personal de servicio a las seis en punto. A los pocos minutos escuchamos un grito de la señorita Melinda desde la planta superior. Amanda y yo subimos de inmediato.

Las versiones coincidían y aquella reunión parecía una absoluta pérdida de tiempo.

—¿Dónde está la señora White?

—Lo desconozco.

—¿Lleva mucho tiempo fuera?

—Un mes y diez días.

—¿Se llevaba mal con su marido?

—No que yo supiera. En mi opinión estaba asustada.

—¿Asustada?

—Eso es.

—¿Quiere decir que está escondida?

—Podría decirse así.

—¿Dónde fue esta mañana?

—Tenía que atender un encargo personal.

—¿De quién? Si el señor está muerto y la señora en paradero desconocido…

—De la señora White. Me pidió que le contase cuanto antes a un asesor de la familia lo sucedido.

—Así que no sabe dónde está la señora White, pero sí puede hablar con ella.

—Me facilitó una cuenta de correo electrónico antes de marcharse.

—¿Cómo sabía ella que su marido había muerto?

—La informé yo mismo nada más descubrir el cuerpo. Al igual que le informé de su visita a la hacienda junto con Fenimore. Fue ella la que me liberó de mis tareas y me pidió que me pusiese a su servicio.

—Querrá decir que me ayudase.

—Yo no ayudo, señor. Yo sirvo. Y lo hago de forma excelente. En mi profesión…

—Entendido. Veo que sostiene una comunicación muy fluida con la señora. ¿Podría preguntarle quién es el tal James Fenimore? Al parecer también se comunica con él.

—Lo haré de inmediato.

Cogí una servilleta y la desplegué sobre la mesita central y le tendí a Tom un bolígrafo que llevo como llavero.

—Ahora quiero que escriba los nombres, apellidos y números de móvil de todo el personal que trabaja en la hacienda, incluyendo el suyo. También la dirección de correo con la que se comunica con la señora White y la dirección y nombre del asesor al que fue a visitar.

El mayordomo sacó su propia pluma de la chaqueta y obedeció. Empezaba a caerme bien este tipo.

—Si quiere visitar al asesor debería acompañarle —dijo antes de devolverme la servilleta.

—¿Y eso?

—Digamos que no es alguien fácil de ver.

—Lo tendré en cuenta.

—Sería un placer acompañarle ahora mismo si quisiera.

—Por el momento no necesito ningún asesor y tampoco sus servicios. Así que lamento tener que despedirle.

—¿Está seguro?

—Probablemente no haya caso.

—La señora no opina así.

Fenimore dijo lo mismo.

—¿Y usted qué opina, Tom?

—Yo confío en la señora.

—¿Puedo hablar con ella?

—Puede probar con el email.

—No he visto un solo signo de violencia en el cuerpo. La habitación está perfecta. La alarma y las cámaras de seguridad tampoco registraron nada anormal la noche de autos. Así que si nadie puede aportar el menor indicio, lo mejor es esperar a la autopsia.

—La autopsia no encontrará nada y la policía archivará el caso. Eso es precisamente lo que quiere evitar la señora.

—¿Y eso cómo lo sabe?

—En la servilleta le he escrito cuatro nombres adicionales. Esa es la prueba.

Tanto secretismo empezaba a incomodarme. Le lancé una mirada de pocos amigos y me puse en pie. Tom también se levantó.

—Durante los próximos días estaré aquí a la misma hora por si me necesita.

—¿Por qué este sitio?

—A la señora le gustaba venir aquí cuando se escapaba… Ya me entiende…

Me levanté y pedí un CityCab para volver a mi apartamento.

4

MARGA

Al día siguiente me desperté tarde. El repiqueteó de la lluvia seguía sonando en la ventana. Consultando las noticias estatales y locales constaté que las mujeres del tiempo me gustaban de forma inversamente proporcional a lo que me gustaban los hombres del tiempo, pero no pude encontrar ni una sola referencia a la muerte del señor White. Esto me resultó sospechoso y en mi mente empezaron a dibujarse todo tipo de conspiraciones. Ninguno de los dos hombres con los que me reuní ayer, Tom y James, parecían de fiar. Usé el móvil para canjear los créditos y decidí investigar un poco más. No tenía noticia alguna de Fenimore, cosa que no me importaba en absoluto. Al contrario, prefería no tener que volverme a cruzar con él. Salvo por el detalle de que había prometido más créditos si continuaba con el caso. Desplegué la servilleta que me entregó el mayordomo y consulté en internet los nombres del personal del servicio y sus redes sociales. No es algo que me guste, pero es necesario hoy en día. Con un simple vistazo a Facebook tienes una radiografía completa de cualquier persona. Aficiones, amigos, familiares, novios, amantes y demás. Pura magia. Capturé en primer plano una foto reciente de todos ellos. La cosa se complicó al llegar el turno de Tom, el mayordomo. En la red no había ni una sola referencia sobre él. Ni redes sociales ni noticias ni fotos. Seguramente me dirá que en su profesión el uso de internet no está permitido, que es una distracción o alguna chorrada similar.

Con el señor y la señora White también topé contra un muro. El fallecido aparecía en algunos artículos, al parecer ocupaba un puesto en el Ministerio de industria. Y, aunque no era especialmente importante, en este tipo de cargos el propio partido cuenta con un departamento que controla las RRSS y las noticias de internet de todos sus empleados. Así que la mayor parte de las referencias consistían en entradas institucionales y alguna entrevista de escaso interés. En las fotos siempre aparecía en un ambiente de trabajo y mostrando el perfil bueno. Lo único que pude sacar en claro es que llevaba unos cuatro años casado con la actual señora White, pues no era su primer matrimonio, y que era descendiente de una familia aristócrata con muchas propiedades, entre ellas la citada mansión en el barrio pijo de Newark. También aparecía en eventos y congresos relacionados con la Orquesta de Filadelfia. Rescaté alguna que otra foto junto a carcamales en conciertos de música clásica. Otra cosa que descubrí y tomé nota mental es que su primera esposa tuvo una muerte repentina y el fallecido no tardó mucho en rehacer su vida. A los seis meses fue la nueva boda.

Me dejé intencionadamente a la señora White para el final. Sus redes sociales estaban muy activas hasta hacía cuatro años, coincidiendo con la boda con el señor White. Desde ese momento la cosa cambió, hasta el punto de que no había ni una sola alusión a dicha boda. Era una mujer atractiva y elegante que rondaba los cincuenta años. Revisé las entradas antiguas, pero no había nada que la comprometiera. Su Instagram estaba repleto de imágenes casi artísticas. Toda una modelo a pesar de su edad. Ropa cara y atrevida. Vendía elegancia, clase y música. Sin duda tocaba el violín, que era su inseparable compañero en la mayor parte de las fotos. No hallé nada de fotos familiares o de fiestas con amigos. Al parecer no tenían hijos y no parecía que ella hubiese estado casada antes. O era muy precavida o alguien también controlaba sus redes. Lo más probable es que poco antes de la boda con el señor White ese alguien hiciera limpieza.

No pude encontrar nada que desvelara su paradero actual. Desde hacía unos seis meses no había una sola entrada en ninguna de sus RRSS.

Las tripas me avisaron de que eran casi las cuatro y no había tomado nada. Seguía lloviendo. Me preparé una copa de vino y acabé con lo que quedaba de mi potaje recalentado. Tendría que bajar a comprar cuanto antes.

Al terminar, eché un vistazo a los cuatro nombres añadidos por el mayordomo. Que alguien pretenda dirigir mi investigación me toca las narices. En principio no me dijeron nada, pero decidí dedicarles algo de atención. Acabé encontrando tres cadáveres y un fantasma. Los tres fallecidos tenían dos cosas en común: una era que desempeñaban puestos medios en diferentes ministerios y la otra era un artículo informando de sus trágicas y repentinas muertes, al parecer, todas por causas naturales. Era una coincidencia llamativa. Sin embargo, estos decesos ocurrieron en fechas y lugares distintos. Las RRSS de todos ellos estaban deshabilitadas y poco más pude averiguar. Del cuarto nombre no había absolutamente nada. La letra de médico del mayordomo era un poco difícil de descifrar y probé diferentes combinaciones a la hora de escribir el nombre, pero no conseguí nada. Si al final decidía seguir con la investigación tendría que volver a reunirme con él, aunque en ese momento lo descarté. De las causas de las tres muertes había poca o ninguna información. En el artículo de uno de los fallecidos se hablaba de la muerte dulce, cosa que me recordó la cara plácida del señor White reclinado sobre su sillón. Resultaba evidente que el que me había pasado la información relacionaba la muerte del señor White con esas otras tres y, muy posiblemente, con el cuarto. Y quería que lo investigase. No tenía nada más, así que no perdía nada por indagar un poco. Para poder progresar necesitaba tener acceso a esos tres expedientes. Uno de ellos era de este estado.

El siguiente paso lógico era hacer una visita a mi antiguo departamento de policía y preguntar por dicho expediente y por el fallecimiento del señor White. Solté una carcajada al imaginarme la cara de mi jefe Marvin Randle y la de los hermanos McCaw al verme entrar en la comisaría después de dos años dado por muerto. Quizá valdría la pena hacerlo solo por verlos, pero lo descarté. La alternativa más razonable era la agente Margaret Brenes, mi ex compañera Marga. Todo un reto y un carácter. El plan era sencillo: solo tenía que pedirle un nuevo favor e incitarla a saltar otra vez al abismo conmigo.

Consulté la hora: las 19:15. Si iba a su casa no la encontraría, de eso estaba seguro. La pisaba menos que una habitación de hotel. Ella era un animal de costumbres. A esa hora habría terminado el turno y los jueves solía dedicarlos a asistir a conciertos al aire libre, teatro o ballet, igual que cada dos días footing en el parque Albion o un día al mes autobús a Nueva York. Llevaba lloviendo todo el día, y seguía haciéndolo. Aire libre descartado. Consulté las obras en cartel y de las tres que podrían encajar me quedé con el ballet. Mi instinto me hizo decantarme por *El rompenueces*, así que saqué mi entrada. No hubo problema en encontrar sitio libre para una sola persona. Tenía cuarenta minutos y la lluvia era apenas una cortina suave. Me equipé con gabardina, boina, móvil y gafas y fui caminando.

El paseo me hizo bien. Ambiente fresco y limpio. Silencioso, prácticamente sin transeúntes y los vehículos pasaban a un lado y a otro como fantasmas mudos. Ventajas e inconvenientes del motor eléctrico. Lo único que me molestaba es que algunos de ellos, los menos, estaban iluminados como un circo.

Eran carteles de publicidad en movimiento que rompían la sosegada estética de la ciudad. Seguramente se debiera a que sus rutas habituales pasaban por las escasas zonas con elevado número transeúntes. Cuando me di cuenta, me había pasado de largo el Aprea Theater, uno de los pocos que superó lo que iba a ser un 'cierre temporal'. Retrocedí sobre mis pasos. No había siquiera cartel en la entrada, solo una simple pantalla en el rellano con la programación de hoy y de las próximas semanas. Eché en falta aquellos grandes carteles luminosos. Los recordaba como parte inseparable de la obra y ligados al espíritu mismo del espectáculo. Miré la profundidad de la calle, sabía que antaño había tres teatros más, pero no conseguí distinguir ni una sola luz más allá de la de algún coche anuncio. Las costumbres han cambiado. ¿Para qué caminar? La gente ya no entra impulsivamente dejándose seducir por los luminosos. Las aceras en la mayor parte de las zonas lucen vacías debido a la compra *online* y al considerable aumento del teletrabajo y los comercios a pie de calle han ido cerrando sus persianas para reconvertirse en almacenes o viviendas. Los que se mueven lo hacen usando Metro y los CityCab. Económicos y muy efectivos. Si a eso le añadimos internet y la realidad virtual, podemos dar el caso por cerrado. Ahora el principal reclamo es un *banner* en internet y la consiguiente reserva online. A mí me da la impresión de que estamos perdiendo el alma, como ha sucedido con los taxis. Aproximé el móvil con el código QR de mi reserva a la pantalla y la puerta se abrió. Llegué diez minutos tarde, pero el portero en forma de rodillo metálico similar se ahorró la amonestación y yo me ahorré la vergüenza de mi impuntualidad. Por fortuna, el teatro era pequeño y solo tenía dos alturas. Subí a la segunda planta y desde un extremo busqué a Marga en todas las hileras del patio de butacas inferior. Allí no estaba. Luego examiné la planta superior, al estar escalada, tuve que pasear entre amonestaciones y aplausos. Tampoco estaba allí. Después de revisar los aseos, abandoné el teatro asumiendo mi derrota. Debía haber ido a ver otra obra, porque me negué a contemplar la posibilidad de que se hubiese quedado en casa. Un jueves no.

A un minuto por Scoles Ave se encuentra el Theater League of Clifton, donde se representaba la obra *El lago de los cisnes*. Había empezado hace media hora y no pensaba pagar otra entrada. Todos los teatros tienen una puerta trasera por donde entran y salen los artistas y donde también se atienden reclamaciones. Había un timbre. Llamé confiando en que alguien respondiese. No fue así. Sin entrar en pormenores, conseguí que milagrosamente me dejasen pasar.

La salita tenía un mostrador vacío y daba a un pasillo con camerinos a ambos lados. No me hizo falta esconderme porque todos estaban vacíos. Debían estar actuando, aunque de un vistazo me dio la sensación de que hacía tiempo que nadie los usaba. Caminé entre bastidores sin cruzarme con nadie. Si no fuese por la música de algún *pas de deux*, hubiese dado por sentado que habían cancelado la sesión. Finalmente me asomé al otro lado del telón. No había nadie en el escenario. Solo un foco iluminando el centro como anuncio de un número especial. Sin embargo, al dirigir la vista a las gradas pude comprobar que las tres alturas del teatro estaban prácticamente llenas. Fue una buena oportunidad para mostrar mis dotes interpretativas. Salí al escenario y me coloqué dentro del foco. Deslumbraba bastante y pude notar el calor. Ensayé mi versión del *Moonwalker* de Michael Jackson en varias ocasiones hasta que se escucharon unos tímidos aplausos. Luego probé el movimiento del sombrero con la boina. Cabeza, hombro, codo, mano y cabeza de nuevo al tiempo que llevaba la mano izquierda a la entrepierna con el consiguiente grito agudo. Reconozco que la boina cayó al suelo dos veces, pero a la tercera lo conseguí y el teatro no tardó en colmarse de aplausos. Hasta algunos espectadores se pusieron en pie. ¿Estaría Marga entre ellos? Por fin un reconocimiento como me merecía. Fue mi momento de gloria.

Salí del foco y del escenario y empecé a pasearme por el pasillo del patio de butacas en busca de Marga. Tengo buena vista y presumo de distinguir cualquier rostro a cien metros, pero cubiertos con aquellas aparatosas gafas me lo habían puesto difícil. Tuve que pasar entre algunas filas haciéndome invisible entre nuevos aplausos y vítores a un escenario vacío. Esto ya era el colmo. ¿Hasta dónde íbamos a llegar? Finalmente la encontré en la penúltima fila de la segunda planta frente a una gruesa columna. Un asiento con una columna justo delante en otra época no se hubiera vendido o el precio sería ridículo. ¿Quién pagaría por ver un muro durante dos o tres horas? Pero eso poco importaba ahora. El cabello oscuro y recogido en una larga cola, la chaqueta de aviador abierta sobre una camiseta sin mangas de color verde mate. Una chica dura, casi militar urbana. Además, la forma de acompañar la música con la cabeza era inconfundible. Los visores no llevaban auriculares, así que me acerqué a su hombro.

—Te invito a cenar, muñeca —le susurré.

Marga dio un bote en el asiento. Los espectadores de al lado se giraron sin poder verme. Me dieron ganas de darles un calbote a aquella especie de cíclopes ciegos. Ella se levantó las gafas de realidad virtual y el que recibió un tortazo de los que hacen historia fui yo. Seguía siendo la misma.

—Yo también me alegro de verte, compañera.

Marga negó con la cabeza. Estaba pálida como la porcelana. Seguramente tratando de asimilar la visión de un fantasma. Se tocó la frente, creo que para comprobar si se había quitado realmente las gafas antes de dejarlas sobre la butaca. Luego me miró fijamente y su rostro esbozó un amago de sonrisa. Las lágrimas nunca han roto a Marga. Se colgó sobre mi cuello y me apretó con fuerza. Me gustaría poder decir que suelo causar ese efecto en las mujeres bonitas. Y enseguida estallaron más aplausos y vítores. Algún que otro bravo.

—Halcón, estás vivo —susurró.

Salimos fuera cogidos del brazo. Yo creo que ella lo hacía para poder tocarme y cerciorarse de que no era una aparición. O quizá para resguardase de la lluvia. De uno u otro modo caminamos juntos hasta alcanzar el bar de la esquina. Era de aspecto moderno y frío. Hubiese preferido algo más grasiento y acogedor, pero dadas las circunstancias me conformé. Nos sentamos en una mesa discreta con dos taburetes magnéticos. Marga me miraba fijamente.

—Sigues igual de guapa.

Lo dije para hacerla reaccionar, pero ella ignoró mi comentario.

—Condenado Halcón. Montaste una buena. Vi tu nombre en todos los noticieros y prensa anunciando tu muerte.

—¿Cuántas veces te he dicho que no te creas todo lo que ves en la tele?

Ella me golpeó con la servilleta y volvió a sonreír.

—Maldito cabronazo. ¿Cómo lo hiciste?

—Fue todo muy simple. Lamento decepcionarte. Básicamente no tomé ese avión.

—No tomaste el avión que poco después se estrelló en el Atlántico. Muy oportuno. Muchos de los cuerpos se rescataron calcinados e irreconocibles o simplemente no se encontraron nunca. Al escuchar mi voz en la grabación imaginé que estarías vivo, pero según pasaron los meses fui perdiendo la esperanza.

—Tenía muchas grabaciones tuyas y fue sencillo montarlo. Además, sabía que te mandaron a Serbia a buscarme y estaba seguro de que no me delatarías y que tu participación daría credibilidad a la historia y a mi desaparición.

—Lo que afirmas tiene muchas implicaciones. Para empezar, otro hombre sacrificado con tu huella y…

—Mejor no pensar en ellas y centrarnos en el ahora. En nosotros.

Le tomé de la mano. No la retiró.

—He vuelto, Marga. No sabes lo que te he echado de menos estos dos últimos años.

—¡Es increíble! Siempre consigues sorprenderme y supongo que esta vez al mundo entero.

Parecía no escuchar ni una sola de mis palabras.

—No me has escuchado. Estoy aquí. He vuelto por ti.

—¿Qué quieres esta vez, Halcón? ¿Qué investigue otra matrícula o que te proporcione una identidad falsa?

—Eso ya lo tengo. Philippe Dundee…

—¿Dundeee?

—Mejor no preguntes…

—No es fácil obtener una identidad falsa y menos que dure dos años sin destaparse. Te juntaste con gente poderosa.

Marga apoyó los codos sobre la mesa y se sujetó la cabeza para volver a atravesarme con la mirada. Luego me quitó la boina y se la llevo al pecho.

—Veo que llevas las gafas, ¿sigues documentando casos? Asentí.

—¿Es la boina del chico, de Luka? Asentí de nuevo.

—No la dejaste en el asiento del avión siniestrado, pero sí la llevaste contigo. En el fondo eres un sentimental… Lamento lo que le ocurrió.

—Gracias.

—Supongo que eres consciente de las consecuencias de que te vean aquí conmigo. Estás expuesto y toda tu coartada puede irse al garete.

—Lo sé, pero lo hago por ti.

Marga se rió. Era una sonrisa atractiva e incrédula. Estaba realmente estupenda.

—A la mierda mi identidad falsa. Ya nadie se acuerda de lo sucedido y si se hiciese público… ¿de qué me iban a acusar? ¿De no morir en un accidente de avión?

Marga negó con la cabeza sin perder la sonrisa.

—Eres incorregible.

Volví a tomarle de la mano. Esta vez sobre la mesa. Pero una voz mecánica interrumpió la magia del momento.

—Pueden hacer sus pedidos en las tabletas.

Marga se escurrió y traqueteó el dispositivo táctil sujeto a la mesa por un cuello flexible como el de una lámpara de noche. Luego lo volvió hacia mí. Yo lo volví a girar de inmediato.

—Pide tú por mí.

Hizo también mi pedido y con el semblante más serio me volvió a preguntar:

—¿Qué quieres, Halcón?

—Solo saber de ti… ¿Cómo te va en el Departamento? ¿Si tienes un novio nuevo?

Hice una pausa. Obviamente no me creía.

—También me gustaría saber… ¿Qué coño hacías viendo un ballet con gafas de realidad virtual en el teatro en lugar de en casa? Porque apuesto a que tienes unas.

—Era una representación en tiempo real de una obra que se estrenaba en Viena en ese mismo momento. Además, la impecable acústica y la invisible compañía dan un plus al evento. No es lo mismo que en casa.

—¿En serio?

—En serio. Novios; unos cuantos, nada serio. Y el trabajo…

—¿El trabajo?

—La verdad es que el jefe Randle acaba de ascenderme a inspectora. No has podido llegar en un momento más inoportuno.

—¡Enhorabuena! Sin duda te lo mereces…

Ella bajó la mirada. Parecía casi avergonzada de mis elogios.

—Esto hay que celebrarlo.

Volteé la *tablet* y busqué la forma de pedir la bebida preferida de Marga: tequila con lima y canela. No había manera de combinar los tres ingredientes sin perder el pedido. Me levanté y tras un rifi rafe que prefiero no comentar volví con los dos tequilas.

—¡Por los viejos tiempos! —alcé el vaso.

—¡Por los viejos tiempos!

Brindamos y apuramos la copa de un solo trago. Era más bien escasa y con poco alcohol. Me entraron ganas de pedir otra, pero la inquisitiva mirada de mi excompañera me hizo ir al grano.

—Ahora que ya estamos al día, quería saber si habías oído algo de un asesinato en el barrio pijo de Newark.

Creo que lo que apareció en sus ojos fue odio. Cogió el bolso y se puso en pié sin dejar de atravesarme con la mirada, pero en lugar de marcharse soltó una carcajada y se sentó de nuevo.

—Eres un hijo de perra.

Sonreí. ¿Qué podía hacer?

—¿Trabajas en un nuevo caso?

—Todavía estoy pensando si lo acepto.

—¿Cómo sabes lo del asesinato? No se ha hecho público.

—Eso es precisamente lo que me extraña, porque yo estuve allí.

—¿Estuviste en la mansión White?

—¿La ensalada con anchoas para quién era? —Nos interrumpió la camarera.

Era bueno que por lo menos hubiese un ser humano tras aquellos dispositivos. Marga la cogió y yo mis costillas y el batido. La camarera fue a por más cosas. Marga bajó la voz.

—¿Te pueden relacionar con el asesinato o con el lugar de los hechos?

—¿Por quién me tomas? Usé guantes y mi crema solar especial.

—Hablando contigo me juego el ascenso, Halcón.

—Tranquila. Es solo una charla amistosa.

—¿En serio? ¿Cuánto de amistosa?

—A decir verdad también tengo un par de nombres que quiero que investigues…

Marga picoteó de todos los platos. Saltaba de uno a otro sin importarle que estuviera en mi lado de la mesa o en el suyo. Hasta dio un sorbo de mi batido. Nunca me acostumbraré a esa manía de probarlo todo antes de empezar a comer.

—¿Qué gano yo si te ayudo?

—No creo que sea un delito ayudar a un fiambre como yo.

Marga siguió degustando un rato en silencio. Al fin se centró en la ensalada.

—Está bien. Lo único que sé es que el caso se lo han asignado a los hermanos McCaw.

—¿En serio? A ese par de idiotas. Mucho músculo y… poco seso.

Terminamos la frase al unísono. Marga parecía haber recuperado el buen humor.

—¿Por qué no se ha hecho público?

—El tipo era un pez gordo.

—¿Un pez gordo? No es eso lo que dice internet…

—Nunca te fíes de lo que dice internet.

—*Touché* —dije con una sonrisa.

—Ahora dime esos nombres.

Le entregué un papel con los nombres de los tres tipos asesinados y el fantasma. También añadí el de James Fenimore.

—¿Mantienes tu número privado?

Ella asintió. Le mandé la foto de James y lo que había recopilado de los otros nombres a su antiguo número, que todavía sabía de memoria.

—Puedes responderme a ese número, cariño. Ya sabes que estoy disponible las veinticuatro horas para ti.

—¿Tengo que prevenirles de algo a los McCaw?

—De momento no tengo nada.

Me miró con cara de perro.

—En serio, Marga. No había nada. Todo apuntaba a muerte natural. ¿Podrás hacerte con la autopsia?

—Lo intentaré.

Terminamos la cena y un par de copas de las que se podían elegir en la *tablet*. Luego pedimos un *Cab* y ella esperó a que programase un destino. Introduje la dirección de mi apartamento alquilado. ¿Qué podía hacer? El taxi se detuvo frente a mi edificio y sonó la música de fin de trayecto.

—¿Te apetece subir a tomarte la última? —dije sin mucha seguridad.

Ella volvió a atravesarme con la mirada.

—¿Has vivido aquí todo este tiempo y no me has dicho nada?

—Sabes que no podía. Vamos… Te invito a una última copa.

Ella negó con la cabeza y, en vez de darme un nuevo tortazo, se despidió con un cálido beso y unas palabras que me emocionaron.

—Creí que nunca diría esto, pero me he alegrado de verte.

Fue mucho más de lo que esperaba. Ahora mi soledad ya no era autoimpuesta.

5

PARAÍSO

El siguiente medio día fue casi perdido. De nuevo me levanté tarde y con resaca. No es fácil abandonar dos años de rutina. Tampoco difícil. Consulté el móvil y no encontré ningún mensaje de Marga. Tampoco tuve noticias de James Fenimore. Rebusqué por internet y no encontré nada más de interés. Probé suerte con la dirección del asesor familiar de los White que me facilitó el mayordomo. En ella no constaba ningún negocio, es más, Google Earth mostraba una solitaria colina alejada de la ciudad. Las horas pasaban lentas y no podía pasarme por la escena del crimen para charlar de nuevo con el personal de servicio. De hecho, no podría ni entrar en el área residencial restringida de Newark sin un pase especial. Mis únicas opciones viables eran tratar de sonsacar al jardinero, el único que salía de la hacienda, y acudir al pub en busca de Tom, el mayordomo. Así que me puse en ello. Mandé un nuevo mensaje a Marga con el nombre del jardinero y me preparé para una nueva visita al Paraíso. Pero antes entré a la sección 'galería' de la web del pub Paraíso. Había colgadas muchas fotos de eventos y de pistas abarrotadas. El mayordomo dijo que la señora White frecuentaba aquel lugar para evadirse, así que podría aparecer en alguna de ellas y que se le hubiese pasado al censor. Las ordené por fecha y fui revisando. Era una tarea interminable, pero tenía que hacer tiempo hasta las 19:00, la hora en la que el

Tom dijo que estaría en el pub. Al final encontré una foto de hacía casi un año de la planta superior. La señora White aparecía en un reservado junto a cuatro hombres algo más jóvenes que ella. Vestía elegante y sonreía, parecía estar pasándolo bien y ajena a la instantánea. Descargué la foto y seguí revisando la galería, sin éxito, hasta que dieron las 18:00.

Pedí un taxi y fui al pub Paraíso. En la entrada estaba el mismo gorila y recibí su misma mirada de pocos amigos. Compré mi entrada con consumición y acudí a la barra a canjearla. Indagué un poco entre las camareras con la foto de la señora White.

—Chicas, busco a una amiga. ¿La habéis visto por aquí?

Dejé el móvil con la foto sobre la mesa. Cuchichearon entre ellas y la más joven, que lucía ambos brazos cubiertos de tatuajes de colores, se acercó.

—Solía venir por aquí. Angelina es la que más la conocía.

Desviaron la vista hacia la otra barra circular. La atendía una mujer de más edad con el pelo rizado y azul. Se lo agradecí con una propina y, sin terminar de leer su cuerpo, cambié de barra para tomar una nueva consumición. Puse mi huella y, mientras el licor crujía los cubitos, apoyé el móvil con la foto sobre la barra. Angelina, al dejar la botella, echó un vistazo a la pantalla del teléfono y me interrogó con la mirada.

—¿La conoces?

—Claro. Todos conocemos a Clave de Sol.

—¿Clave de Sol?

—Así se hacía llamar cuando actuaba en esa misma pista de baile.

—¿Hace mucho de eso?

—La última vez fue hace un par de años. Su espectáculo era un solo con violín. Aquella mujer conseguía que este ruidoso lugar permaneciese en silencio absoluto durante su actuación. La gente vibraba al compás de las cuerdas.

—¿Por qué lo dejó?

—Ni idea. Pero cuando dejó de actuar, siguió viniendo un tiempo como clienta.

—¿Cuánto hace que no viene?

La mujer se apartó las mechas azules de la cara y me miró con suspicacia.

—¿Quién es usted?

—Un amigo.

—¿Un amigo que no conoce su nombre artístico? Lo siento, amigo, pero tengo que atender la barra.

Angelina volvió a sus quehaceres. Terminé la copa y subí a la zona VIP. Me senté en el mismo reservado de anteayer. No tuve que esperar mucho, porque a las siete en punto llegó el mayordomo vestido de frac, pajarita y capa. Inclinó la cabeza al verme.

—Con un apretón de manos es suficiente.

—Disculpe. Tantos años en la profesión convierte ciertas costumbres en obligaciones…

—¿No tiene otra ropa menos formal?

—En mi profesión siempre hay que guardar las formas…

—Tenía entendido que la señora le había liberado de sus obligaciones, pero vayamos al grano. ¿Qué le ha dicho la señora White?

—No he obtenido respuesta. Temo que algo malo le haya sucedido a ella también y necesito su ayuda.

—¿Tiene algo para mí?

— Nada. Lo siento.

—¿Y cómo espera que le ayude?

El individuo bajó la cabeza. Mostraba una actitud sumisa y derrotada con los dedos cruzados sobre el estómago. Sentí lástima.

—Todo el servicio vive en la hacienda, ¿verdad?

—Así es. Todos menos el jardinero.

—¿El resto nunca sale del área restringida?

—Nunca. No tienen pase, si saliesen no podrían volver a entrar sin la intercesión del señor.

—¿Ninguno tiene familia?

—Solo la cocinera. El señor le tramita un pase de un par de semanas al año en verano.

—¿Y usted? ¿Cómo está aquí?

—Yo tengo un salvoconducto para poder atender y resolver ciertos asuntos delicados. Lo cierto es que no salía desde hace muchos meses y no tenía intención de hacerlo si no me lo hubiesen ordenado.

—¿También le ordenaron ver al asesor?

—Así es.

—He investigado la dirección y allí no hay ningún bufete de abogados ni nada que se le parezca. Es más, allí no hay nada. ¿Qué tipo de asesor es?

—Le ruego que me acompañe y así podrá salir de dudas. Eso es lo que hubiese querido la señora.

En ese instante vi entrar a un grupo de cuatro hombres. No me hizo falta volver a mirar la foto del pub en la que aparecía la señora White para saber que al menos tres de ellos estaban en ella. En ese momento, un camarero dejó dos copas en nuestra mesa. El mayordomo me miró con cierta indignación.

—En mi profesión no está permitido tomar alcohol…

—Estoy aprendiendo mucho de su profesión… Ahora no está trabajando.

—Preferiría…

Agité la mano libre para dejar claro que me importaba un comino que se la tomase o no. Así que mientras paladeaba la mía observé cómo los recién llegados se sentaron en otro reservado a pocos metros del nuestro.

—Tengo que ir al servicio. Si no va a tomar nada, mejor espéreme fuera y enseguida estoy con usted.

Tom me miró dubitativo.

—No tardo ni cinco minutos. Visitaremos a su querido asesor.

En cuanto el mayordomo desapareció por la escalera caminando como si llevase el palo de la escoba metido por el trasero, apuré mi copa de un trago y parte cayó sobre mi camisa. Cogí la otra copa y caminé en zigzag por el pasillo que dividía los reservados. Al llegar a la altura de los recién llegados, tropecé y salpiqué abundantemente la cabeza de uno. No le hizo ninguna gracia. Fue un desperdicio, pero creo que funcionó.

—Disculpe, amigo —dije con mi mejor voz de ebrio y le restregué la mano húmeda por la cabeza y chaqueta simulando tratar de ayudarle. Me la apartó de un manotazo. Yo me dejé caer en el hueco que había a su lado sosteniendo la copa en alto intentando que no se derramase más líquido.

—Disculpen, amigos. La he cagado y quiero invitarles a una ronda para compensar.

Los compañeros se tomaron a bien mi comentario. El semblante del accidentado revelaba que él no quería tenerme allí. Puse la huella y seleccioné una botella de Jack Daniels de 12 años. Dos de ellos asintieron ante mi elección.

—¿Dónde os habéis dejado la compañía femenina?

Se rieron. Empezaba a caerles bien. Seguí con mi teatro.

—Aquí hay mucho donde elegir, amigos.

—Así que es usted un Casanova.

—Mentiría si lo negase.

—Cuéntenos, cuéntenos.

Habían encontrado a alguien de quien burlarse y que les amenizara la tarde.

—Sin ir más lejos hace un par de semanas conocí en esta misma mesa a una maciza que luego me acompañó a casa.

Me siguieron el juego entre guiños y codazos. Solo querían reírse de un pobre borracho. Habían mordido el anzuelo.

—¿Era guapa?

—Guapísima. Como una actriz de cine.

Con mis manos dibujé una silueta femenina. Exagerando lo voluptuoso golpeé con la mano otra copa de la mesa, que casi llegó a caer.

—¿Y cómo consiguió que la acompañase a su casa?

—No hizo falta mucho. Un par de copas y me siguió como una gatita en celo.

Se rieron. El rubio más corpulento era el que más parecía disfrutar.

—¿Y cómo se portó en su casa? Ya sabe…

—Una auténtica fiera…

—¿En serio? Seguro que no era tan guapa como nos dice...

—¡Qué no! Por mi honor… Mirad, aquí tengo una foto suya.

Les pasé el móvil con el primer plano del rostro de la señora White. El cebo estaba servido y ¡bingo! Al llegar el móvil a las manos del cuarto individuo, el más joven y discreto, se levantó como un resorte.

—Es usted un mentiroso.

Me puse en pie y respondí a su acusación.

—¡Me está llamando mentiroso! Por la tumba de mi perro. Podría dar detalles más picantes de cualquier parte de su anatomía…

—Maldito borracho. Retire ahora mismo lo que ha dicho y márchese.

—¿Por qué habría de retirarlo si es cierto?

—Ella ni siquiera estaba aquí, bocazas.

—Ya le he dicho que esa mujer estuvo en mi cama la semana pasada.

Esquivé el primer golpe. El segundo me alcanzó en el costado. Yo acerté a dos de ellos antes de recibir un golpe en la barbilla que me hizo tambalearme como un péndulo. Al reponerme salté sobre mi agresor y caímos rodando. No hubo tiempo para más. Los gorilas llegaron en cuestión de segundos y todos me señalaron. Me engancharon cada uno de un brazo y me arrastraron escaleras abajo. Las rodillas acusaron los golpes de los escalones. Luego siguieron arrastrándome hasta la puerta principal y me lanzaron fuera como si fuese una bolsa de basura. Caí en el extremo de un charco. Seguía lloviendo, así que me iba a mojar de todas formas. Tom se acercó y, con mirada atónita, me ayudó a ponerme en pie.

—Lamento si le he hecho esperar. Le dije que no tardaría.

Negó con la cabeza y me puso un pañuelo de seda en los labios.

—Creo que me he mordido la lengua. Gracias.

Sujeté el pañuelo y presioné con fuerza. Se estaba empapando rápidamente de sangre. El sabor dulzón en la boca me acompañó durante un buen rato. Carl, en el viejo gimnasio, no me perdonará este KO, aunque normalmente entrenábamos sin combate

6

CHAMÁN

Había un CityCab esperándonos y Tom me ayudó a alcanzarlo. Recliné el asiento y levanté la cabeza mientras nos dirigíamos hacia una zona de la ciudad que no conocía. Nunca he sido muy aficionado al campo ni al golf. Salimos del casco urbano, dejamos atrás el aeropuerto y en al menos dos ocasiones cruzamos unos bosques cuidados con esmero. Me dolía la mandíbula y seguía presionando la herida con el pañuelo para tratar de contener por completo la hemorragia. La parte positiva era que la cartera de mi agresor estaba en mi bolsillo. Me podía permitir un poco de sangre por el nombre y dirección de alguien que conocía a la señora White y sabía que se había marchado de la ciudad. Quizá también conociese su paradero actual. El CityCab se detuvo en medio de la nada. Por un instante temí por mi vida, pero los ojos de mi acompañante no parecían los de un depredador.

Bajamos del taxi con las últimas luces del día. Había un puesto de control con una barrera bajada que impedía que los vehículos pudiesen continuar por la carretera que se perdía hacia lo alto de la colina. El estrecho paso lateral para peatones estaba abierto. Tom lo atravesó con decisión. La carretera ascendía bordeando la colina y el precipicio que había a mano izquierda se hacía cada vez más profundo. Había farolas con una débil iluminación y según ascendíamos nos cruzamos con grupos de gente de los tipos más variopintos que caminaban en sentido opuesto. Los primeros parecían eufóricos, pero según nos aproximábamos a la cima solo nos cruzábamos con gente cabizbaja y contrariada.

—No se preocupe —susurró Tom—. El maestro solo puede atender a unos pocos por día. Lo que ve es la frustración lógica tras muchas horas de espera en balde. Por eso le aconsejé que viniera conmigo.

¿Maestro? ¿No era un asesor? Preferí no preguntar. La lluvia había cesado, pero el ambiente era húmedo y el pavimento estaba mojado. Tenía suficiente con controlar la respiración y evitar resbalarme. Me pareció de lo más extraño tanto movimiento de gente en aquel remoto lugar, máxime con aquel mal tiempo y oscureciendo. Tras la enésima curva apareció una construcción sólida contra una gran luna sonriente entre oscuras nubes. De un primer vistazo me dio la sensación de que se trataba de algún tipo de fortaleza. En su centro destacaba una especie de torre de unos veinte metros de altura con un curioso resplandor en su cúspide. Al alcanzar la cima se confirmó esta primera visión. Había una explanada asfaltada no muy espaciosa, como un parking en desuso que terminaba contra una de las paredes de la muralla de hormigón que ocupaba la práctica totalidad de la cima de la colina. Tendría unos tres metros de altura, sin ventanas y con una única puerta de hierro macizo junto a la que se arremolinaban siete u ocho personas. La iluminación era muy escasa, apenas un punto de luz sobre la puerta y un halo de luz titilante entre las almenas superiores.

Había cámaras de seguridad en los extremos superiores del muro que teníamos enfrente. El mayordomo se encaminó al lado opuesto del acceso. Bordeamos la construcción cuadrangular y quedamos ocultos de la gente. El paso se estrechó a poco más de medio metro. Estaba sin asfaltar y la caída superaba los siete u ocho metros. Caminamos en fila y con cuidado por aquella traicionera tierra mojada. Más o menos en el extremo opuesto de la puerta principal nos detuvimos frente a un panel incrustado en el hormigón. El mayordomo tecleó cinco dígitos y se abrió un acceso casi invisible que se cerró a nuestra espalda nada más atravesarlo. El interior del recinto estaba suavemente iluminado por peanas de fuego distribuidas entre jardines de césped y grava de diferentes colores que formaban curiosas figuras geométricas. En la base de la torre central, de unos seis por seis metros, había solo una entrada. Allí nos esperaba un hombre bajito, con nariz aguileña, piel oscura y pelo negro como la noche recogido con una colorida cinta en la frente a lo Rambo y con una minicoleta. Vestía un traje que pugnaba con la pulcritud de mi acompañante.

—Adelante, por favor.

Su inglés era casi perfecto. Rezumaba modales educados, agradables y ágiles. Sus ojos sonreían mostrando hospitalidad. Cerró la puerta a nuestra espalda y nos encontramos en una estancia de mármol decorada con tapices y alfombras de colores chillones. Parecían hechas a mano. El conjunto parecía querer componer un mosaico superior.

—Me alegro de volver a verle, señor Herber.

—Gracias, Amaru —El mayordomo hizo una suave reverencia.

—¿Quién subirá?

—El señor —se apresuró a responder Tom Herber.

Se lo agradecí. Después de toda la puesta en escena tenía ganas de conocer al maestro, aunque algo me decía que me iba a defraudar. Subimos a un ascensor que conectaba las dos plantas. Desde la inferior en la que nos encontrábamos hasta la de la parte más alta solo había aire. Mucho espacio desaprovechado a mi juicio. El ascensor, moderno, rápido, silencioso y con todas las paredes de espejo, confundía nuestros reflejos, que se repetían una y otra vez en el infinito. La planta superior consistía en un cuadrado sin techo bordeado de paredes almenadas. Todo el suelo estaba cubierto de aquellas mullidas y coloridas alfombras. Lo de mullidas puedo dar fe porque imité al hombrecillo que me acompañaba y dejé mis machacados botines junto al ascensor. Había más peanas iluminadas con velas o candelabros repartidas estratégicamente. También había tres soportes de mi altura en forma de C, de los que colgaba una cadena terminada en un humeante cuenco metálico que desprendían espesos humos aromáticos. En el centro destacaba una gran pila de piedra con una hoguera. Las llamas altas hacían bailar las sombras de todo lo que nos rodeaba. Sobre nosotros la vista se perdía en el firmamento, con el resplandor de la luna oculta por las nubes y alguna estrella desperdigada. En la parte central, había unos cuantos cojines formando un círculo sobre las alfombras.

—Le ruego que espere aquí.

El servicial individuo desapareció en una pequeña zona cubierta por telas. La única de aquel patio. No me apetecía sentarme en el suelo, así que me asomé entre los muros que seguían la típica forma escalonada de las murallas. Eran altos y solo podía ver entre los dientes. No había ninguna construcción cerca y las luces de la ciudad se adivinaban lejanas. Al volverme, encontré a un individuo obeso sentado en uno de los cojines. En un primer momento tuve la impresión de que iba disfrazado de gallina Caponata o del Big Bird de *Sesame Street*, pero era más realista; bien podría ser la reina del carnaval de Río. Lo cierto es que quedaba poco para Carnaval y aquel, sin duda, era un disfraz que iba a causar sensación. Plumas de colores, corona dorada, collares de huesos, falda que caía a tiras de colores, pompones. La piel visible cubierta de tatuajes al estilo de la decoración. Me acerqué luchando por mantener la lengua quieta. Se me ocurrieron varias frases oportunas, que, de seguro, solo me harían gracia a mí. Me detuve frente a él. No sé si debería decir ella o ello.

Su rostro tenía acusados rasgos indígenas. Incontables piercing decoraban sus orejas y nariz. La cara redonda y completamente pintada como un mapache. Mi primer impulso fue marcharme. ¿Asesor? ¿Maestro? Aquello no era más que un brujo o un chamán saca pasta. En ese momento regresó el conserje bajito, trajeado.

—Tome asiento, se lo ruego.

Me senté frente a aquel individuo en uno de los incómodos cojines.

—¿Le puedo ofrecer algo de beber?

—Sí, por favor.

Aquella simple pregunta hizo que me tranquilizase. Quizá no iba a ser una terrible pérdida de tiempo. Antes de que pudiese pedir un *bourbon*, el de la coleta se marchó y regresó con una botella sin etiqueta y sin tapón. Sirvió tres chupitos. La reina del carnaval levantó el suyo y lo mantuvo en alto. El sirviente lo imitó y yo hice lo propio. Se lo tomaron de un trago y yo también. Aquello era puro veneno. La textura era como la baba de caracol, podía sentirla resbalar lentamente por mi garganta. Desprendía un fuerte aroma a hierbas y alcohol puro. Reptó hasta mi estómago dejándome un quemazón en la garganta y un sabor pastoso en la boca. Eso sí era una bebida espiritosa. El hombre servicial se apresuró en llenarlos de nuevo y repetimos la operación. Yo no podía ser menos. Solo entonces habló aquel brujo o chamán, si es que la emisión de aquellos sonidos guturales y chasquidos podía considerarse hablar. No comprendí absolutamente nada.

—El maestro dice que usted lleva la muerte consigo —tradujo el sirviente.

Muy agradable el hombretón.

—Dígale a su maestro que yo también me alegro de conocerlo.

Otra serie de cloqueos, quizá fuese un disfraz de pavo. Y una nueva traducción.

—Dice que usted es quien presenta a la muerte sus víctimas. Dice que es un emisario de la muerte.

Aquella gallina maleducada empezó a cabrearme.

—Dígale al pavo real que eso no es del todo correcto. Yo suelo llegar cuando ya están muertos.

El intérprete no se molestó en traducir y sirvió otra ronda. Nos la tomamos. Empecé a notar algún vértigo puntual que dominé llevándome la mano a la sien. Los olores que impregnaban la estancia se colaban en mis pulmones como el humo de una gigantesca cachimba turca. Empecé a distinguir el halo alrededor de la hoguera y las llamas. Algo que solo me ocurre cuando buceo con los ojos abiertos o me tomo varias copas, normalmente en la última. Pero esta vez era más pronunciado, parecía que las nubes hubiesen bajado y todo se hubiese llenado de niebla, dotando de un tinte insustancial a todo lo que nos rodeaba. No sé cuánto tiempo permanecimos en silencio, así que tomé la palabra para ver si podía sacar algo en claro. Había acudido allí en busca de información y no para escuchar los delirios de una especie de brujo.

—¿Conocen a la señora White? Ella me ha enviado.

Ninguno de los dos reaccionó. Solo me miraban fijamente.

—Podría traducir, por favor.

—El maestro solo habla de los muertos y la señora a la que nombra está viva.

—Bueno es saberlo.

No lo tenía tan claro después de que Tom dijese que llevaba un día sin responder al *email*. Realmente no tenía claro el sentido de mi presencia allí y no sabía qué decir. Así que dije lo primero que se me ocurrió.

—Dígale que está hablando de mí y yo estoy vivo.

Esta vez sí que lo tradujo, o eso supuse, al escuchar el dialogo de cacareos entre ambos.

—El maestro dice que usted camina entre dos mundos. Como un fantasma.

Esa respuesta fue un punto para la reina del carnaval. Aquella era una definición acertada, pues para el resto del mundo estaba muerto oficialmente.

—Muy bien. Hablemos entonces del señor White. Este sí está muerto.

Más cacareos y nueva respuesta.

—¿Qué quiere saber del señor White?

—Por ejemplo, ¿quién lo mató?

El chamán empezó a emitir una especie de tarareo gutural sin apenas separar los labios y lo acompañó palmeando un tambor. Al menos lo golpeaba de forma suave. Luego empezó a mecerse ligeramente al compás de su música prehistórica.

—Describa la escena del crimen.

—Hice fotos con el móvil…

El intérprete pareció enojarse mientras el grueso chamán seguía en su trance.

—Eso carece de alma y no puede decirnos nada… Con su voz debe transmitir pensamientos, sensaciones, olores… Todo lo que sintió junto al cadáver. Cierre los ojos y deje que hable su alma.

No había dicho nada de haber estado en la escena de un crimen. Supuse que les habría informado Tom, el mayordomo. Al salir iba a decirle cuatro cosas sobre la discreción en su profesión. En fin, tomé otro taponazo y cerré los ojos. No me costó mucho cerrarlos, aunque sabía que me iba a costar más abrirlos.

—Deben sincronizar sus almas. Vibrar en el mismo plano. Le ruego que acompañe el mantra del maestro chamán.

Me negué a ponerme a cantar siguiendo el juego de un chamán. Así que me limité a describir la escena del crimen. Las facciones plácidas del muerto fue el recuerdo que con mayor intensidad acudió a mi mente. Parecía relajado y en paz. Los pensamientos se me agolparon. Sería incapaz de recordar con exactitud lo que dije si no es por la grabación de mis gafas. Quizá estaba más ebrio de lo que pensaba. Si escuchan con atención, hasta se puede oír de fondo un segundo cántico entre dientes. Sinceramente, no sabría distinguir si era mi voz o la del intérprete. Lo dejo a su elección.

—Rostro feliz. Desprendía paz. Aroma a madera y cuero. Paz. Música en el ambiente. Música encerrada en libros. Música contenida en vinilos. Una canción muda contenida en un vinilo rodando en un viejo gramófono. Mmmm… mmmm… 'sonidos ininteligibles'.

Estos largos cinco minutos de sonidos ininteligibles no los recuerdo. Quizá me quedase dormido y las voces fuesen las suyas.

—¿Escuchó el disco del gramófono?

La nueva pregunta del intérprete me hizo volver en mí.

—¿Por qué iba a hacer algo así?

—Porque la música es mágica.

¿Mágica? empecé a cabrearme. Estaba harto de aquella pantomima. Aunque de pronto se instaló en mi cabeza el tema *Paint in black* de los Rolling Stones y tuve que admitir que algunas canciones sí eran mágicas. Mis labios murmuraron de forma inconsciente la tonadilla de la canción de los Rolling. Creo que el mago me acompañó.

—Ahora sus almas vibran al unísono. Céntrese en las sensaciones. En lo que le transmitió aquella estancia.

La sugerencia de que mi alma estuviese vibrando junto a la de aquel engendro me hizo anhelar mis místicas vibraciones con Marga y centrarme en ellas. En los siguientes minutos solo se escucha la tonadilla de la citada canción. Los tres la tarareábamos. No hay nada más en la grabación sonora de mi gafa.

—Mmm mmmm mmmm.

No sé si lo imaginé o las gafas dejaron de funcionar por un momento, pero yo recuerdo una conversación. Un intercambio de impresiones sobre lo que pudo suceder en la biblioteca de los White. Quizá la bebida o los aromas venenosos me colocaron.

—¿Cree en la magia?

Negué con la cabeza.

—Muy pronto creerá. ¿Acaso no es mágica Luz?

Al escuchar el nombre de Luz me puse en alerta. Porque lo dijo sin el artículo. Se escucha claramente 'Luz' y no 'la luz'. Lo cierto es que aquella enigmática mujer desprendía un halo mágico y muchos de sus seguidores la consideraban mágica. Especialmente el joven Luka. Sentí una punzada en mi pecho al recordar al joven y presioné la boina que tenía en mi costado. ¿Qué habría sido de Luz? ¿Por qué quiso que aceptase este extraño caso? Con todo, respondí, aunque mi voz no sonó muy segura:

—La magia no existe.

—¿Está seguro? ¿No es mágica la electricidad?

Era como si aquellos individuos pudiesen leer fragmentos de mi pensamiento. Luz, electricidad. La tonadilla que no paraba de escuchar de fondo en mi cabeza se fue suavizando hasta extinguirse y salimos del trance. Digo salimos en plural porque yo también había caído en algún estado de embriaguez que burlaba mis sentidos. Cuando me recuperé por completo me percaté de que el grueso brujo ya no estaba. Solo quedaba Amaru mirándome fijamente. Había pasado más de una hora y en la grabación no hay más que silencio. La densa bruma seguía envolviendo el torreón y la hoguera central destacaba como un faro. Clavé la vista en las llamas y poco a poco la niebla empezó a disiparse hasta que todo recuperó su forma sustancial.

—Ahí tiene su pista —dijo el intérprete.

—¿A qué pista se refiere? Todo esto no es más que una farsa.

—La música.

—¿La música?

—No ha comprendido nada, ¿verdad?

Estaba enfadado. Aquel brujo había jugado conmigo y supuse que ahora me pediría la voluntad.

—No, no lo he entendido. Explíquemelo usted.

—La música puede alterar el estado de ánimo. Puede elevar el alma, pero también puede hacer lo contrario. Es capaz de infundir alegría o tristeza… De dar la vida o privar de ella. La música hace que todo un estadio plagado de gente vibre en la misma frecuencia. Los discursos pueden enfebrecer a las masas y quien sabe manejar las ondas cautiva cerebros.

—Están completamente locos.

—Hay magia benéfica, pero también existe la magia oscura. Una magia antigua y poderosa.

—Basta de locuras.

—Ahora ha descubierto un nuevo mundo. Un mundo mágico que impregna todo lo que ve y no podrá escapar de él. Nuestra puerta estará siempre abierta para usted.

Me levanté. Solo quería usar su puerta para marcharme. El intérprete del pavo real me acompañó hasta el ascensor. Me costaba andar. Tom, el mayordomo, esperaba abajo y nos recibió con normalidad. Como si no hubiesen pasado más de dos horas. Apenas recuerdo nada del descenso de la colina, supongo que Tom me ayudó. No hablamos, no hay nada grabado. En el taxi empecé a recuperarme. Puse mi huella en el panel y me serví un *whisky* con hielo y agua. Me hizo bien. Tenía la boca entre seca y pastosa. La bebida del minibar móvil es muy cara, como ocurre en los hoteles, pero los créditos están para gastarlos. Aquella incómoda experiencia por la que me habían hecho pasar se merecía otros cinco mil créditos. Tenía que encontrar a James Fenimore y cobrármelos. Con el *whisky* aguado y el aire sin humo de la ventanilla bajada que me helaba la frente terminé de reanimarme. Al conductor no le importó en absoluto el frío que entraba, las máquinas, que yo sepa, no lo notan, al menos de momento. Y si al mayordomo le molestó, pues que lo cargue a su profesión. Él me había llevado hasta allí.

—¿Qué era aquel brebaje que me hicieron beber? Creo que me han drogado.

—Se llama *chicha o masato*. La preparan las mujeres, principalmente las ancianas, de una tribu ancestral de Perú, masticando y fermentando la raíz de la yuca.

Magnífico. Al tomarla me pareció hecha con babas de caracol, pero en realidad eran babas humanas. No pude evitar la imagen mental de un grupo de ancianas indígenas desdentadas mascando una raíz y escupiendo. ¡Qué asco!

—¿Ha sacado algo en claro?

—Ya tenemos al asesino —respondí con sorna.

—¿Y quién es?

—La música.

En ese instante me acordé del vinilo girando en el antiguo gramófono del señor White. De las estanterías repletas de música y de los libros relacionados con la historia de la música. No creí que la música fuese la asesina, pero quizá pudiera tener alguna relación. El vehículo se detuvo cerca del edificio en el que me alojaba. El mayordomo me miró.

—¿Necesita algo más de mí?

—¿Podría traerme al pub Paraíso el vinilo que había en el gramófono del señor White?

—Cuente con ello. Le espero mañana a la misma hora en el Paraíso.

7

P&A

De cómo subí al apartamento y me metí en la cama apenas recuerdo nada. El micro de las gafas tampoco ayuda. Supongo que el último *whisky* que tomé en el taxi no me sentó tan bien como creía. Desperté con dolores de cabeza y mandíbula. Tenía el labio inferior inflamado y todavía me dolía. Estaba vestido con ropa húmeda bajo el edredón. Por lo menos todo era agua de lluvia, debí llegar a tiempo al baño. Colgué la gabardina en la semiterraza y vacié el abultado bolsillo derecho. Había dos cosas en él. Una era el pañuelo que Tom me prestó para taponarme la herida y la otra la cartera del tipo que me hizo la herida. Eso lo recordaba con claridad. Sin embargo, los recuerdos de la visita al torreón del chamán estaban algo difusos, como fragmentos inconexos de un sueño. Cuatro cajas de tallarines en la cocina me hicieron recordar que en cierto momento pasé por un wok 24 horas y lo encontré ideal para reabastecer mi despensa. Recurrí a la grabación de las gafas para recordarlo todo y asegurarme de que no fue un sueño de cogorza. Y sí, fue real. Lo escuché varias veces y lo completé con los recuerdos que me fueron viniendo. Conclusión: chamanes, magia y música. Chorradas.

Me centré en lo material. En la cartera estaba el carnet de identidad del valiente defensor del honor de la señora White. Nombre: Terry Blake. También estaba su dirección, una foto reciente y una tarjeta del despacho de arquitectura donde posiblemente trabajaba, en la zona de Central Ward. El resto eran cosas sin interés. Hice una foto a la tarjeta, pues tenía intención de hacerle una visita lo antes posible. Luego cogí con dos dedos el pañuelo de Tom para tirarlo a la basura. Parecía de seda buena. El perímetro estaba cuidadosamente bordado a mano y hasta había dos iniciales bordadas en el centro: T. H., con toda probabilidad las del mayordomo Tom Herber. No es que sea un entendido, pero parecía un regalo personal y reprimí mi primer impulso de deshacerme de él. Mejor se lo devolvería esta misma noche en el pub. Lo metí en la lavadora solo. Tras dos años de confinamiento había aprendido a darle al botón correcto. No era tan difícil.

Volví a la habitación para comprobar que seguía lloviendo. Consulté el email y ¡bingo! tenía un mensaje de Marga. Debí haberle causado buena impresión. Adjuntaba la autopsia del señor White en la que, con varios tecnicismos aburridos, se confirmaba que no habían encontrado ningún signo de violencia y que lo más probable es que se tratase de una muerte natural. El varón, blanco, de sesenta y cuatro años de edad, tenía unos índices de grasa y colesterol elevados que indicaban que no se cuidaba demasiado. La conclusión del forense parecía clara. Sin embargo, al final añadía que se habían encontrado trazas mínimas de alguna sustancia que podría ser la desencadenante del derrame mortal. Pero la cantidad era tan escasa que podía ser causada por un fallo en el cultivo o por cualquier medicamento de los que el difunto tenía prescritos.

Mi excompañera también incluyó información sobre los otros nombres que le facilité. El cuarto hombre, del que no encontré nada, también estaba muerto. Ocurrió en Massachusetts. Ocupaba un cargo importante no público en el Gobierno. La autopsia también concluyó que fue una muerte natural y el caso se cerró. En cuanto a los otros tres, la información que facilitaba era un poco más de lo mismo. Ocupaban cargos diferentes en el Gobierno, pero también velados. Los fallecimientos sucedieron en fechas y estados diferentes. Y las formas de morir también fueron ligeramente diferentes, aunque todas por causas naturales, supuestamente. En ninguno de los cuatro casos se llevó a cabo una investigación policial. Al parecer, el caso que sucedió aquí en Newark también fue asignado a los musculitos McCaw. Di un golpe en la pared. ¡Claro! Fue un caso que se soslayó por evidencias, yo trabajaba en el departamento por aquel entonces. Eso sucedió hace mucho tiempo y dudaba que guardase relación, pero nunca se sabe…

De Tom Herber, el mayordomo, no había más que una fotocopia borrosa de un DNI antiguo y la acreditación para entrar y salir del área pija de Newark. Estaba limpio. El jardinero era otro cantar. Al parecer era un galán castigador. Había tenido varias relaciones con las mujeres de los lugares en los que había trabajado. Algunas denuncias y pleitos de ellas mismas o de los maridos. Y lo más interesante: un problemático hijo de catorce años de una relación que acabó en demanda y que actualmente luchaba por la custodia. Durante dos días a la semana podía ejercer de padre por un tiempo, y hoy era uno de ellos. El hijo residía fuera del área restringida. Ya tenía dos pistas que seguir: Terry Blake y Domingo Cruz, el Jardinero seductor.

Mientras terminaba de revisar la información entró un escueto correo de Marga. Había descubierto un nuevo nexo entre los cuatro difuntos. Todos estudiaron en la misma Universidad. Edades y carreras diferentes, pero todos formaban parte de la logia de los P&A. Marga me proponía quedar después del trabajo si quería más detalles, pues le acababan de asignar su primer caso como inspectora y no podía extenderse más. Nunca había colaborado tanto conmigo. Ni siquiera cuando trabajamos juntos patrullando las calles y mucho menos cuando salimos juntos una temporada. Me alegré que se redujera nuestro desfase. Todavía debía gustarle.

Investigué un poco esa logia en una de las universidades más caras del país y encontré lo que esperaba. Niños pijos y clubs privados para emborracharse, tener sexo y sentirse superiores al resto. El emblema me llamó la atención, se componía de un puma tocando un arpa con largas uñas afiladas. Una facción de la logia había creado una especie de fórum de música. Organizaban quedadas y tocaban instrumentos. Música prohibida que elevaba el alma. No había más información sin el usuario y la clave. Era más que suficiente para ver que había demasiadas coincidencias: el puma del emblema, muy parecido al del paraguas de James, un arpa, un grupo de melómanos en torno a la dama del violín... Parecía evidente que había caso y que la música, de alguna forma, estaba implicada. Dos puntos para el grueso chamán. Fenimore, por cierto, me debía dinero.

Amplié el emblema de la logia. El puma me confirmó que James no era un conocido de la familia, sino un compañero de logia del señor White. ¿Era, por tanto, su logia la que buscaba determinar la causa de su muerte? Tenía sentido. Habían muerto cinco de sus integrantes en poco más de cinco años. No eran precisamente veinteañeros cuando fallecieron, pero tampoco octogenarios. Tenía que descubrir si el difunto señor White seguía viéndose con todos los miembros de la logia, algo similar a las ñoñas reuniones de antiguos alumnos, o solo quedaba con James Fenimore. Interesante. En cuanto al arpa y la música, rebusqué en las fotos de mi móvil para recordar el título del vinilo que giraba mudo en el viejo gramófono junto al cadáver de White. Se titulaba *Una puerta a otro mundo*, no parecía una etiqueta muy profesional como comenté en su momento. ¿No se le ocurrió escucharlo? Eso me preguntó el intérprete. Pues bien, ahora lo haría. Me preparé un cubata y me dispuse a morir escuchándolo.

Sin embargo, en *Spotify* no había nada con ese título. Ni álbum ni *single*. En internet tampoco encontré referencia alguna, no al menos relacionada con una canción en vinilo. Me vi obligado a aplazar mi muerte hasta que el mayordomo trajese el disco esta noche al pub Paraíso. En caso de que ya no se encontrase en la casa porque los hermanos McCaw lo hubiesen catalogado como prueba, cosa que dudaba, se lo pediría a Marga ahora que estaba de mi parte. Tenía que aprovechar la situación antes de que nuestros ritmos se dispersasen. Nuestra armonía nunca duraba mucho. Revisé el resto de fotos que hice a las portadas de los vinilos que había en la misma estantería. Todas eran muy espirituales: una galaxia, un cañón infinito, montañas nevadas, un río plateado por un valle, una especie de puerta grabada en roca… La mayoría de los títulos estaban en un idioma que no conocía, aunque también había algunos hispanos. Encontré algunos de ellos en *Spotify*. Todos estaban en una única lista de reproducción creada por un tal Túpac Jarán.

Mi estómago, como un odre, se quejó. Necesitaba algo sólido para poder seguir tolerando más líquido. Fui a la cocina y rebusqué en la nevera y en los armarios. Encontré unos palillos chinos y me dispuse a dar cuenta de las cuatro cajas de wok, vino y música.

Las canciones no me desagradaron. De alguna forma consiguieron transportarme a los entornos naturales que había en sus carátulas. Lejos de aquel apartamento de mala muerte cubierto de plásticos y cemento. Lejos de la incesante lluvia sin cielo ni estrellas. Seguramente ocurrió porque las carátulas me habían llamado la atención. Casi todos los temas eran instrumentales, destacando las vibraciones de los aerófonos. La voz era muy escasa y se limitaba a ronroneos o sonidos guturales de alguna tribu. Los catalogaría como música étnica. Con la última copa de vino me pregunté si el que confeccionó aquella lista pertenecería también a la logia de los P&A, y brindé por ello.

Luego me centré en las fotos que hice de los libros de la biblioteca del señor White. La mayoría abordaban temas relacionados con la música antigua y los orígenes de esta. Un repaso por los diferentes tipos de música que existen por todo el mundo y las similitudes que podrían suponer un origen común. Mientras escuchaba el último tema, tuve dos revelaciones. Hay veces que las neuronas se conectan. Momentos de inspiración que simplemente se presentan. Una: El marcapáginas del libro que había sobre el escritorio del fallecido eran los resguardos de unas entradas para la ópera. ¿Y si en lugar de un evento pasado, como supuse, era un evento próximo? Amplié la foto y la fecha que aparecía era la de esta misma noche a las 20:30 en el Coliseo. La diosa fortuna se puso otra vez de mi parte. Aparecía la ubicación: palco lateral y los números de dos asientos consecutivos. Dos entradas para la ópera de esta noche y la señora White no estaba en la ciudad. ¿O sí estaba? Usé el móvil y mi huella para comprar otras dos entradas. Cien créditos cada una, no sabía que la ópera cotizara tan alto. A este ritmo iba a pulirme pronto los diez mil de anticipo. Acto seguido mandé un SMS con una invitación a Marga. Le mostraría mi nuevo yo, más maduro e intelectual. Música y voces en directo. Nada de gafas de realidad virtual. Seguro que le encantaría. Ahora la segunda intuición: en todos los temas destacaba con vigor el violín. ¿Y si la señora White había participado en alguno de ellos? Revisé las contraportadas de los vinilos y su nombre aparecía, entre los cinco artistas, en uno titulado *La puerta de los dioses*. Sonó la alarma en el móvil. Más adelante seguiría con aquella nueva pista. Ahora, por primera vez en tiempo, tenía mucho por hacer.

Marga respondió en pocos minutos con un escueto, pero alentador, «A las 20.15 en el Coliseo. Quizá esta vez puedas echarme tú una mano para variar». Me duché y adecenté al ritmo de los tambores de aquella curiosa música tribal. Me sentí eufórico y lleno de confianza. Deseaba empezar. Tenía día completo: Visita a Terry Blake, el conocido de la señora White del pub. A las 19:00 había quedado en el Paraíso con Tom Herber, el mayordomo, para hacerme con el vinilo y a las 20:30 función de ópera con Marga en el Coliseo. Después de dos años de inactividad la tarde noche prometía. Boina, gabardina, T-Candle, gafas, móvil, botas de cuero, cartera de Terry y pañuelo de seda. No me atrevería a decir que el pañuelo hubiese quedado como nuevo tras el lavado, pero supongo que Tom agradecería el gesto. Usé el secador para que no me mojase los bolsillos. La seda, de un suave azul, era realmente buena y mientras ondeaba sin sangre se apreciaban mejor los bordados. Quizá fuese el regalo de San Valentín de su mujer, si es que estaba casado. Sentí una punzada de celos. A mí nadie me había regalado nada por San Valentín. Aunque pensándolo bien ¿Se puede tener celos de un mayordomo? De hecho, pensé que si no se habían extinguido, el mundo les daría una nueva oportunidad.

8

TERRY BLAKE

Esta vez opté por tomar el metro, dado que la vivienda del defensor de la señora White se encontraba en la otra punta de la ciudad y contaba con una salida directa. El tiempo era amenazador, pero no llovía. Las calles estaban prácticamente desiertas, solo me crucé con grupos de gente según me acercaba a la entrada del metro, a las escaleras mecánicas que bajaban al submundo, loco y ajetreado, oculto bajo el asfalto. Siempre que me adentraba en él me venía a la mente un gigantesco hormiguero. El metro siempre había tenido mucho uso, pero desde el abastecimiento eléctrico en masa y a bajo coste, al que creo que aporté mi granito de arena, en tan solo un año se añadieron una docena de líneas y se introdujeron mejoras en vagones convirtiéndolos en más rápidos y silenciosos. Lo más novedoso es que en muchas paradas se crearon accesos directos a oficinas, comercios e incluso viviendas. Entre la incómoda lluvia que parecía haberse instalado en todo el norte y estas ventajas subterráneas ahora vivíamos literalmente como termitas. Infinidad de corredores subterráneos conectaban los altos edificios como los termiteros que se elevan de la tierra con equilibrios imposibles. Se dice que las termitas tienen la clave de la eficiencia energética. Nosotros, gracias a la electricidad casi ilimitada, ya no la necesitamos tanto. Las escaleras mecánicas terminaban en cintas para moverse sin dar un paso hasta llegar a las paradas. Me puse como un ordenado peón más entre la multitud guardando la distancia y dejé que me llevase a mi parada. Allí cogí el metro que llegó justo en los dos minutos que indicaba el panel. Subimos ordenadamente y mantuve la posición con las manos pegadas al cuerpo hasta alcanzar mi destino en los siguientes diecisiete minutos. No digo que no sea efectivo y funcional, pero no puedo evitar sentirme como un borrego. Usé mi huella digital para acceder desde el subterráneo al mismo edificio donde vivía el hombre al que buscaba. Allí la estación estaba algo más despejada. Aproveché para embadurnarme la cara con mi crema especial para el sol antes de tomar el ascensor que me llevó a la recepción. Era un edificio mixto de oficinas y viviendas. Según los casilleros, las cinco primeras plantas eran para uso exclusivo de oficinas. Me quedé con el nombre de *WorldTours* y fui al mostrador. No me resultó difícil colarme en el ascensor que daba acceso a las plantas superiores haciéndome pasar por un cliente de esa agencia de viajes. Todo estaba vigilado por cámaras de seguridad, hasta la cabina del ascensor. Me hubiera gustado ver el edificio por fuera, solo me hice una idea de la tremenda altura por los sesenta y cinco números del panel. Seleccioné la planta octava. Mientras subía pensé en la forma de abordar al tipo para tratar de evitar que acabase en otra pelea. Lo único que se me ocurrió en esos escasos treinta segundos es que le haría ver que iba de buena voluntad a devolverle la cartera extraviada que encontré por casualidad.

En la planta octava había seis viviendas y en cada una de ellas un lector biométrico. Primero llamé al timbre de la 805 y nadie contestó. Luego golpeé la puerta con los nudillos y nadie respondió. Con el DNI electrónico de alguien y ciertos conocimientos se pueden conseguir muchas cosas. Pero en este diario del caso diré que me di cuenta de que la puerta estaba entornada y la alarma de la vivienda desactivada. Un golpe de suerte. Era una casa moderna de diseños minimalistas. Mucho cristal y poca pared. En eso nos diferenciábamos de las termitas, ellas no usaban cristales, quizá porque eran menos eficientes energéticamente. Absorben mucho calor en verano y frío en invierno, pero para eso tenemos nuestros aires acondicionados y las vistas al exterior intentan engañar a nuestros sentidos para evitar que el hormigón y el cemento nos hagan creer que estamos encerrados. En el salón había una enorme televisión que se mimetizaba con la pared y prácticamente la cubría en su totalidad. Dos estatuas de un mármol rojo con vetas blancas se miraban desde dos extremos. No encontré nada relevante más allá de un portátil protegido por contraseña y ahí sí me pillaban. La habitación principal era espaciosa, con cama de agua y espejo en el techo. Solo se me ocurren un par de razones para poner un espejo en el techo. Y no creo que Terry lo hiciese para verse la cara de perro de recién levantado. Debía ser un vicioso. Revisé la cocina con una imponente isla central y el cuarto de baño con preciosas vistas a la ciudad. Nada de interés y mi única conclusión es que todo aquel lujo era un despilfarro totalmente innecesario. Si me hubiesen alquilado este apartamento, lo primero que hubiese solicitado es que la mayoría de las cosas estuviesen cubiertas con plástico opaco.

Por último inspeccioné lo que parecía un despacho de trabajo. La entrada requería huella, pero la fortuna quiso que también lo encontrase abierto. Normalmente un detective no tiene tanta suerte y tiene que poner de su parte para tenerla. Supongo que me entendéis. Dentro había un atril con un cabezal enorme, la típica mesa de arquitecto, y otro portátil al que no pude acceder. Mi nulidad como pirata informático hizo que la suerte no estuviese de mi parte en esta ocasión. Hice fotos a los cuadros, títulos, diseños y diplomas que había en las paredes. Luego me centré en los planos expuestos sobre la mesa de trabajo. En ese momento, el tal Terry Blake trabajaba en una curiosa estructura circular sustentada por doce columnas. Estaban las medidas de las columnas: diez metros de altura por ochenta centímetros de lado. No había techo más allá del círculo superior que conectaba todas las columnas formando entre ellas grandes ventanales abovedados. No tenía ni idea de qué podía ser. Bajo aquel diseño había más planos con más medidas del mismo proyecto y luego otro tipo de entramados. El último era más bien el boceto de una campana. También se detallaban las medidas exteriores de aquella especie de pera sin puertas ni ventanas. Desde luego no eran planos de viviendas o edificios al uso. Tomé fotos de todo. Debía de tratarse de algo arquitectónico o decorativo. El típico engendro que inexplicablemente aparece en el centro de la autopista para castigo de los automovilistas.

Cuando di por concluido mi registro, me fui a la cocina y abrí el frigorífico. Tres de los cuatro estantes estaban llenos de comida precocinada. Sana, al menos todo lo que puede serlo un producto envasado. Algo no encajaba allí. No había más bebida que un par de botellas de agua de vidrio. Me tocó rebuscar en los armarios hasta que encontré una especie de bodega repleta de botellines de cerveza de todos los tipos. ¿Cientos de cervezas y ninguna fría para acompañar la comida? No hacía falta ser detective para saber que algo se me escapaba. No tardé en darme cuenta de que había dos microondas. Nunca había probado uno de los nuevos y me hacía ilusión. Introduje un botellín de Paulaner y presioné el único botón que destacaba en el panel frontal. El interior se iluminó y se apagó cuando los quince segundos del contador llegaron a cero. Saqué la cerveza casi congelada. Increíble. Estaba en su punto. Me la tomé picoteando indiscriminadamente de todo lo que encontré tan bien presentado. Algo similar a lo que hacía Marga. Luego probé con cuatro botellines. Esta vez el microondas enfriador tardó treinta segundos, pero el resultado fue idéntico. Tenía que comprarme uno. Fui al comedor con dos táperes y las cuatro cervezas. Al no encontrar manteles ni nada por el estilo los apoyé sobre una mesa de metacrilato. Abrí la ensalada mixta de verdura y pasta y el sandwich de pollo con arroz. En fin, no era mucho, pero con la cerveza todo pasa y mi cuerpo lo agradeció. No soy un gourmet muy exigente.

Estaba terminando de comer cuando llegó Terry Blake. Cogí el sándwich con una mano y una cerveza con la otra. No se me ocurrió una posición menos amenazadora para empezar con buen pie. Terry, al verme en su salón, retrocedió un paso. Parecía que iba a salir corriendo. Di un mordisco y un buen trago antes de hablar.

—Tranquilo, amigo. Solo he venido a devolverle la cartera.

Dejé la cerveza lentamente sobre la mesa y saqué la cartera con dos dedos. Tras un momento de indecisión se acercó, la recogió y volvió a separarse, los ojos huidizos, como hacen las palomas cuando les tiras migas de pan cerca de la mesa exterior del restaurante.

—Maldito ladrón. ¿Cómo ha conseguido sortear los sistemas de seguridad?

—Pura suerte. Estaba todo desconectado y la puerta abierta.

—Muy gracioso.

—Disculpe mi comportamiento de la otra noche. Algo no me sentó bien… Todavía me duele la boca.

—¿Qué quiere de mí?

—Espero que no le importe que haya tomado algo. Estaba hambriento y no sabía si tardaría mucho.

—¿Qué es lo que quiere?

—El marido de la señora White ha muerto.

Terry no se inmutó en absoluto ante mi afirmación. Debía estar al corriente y eso era curioso, porque todavía no se había hecho público.

—La señora White, como bien sabe, se marchó hace unos días y un conocido cree que podría estar en peligro. Me ha pedido que le ayude a encontrarla para protegerla.

—No conozco a ninguna señora White.

—La señora White es la de la foto del pub. No se defiende con uñas y dientes a una desconocida, ¿verdad?

—Es usted un listillo.

—Solo busco a alguien que me pueda ayudar a encontrarla. Nada más.

—Ya le he dicho que no la conozco.

Cuando los buenos modales fallan, el manual dice que hay que intentar provocar una reacción más visceral. Y así lo hice.

—¿Se acuesta con ella?

—Maldito malnacido. Fuera de mi casa o aviso a la policía.

—Yo soy la policía.

Titubeó durante un instante. Ahora me pediría que le enseñase la placa y no la tenía. Así que me anticipé.

—Quería decir que lo fui durante unos años. Conozco a todo el departamento y tengo una amistad especial con los inspectores asignados al caso.

Se hizo un silencio. Aproveché para dar un nuevo bocado y otro trago. No mentí cuando le dije que tenía hambre.

—Vamos, amigo. No quiero una confesión por escrito. Solo deme algo y lo dejaré en paz. Si no me ayuda me veré obligado a compartir con los inspectores la trifulca de la otra noche en el Paraíso y vendrán derechitos a su puerta.

—No sabe donde se está metiendo…

—Soy todo oídos.

—Maldito engreído.

—¿Qué instrumento toca usted, señor Blake?

—Ninguno. ¿A qué viene esa pregunta?

—Solo estoy buscando una explicación para que una mujer tan guapa y elegante como la señora White se fijase en un capullo como usted… A ella no le falta el dinero, así que…

El tipo sonrió y entró al trapo. A todo el mundo le gusta defenderse.

—Hay música en las formas geométricas, pero no todos pueden verlas. Un zote como usted no vería música ni en el Guggenheim.

—Si refiere a esa estructura circular de su despacho…

El semblante volvió a enrojecerse, ahora estaba realmente cabreado.

—…le doy la razón. No le veo ninguna música y tampoco utilidad alguna. ¿Para qué sirve? ¿Para decorar una rotonda?

—Es usted un bocazas. Un bocazas que no sabe nada y se las da de listo.

—¿Espera que vuelva pronto la señora?

Era solo una suposición. Me la jugué, pero Terry guardó silencio.

—Le haré la pregunta de otra forma. ¿Usa usted ropa interior femenina?

El joven apretó los puños. Por un instante pensé que iba a saltar sobre mí. Es una reacción que suelo causar en la gente. La consigo enfadar. Si lo hubiese hecho, en esta ocasión, la pelea hubiese estado igualada sin sus amigos.

—En la mesita de la habitación principal hay ropa íntima de mujer. En el aseo hay dos cepillos, una plancha de pelo… Si no fuese a volver ya lo hubiese recogido.

—¿Para qué la busca?

No lo negó. Quizá había acertado y la señora tenía un nidito de amor con espejos en el techo.

—Ya se lo he dicho. Mi cliente cree que puede estar en peligro.

—No tengo inconveniente en decirle lo poco que sé si promete dejarme en paz.

Asentí y seguí con el cuarto botellín.

—La mujer que busca temía por su vida y se marchó. Nadie sabe dónde está. A la vista de lo que le ha sucedido a su marido diría que acertó en su decisión de huir.

—¿Y qué le ha sucedido exactamente a su marido?

—Es usted el que ha dicho que había muerto.

—Exacto. Muerto, no asesinado. No creo que sea una decisión acertada correr como una liebre porque a tu marido le de un infarto.

Terry negó con la cabeza, pero guardó silencio.

—¿Puede contactar con ella? ¿Móvil, *email*?

—Eso dejaría rastro y era muy cuidadosa.

Me puse en pie. Me sacudí las manos y me puse la boina. Estaba claro que no iba a poder sacarle nada de momento y se hacía tarde para mis otras citas.

—Gracias por la cerveza, señor Blake.

—Lamento haberle conocido.

9

COLISEO

Me marché con las manos vacías, pero con el estómago lleno. Fui directo al Paraíso, pero en esta ocasión esperé al mayordomo fuera. Había cola y no pensaba volver a pagar entrada y soportar la mirada perdonavidas del portero. Hay gente que jamás sonríe. Tom llegó dos minutos antes de la hora convenida. Puntual como un reloj suizo. Le abordé nada más salir del taxi.

—¿Alguna noticia de la señora White?

Negó con la cabeza.

—¿Ha podido conseguir el disco?

—Lo siento. No había nada en el gramófono de la biblioteca.

—¡Maldición! Gracias por su servicio, amigo. Hoy tengo prisa. ¿Le importa si charlamos mañana?

Me subí en su mismo CityCab y le cerré la puerta en las narices. No creo que le importase porque precisamente estaba a mi servicio según sus palabras. Y aquella era la mejor forma de ayudarme en ese momento. No quería llegar tarde. Pagué con la huella y enfilamos al auditorio. De camino me di cuenta de que con las prisas no le había devuelto el pañuelo y estuve tentado de abandonarlo en el asiento del taxi. No podía dedicarle más tiempo. El taxi me dejó en la misma puerta. Marga estaba en el rellano de la entrada vestida de noche. Vestido largo y abrigo. Se había hecho algo en el pelo. Era difícil verla con un atuendo diferente al uniforme o la habitual ropa urbana de chica dura. Estaba radiante. Apoyé mi mano en su hombro.

—Disculpe, *madame*. Estoy buscando a una *mademoiselle*…

Marga se giró y en su rostro se dibujó una seductora sonrisa. Volvió a colgarse de mi cuello. Me dio la impresión de que realmente se alegraba de volver a verme. Yo no tenía mascota y no estaba acostumbrado a cálidos recibimientos. Le rodeé la cintura con mis brazos.

—Está preciosa, inspectora Brenes.

—Gracias por la invitación, Philippe Hawk.

Entramos con el código QR del móvil. En el vestíbulo, mientras Marga dejaba el abrigo, cogí un par de folletos y compré unos binoculares. Me lanzó una mirada interrogante.

—No quiero perder detalle. Me han dicho que la obra es muy buena.

Me dio una palmada en el hombro sonriendo. De pronto, el *hall* se llenó de música suave y yo, inclinando la cabeza, le ofrecí mi mano. Ella apoyó sus dedos y empezamos a subir teatralmente por la alfombra de la majestuosa escalera. Al llegar a la tercera planta ya hacía rato que habíamos abandonado la pose. Entramos a un pasillo lateral que se acercaba al escenario. El paso era estrecho y estábamos casi al final. No había elegido aquellas butacas al azar, desde allí podíamos ver de frente al público.

—Eran las últimas entradas que quedaban… —dije a modo de disculpa mientras nos sentábamos.

El aforo estaba más o menos a la mitad. Bajo el escenario había una gran orquesta. La gente seguía entrando y poco a poco se fue llenando. En un lateral del primer piso había tres reservados. El que pertenecía al señor White, según la numeración de sus entradas, era el del centro. Era amplio y disponía de seis asientos. Ocuparon cuatro de ellos. Mientras fingía interesarme por el libreto, vigilé con disimulo para no incomodar a Marga.

—Por favor, ocupen sus asientos. La obra está a punto de comenzar.

Después del aviso seguían vacías las dos butacas que me interesaban. Al apagarse las luces apenas podía distinguirlas. Se abrió el telón y pronto, como cabía esperar, los intérpretes iban y venían elevando cantos seguramente de penas y glorias. Marga se apoyó con los dos brazos sobre la barandilla para ver mejor el escenario. Desde luego, no estábamos en los mejores asientos. Yo aproveché para usar los anteojos y vigilar el reservado. Seguía habiendo dos huecos libres. A los pocos minutos sentí un codazo en el costado.

—Por si no te has dado cuenta, la representación es al otro lado.

Sonreí y dirigí los binoculares hacia la gorda de turno. Más allá del Infernal Galop, no soy muy exigente con la música clásica. Marga parecía vivirla. Aplaudía y suspiraba. Yo, en cuanto podía, desviaba la vista con disimulo, pero siempre recibía un codazo. Llegamos al descanso y los dos asientos no se ocuparon. Marga reclamó mi atención.

—Suéltalo ya —dijo, manteniendo la calma.

—¿Qué quieres decir?

—¿Qué hacemos aquí, Halcón? ¿A quién vigilamos?

No tenía sentido mentir. Si contestaba con más evasiva solo conseguiría hacerla explotar.

—Controlo esas dos butacas vacías del reservado del primer piso.

Ella me quitó los anteojos y miró.

—¿Qué busco?

—Confiaba en que solo hubiese una vacía, pero dejémoslo estar. Por cierto, te agradezco la información que me has pasado.

—Sé que acabaré arrepintiéndome, pero…

—¿Algún avance en la investigación de la muerte del señor White por parte de los hermanos?

Marga me devolvió los anteojos.

—De momento nada.

—Dijiste que tenías novedades…

—Y así es, pero antes me gustaría consultarte algo.

—Dispara.

—Hoy me han asignado el primer caso como inspectora.

—Enhorabuena de nuevo.

Sin duda por eso estaba de tan buen humor. Me alegré sinceramente por ella. Se lo merecía.

—¡Cuéntame!

—El aviso era sobre un cadáver abandonado en las afueras de Roseville. Varón, metro ochenta, delgado. Sesenta y tantos.

—¿Abandonado?

—Esos es. Alguien lo dejó allí solo con ropa interior. No llevaba zapatos y los calcetines estaban limpios. No había dado ni un paso.

—Pudieron haberle matado allí mismo y luego quitarle la ropa y los zapatos. ¿Un disparo?

—Estrangulamiento. Marca en la garganta de una cuerda fina y claros síntomas de asfixia. Todavía no hemos podido identificarlo.

En ese momento tomé los anteojos y eché otro vistazo al reservado del señor White. Ahora, en el intermedio, había más luz que al principio. Seguían las dos butacas vacías, pero me centré en los que ocupaban las otras cuatro. Uno por uno. Costaba distinguir los rostros de los dos que estaban detrás, pero, en un instante, uno de ellos se hizo visible al susurrarle algo al compañero de delante y ¡mira por donde!, allí estaba el tal James Fenimore. Aquel debía ser un espacio reservado para los pertenecientes a la logia. Parecía evidente que seguían quedando después de tantos años. En breve iba a tener una conversación con aquel sujeto. Sentí un nuevo codazo.

—¿Me estás escuchando, Halcón?

—Claro, cariño. Habéis encontrado un tipo en pelotas en la cuneta.

—No estaba en pelotas. Estaba en ropa interior. Y de la buena.

—¿Qué quieres decir con 'de la buena'?

—Camiseta a tirantes de algodón, calzoncillos largos hasta las rodillas y calcetines de punto. Todo hecho a mano. Debía ser una especie de *amish* o vivir anclado en el pasado.

—¿Ninguna identificación?

—Nada.

—¿Ninguna denuncia por desaparición que encaje?

—Ninguna.

—¿Cuánto tiempo llevaba 'fiambre'?

—Más de veinticuatro horas. La lluvia ha echado a perder lo poco que tenemos. ¿Quieres ver las fotos?

No tenía muchas ganas, pero qué remedio. Cogí su móvil y le cedí los anteojos.

—¿A quién vigilo ahora?

—Al tipo de la esquina derecha de la segunda fila. Lleva corbata verde y bastón.

Pasé las fotos. Otro cadáver más fotografiado desde varias perspectivas. Pero había algo que…

—¿Tienes fotos de las prendas?

—Claro. Sigue pasando.

Lo hice y allí estaban las prendas solas. Estaban fotografiadas en la morgue por las dos caras y con buena luz. Parecían bordadas a mano y en las esquinas se apreciaban las iniciales TH.

—¿Y bien?

—Creo que he resuelto el caso.

Marga me dio un nuevo codazo.

—Hablo en serio, Halcón. Esto es importante para mí.

—¿Puedes ver las dos butacas vacías?

—Perfectamente.

—Pues creo que ahí tienes a tu hombre.

—¿Qué quieres decir? Están vacías.

—Una de las butacas estaba reservada a nombre de mi cadáver, el señor White, y la otra al del tuyo, el señor Tom Herber.

La logia era solo de caballeros, así que descarté a la señora White como acompañante. Marga se separó los anteojos y me atravesó con la mirada. En ese momento se apagaron las luces. Subió la música y comenzó la segunda parte. Le hice un gesto para que guardase silencio. Estaba inquieta. Ahora me miraba más a mí que a la representación. Saqué el pañuelo de encaje y lo desplegué sobre las rodillas de Marga. Luego le pasé el móvil con la linterna activada. Ella lo analizó una y otra vez.

—El encaje de los bordes y las iniciales coinciden con las de la ropa de mi cadáver. Incluso el tono azulado —dijo con asombro— Por todos tus muertos, Halcón, ¿me quieres decir qué haces tú con esto?

Los vecinos nos chistaron. Marga estaba excitada y hablaba alto. Bajamos la voz.

—Ya te dije que fui el primero en llegar a la escena del crimen en la mansión White.

—¿Y por qué te llevaste el pañuelo?

—Pura casualidad…

No tenía ganas de hablarle del falso Tom, al menos por el momento. Me miró incrédula.

—¿Quién era el dueño del pañuelo?

—Te lo he dicho. Tom Herber, el mayordomo del señor White. Creo que te apuntarás un tanto con el jefe Randle y será una buena ayuda para los hermanitos.

La pregunta que me hice solo para mí fue: ¿con quién narices me había estado reuniendo en el pub Paraíso? Resultaba evidente que con el que le había robado la ropa al verdadero Tom y a quién le importaba un pimiento el dichoso pañuelo bordado a mano. Marga me sacó de mis cábalas.

—El otro hombre no está.

—¿Qué quieres decir?

—Ahora hay tres sillas vacías. El de la corbata verde se ha marchado.

Salimos apresuradamente entre las quejas del resto de espectadores de nuestra fila. No había nadie en los pasillos exteriores ni en los aseos del auditorio. Fuera tampoco. Aquel individuo se había esfumado.

—¿Podrías conseguirme los nombres de todas las reservas de ese reservado?

—Imposible sin una orden. Lo siento, Halcón.

Ella se cogió de mi brazo. La lluvia era suave, casi agradable. Marga se quitó los zapatos de tacón y se levantó la cola del elegante vestido para que no se mojase mientras la acompañé, esta vez andando, hasta su apartamento. Guardo esa imagen.

—Contigo todo es impredecible, Halcón. Me utilizas con una falsa invitación y me dejas a mitad de obra, pero, por otro lado, consigues que dé un salto de gigante en mi primer caso. Es una auténtica locura.

—Pura suerte.

Me dio un nuevo beso en la mejilla. Esta vez más prolongado. Cálido y húmedo.

—Te dije que tengo algo para ti.

—Llevo mucho tiempo esperando oír eso. Desde que…

Me puso el los dedos en los labios para que guardase silencio.

—Chsss. No lo estropees.

—¿Soy todo oídos?

—Está relacionado con los nombres de esos cuatro tipos que me pasaste. Por desgracia, del tal James Fenimore no he podido encontrar nada. Debe ser un nombre falso.

—James Fenimore era precisamente el individuo que se nos acaba de escapar.

—¿De veras? Lo siento…

—No te preocupes. Algo me dice que volveré a verlo.

—Volviendo a los otros cuatro. Como te adelanté: los cuatro estudiaron en la misma universidad. Los cuatro fallecieron por muerte natural. Los cuatro pertenecían a la misma logia y…

—Y…

—Y los cuatro tenían derecho a voto en la CEDIPE.

—¿CEDIPE?

—La Comisión para el Estudio y Desarrollo de Instalaciones y Prototipos Extramuros.

—¿Me lo puedes traducir?

Marga disfrutó de lo lindo sabiendo algo que yo desconocía. Me encontraba a su merced y estaba dispuesto a rogarle si hubiese sido necesario.

—En los expedientes había partes clasificadas. ¿Recuerdas al joven Brian Smith?

—¿El novato del departamento informático?

—El mismo. Digamos que ya está crecidito y…

—Es uno de esos novios que me has comentado…

—Dejémoslo en que cenamos algunas noches. El caso es que gracias a él conseguí acceder a esa parte clasificada y pude descubrir que los cuatro fallecidos poseían puestos velados en los ministerios, pero lo que los hacía realmente especiales es que tenían voz y voto en la aprobación de proyectos y presupuestos de la citada comisión.

—¿Por qué es tan importante esa comisión?

—La clave está en la última sigla 'E': fuera de territorio Estadounidense.

Estaba excitada y ansiosa de contarme algo. Yo, cansado de no enterarme de nada, la animé para que se explicase.

—Apenas hay información sobre dicha comisión. Piénsalo, ¿por qué invertir fuera de nuestras fronteras? La respuesta es simple: porque nuestras leyes no lo permiten. Son ilegales. Te pondré algunos ejemplos: cárceles en Guantánamo donde poder torturar a placer a los presos. Institutos biomédicos donde poder experimentar con patógenos extremadamente peligrosos o fabricar clones. ¿Empiezas a hacerte una idea de la importancia? Es algo así como tener barra libre para hacer lo que se quiera en temas tabú sin tener que dar explicaciones. Barra libre para crear la isla de Doctor Moreau.

Empezaba a comprender la importancia de aquella información y a contagiarme de su entusiasmo.

—También se incluyen proyectos para poder abastecernos de recursos naturales de los que nuestro territorio carece. Por ejemplo: construir una planta perforadora o mina vete tú a saber dónde para extraer productos radioactivos explotando a trabajadores sin necesidad de provisionarlos de las mínimas medidas de seguridad. O para robar diamantes o petróleo a los africanos...

—¿Eso es legal?

—Como mínimo de dudosa legalidad. Por ello se usan fondos opacos imposibles de rastrear. Todo ello dota a los integrantes de la comisión de un poder y de unos sobresueldos incalculables. Imagina los abultados maletines que deben cambiar de manos para comprar el sí o el no.

Marga era buena. Muy buena. Y era algo nuevo y beneficioso tenerla de mi parte y en la misma onda. Esto lo cambiaba todo. Noté como las conexiones estaban a punto de producirse en mi cabeza.

—¿Sobre qué proyecto estaban decidiendo?

—Lo desconozco. Ha sido totalmente imposible saber más. Entramos en aguas pantanosas, Halcón. Si se descubre a alguien husmeando sobre la comisión o los fondos puede haber consecuencias.

—Comprendo…

—Lo que sí sé…

Marga hizo una pausa larga y dramática. Quería verme sufrir antes de llegar al clímax de su relato. Yo estaba entregado.

—Es que el señor White también era miembro de la comisión y votó en contra de lo que se estuviese planteando en las dos últimas reuniones.

Me quedé mirándola fijamente a los ojos, agradecido, compartiendo su descubrimiento.

—¿El voto de los otros fiambres también era negativo? —inquirí ansioso, sin llegar a analizar lo que realmente significaba.

—Ni idea. Sé lo que estás pensando, pues fue lo primero que pensé yo al descubrirlo. Quizá se convirtieron en un obstáculo y alguien decidió quitarlos de en medio...

—No podemos descartar esa posibilidad.

—Esto es lo más lejos que voy a llegar sobre este asunto, Halcón. Te ruego que no me pidas nada más sobre el tema. Si quieres indagar más, que sea por tu cuenta y riesgo.

—Lo comprendo. Volvamos entonces al caso de los hermanos McCaw. ¿Sabes si requisaron del domicilio de los White un disco de vinilo como prueba?

—¿Un disco antiguo de los grandes? No, seguro que no.

En ese momento llegamos a la puerta de su casa y volvió a escurrirse de mis brazos. Subió al primer escalón de los cuatro que daban acceso a su vivienda. Me negué a soltarla de la mano.

—Creí que podría canjear el pañuelo por una copa en tu casa.

—Creo que ya te he dado más de lo que te mereces.

Era cierto. La solté.

—Lo siento. Voy a trabajar. Tengo que buscar la forma de plantear la aparición del pañuelo y de relacionar mi caso con el de los McCaw. Seguro que lo que me invente sonará más creíble que si contase la realidad. Buenas noches, Philippe.

Un fugaz beso de despedida, la miel en los labios, y en el entreacto, cada mochuelo a su olivo.

10

DOMINGO CRUZ

Pasé la noche actualizando el diario del caso y repasando las grabaciones de voz. Presentía que estaba muy cerca de establecer una conexión que me hiciese avanzar. Me tomé un par de copas escuchando la lista de reproducción de música étnica y me 'quedé sopa' hasta que el granizo en mi ventana me despertó. Comprobé la hora y me puse en marcha. Al parecer, el granizo quería que acudiese a mi cita con Domingo Cruz, el jardinero 'donjuan' de la hacienda del señor White. Había dormido de un tirón y sin los extraños sueños que solían asaltarme, así que algo de mágicos sí que debían de ser aquellos temas que todavía sonaban en bucle en mi móvil.

Me di una ducha y, mientras venía el taxi, me tomé el resto de la bolsa de Cheetos que quedaron de ayer. Llegué a la dirección que me facilitó Marga con veinte minutos de antelación. Eran las 11:40 y la calle estaba desierta. Me quedé en el interior del vehículo durante los ochos minutos permitidos. No quería que el jardinero pudiese reconocerme al llegar y, además, estaba lloviendo. Por lo menos no granizaba. No le quité ojo a la avenida y entrada del edificio mientras sonaba primero la melodía de fin de trayecto durante unos minutos y luego los avisos de que abandonase el vehículo, que como podréis comprobar van subiendo de tono:

—Gracias por viajar con World CityCab, la forma más rápida, económica y ecológica de viajar. Esperemos que tenga un buen día.

—Gracias por viajar con World CityCab, ha excedido el tiempo de parada. Por favor, abandone el vehículo y disfrute del día.

—Gracias por viajar con World CityCab, ha excedido el tiempo de parada. Si no abandona el vehículo de inmediato, será sancionado y se dará parte a la autoridad competente de su infracción.

Al finalizar el último aviso configuré una nueva ruta para dar la vuelta a la manzana y repetir el procedimiento: vigilancia con melodía de fin de trayecto y avisos. A las 11:55 el *gigoló* todavía no había aparecido y me tocó dar una nueva vuelta a la manzana. Lo bueno de viajar con máquinas es que no les importa en absoluto que el pasajero sea un chalado que gaste sus créditos usando el coche como si fuese una noria. No había que dar explicaciones. A la tercera fue la vencida. El 'donjuán' llegó con un CityCab que se quedó en la puerta mientras entraba en el portal. Eso quería decir que tenía intención de volver antes de los ocho minutos. Así fue. Salió acompañado de un joven de unos doce años. Subieron al taxi y los seguí hasta The Mills. Allí pasearon por la sala comercial y de ocio y asistí en primera fila a cómo algunos padres tratan de ganarse la confianza y cariño de un hijo en una situación de custodia compartida: comprándolo. Supongo que la competición consiste en cuál de los padres le hace los regalos más caros y lo malcría más. No quise crear una situación incómoda entre padre e hijo en tan tiernos momentos y esperé el momento adecuado para hablar con Domingo. El niño se montó en una mezcla entre simulador y atracción de feria y, cómo no, con casco de realidad virtual. En ese momento, me puse al lado de Domingo, que también aprovechó para hablar con la joven responsable de la sala.

—¿Me recuerda, señor Cruz? —interrumpí.

El tipo se asustó. Eso era buena señal, algo ocultaba. Nos separamos unos pasos de la joven.

—Tranquilo, amigo. Solo he venido a charlar un rato sobre su antiguo patrón.

—No sé nada. Ya le contamos todo el pasado día en la hacienda.

—¿Cuánto dura la atracción? —pregunté señalando a su hijo.

—Poco más de diez minutos.

—Eso nos deja algo menos de nueve para charlar. ¿Quiere a su hijo?

—Por supuesto.

—Entonces no querrá perder la custodia por sus habituales deslices.

—Es usted un bastardo.

—Amigo, esto me gusta tanto como a usted. Pero sé que oculta algo y no me deja otro remedio.

Domingo se mostró cada vez más inquieto. Se frotaba las manos y se atusaba una inexistente barba.

—Quedarán unos siete minutos para que evite tener que dar incómodas explicaciones a su hijo sobre mi visita.

—De acuerdo. El señor White me pidió que instalase un sistema de vigilancia exterior.

—¿Exterior?

—Sí. Fue hace un par de semanas. Estaba preocupado por algo. Me ordenó que instalase las cámaras de forma discreta para que nadie pudiera verlas, ni siquiera el servicio, y que guardase el secreto.

—¿Y lo hizo?

—Claro que lo hice. De hecho, todavía siguen en funcionamiento.

De vez en cuando se tiene suerte. Aquello era una ayuda caída del cielo.

—¿Tiene las grabaciones?

—Se almacenan en el servidor durante diez días antes de borrarse. Le puedo pasar la dirección y los códigos.

—Genial.

—Tengo aquí mismo el enlace. Cuando se conecte tendrá que descargarse el visor y acceder con estos códigos. —Les hice una foto con el móvil.

—¿Conoce el paradero de la señora White?

Negó con la cabeza.

—¿Estás seguro? ¿No flirteaba con ella?

—Su único interés es el violín. Parece estar enamorada de él.

—Volvamos a las grabaciones… ¿Las ha consultado después de lo sucedido?

Domingo dudó. En ese momento la atracción se detuvo y el niño se quitó las gafas. Un trato era un trato, así que me separé unos pasos y me hice invisible para el crío. En cuanto comprobé que los datos eran válidos, los dejé marchar. Aproveché para comprar algo de comida y bebida, no precisamente en ese orden, antes de volver al apartamento. Allí me conecté al servidor y revisé los últimos diez días de las grabaciones tomadas en la hacienda de los White. Eran muchas horas de video. Activé la reproducción acelerada y me lo tomé como si estuviese viendo una película mientras preparaba algo de comer y me lo tomaba. En los cinco días previos a la muerte del señor White no encontré nada interesante. Lo único que saqué en claro es que la señora White, efectivamente, no estaba y que Domingo Cruz y la sirvienta que respondía al nombre Melinda se llevaban algo entre manos. El tipo debía ser un mujeriego empedernido. También me quedó claro que el señor White no pisaba el bonito y cuidado jardín. Por eso, cuando el señor White salió al jardín tres días antes de su asesinato, reduje la velocidad de reproducción. Lo vi andar y desandar unos diez metros durante unos minutos. No tardó en aparecer en escena un segundo individuo. Charlaron animosamente. Por desgracia no tenía audio. El segundo hombre daba la espalda a la cámara, pero no me hacía falta verle la cara porque este usaba un paraguas como bastón y cojeaba ligeramente. Ahí teníamos a James Fenimore. En la otra mano sostenía una carpeta. Pasearon en círculos durante unos minutos. Daba la impresión de que el señor White pretendía permanecer en el campo de visión de las cámaras de vigilancia. Antes de marcharse, James le entregó la carpeta al señor White y, durante un instante, pude apreciar claramente su rostro. Ya no encontré nada más interesante hasta nuestra aparición en escena cuatro días después. Allí estábamos James Fenimore y yo. Gracias a la espesa crema que usé, mi rostro era solo un reflejo blanco. No me molesté en borrarlo porque no se me podía identificar.

Desde el primer momento supe que el tal James Fenimore no decía todo lo que sabía. El video tampoco me servía para mucho más que desmentir su afirmación de que hacía meses que no pasaba por la mansión de los White, pues James no llegaba ni a entrar en la casa. Me serví un par de copas más mientras pensaba. Esta vez de un suave Baileys con hielo, no quería abusar. Llamé al número personal de Marga.

—¿Cómo ha ido la exposición de tus avances en el caso? ¿Entregaste el pañuelo?

—Un segundo.

Supuse que Marga necesitaba buscar un lugar privado. Su voz sonó animada.

—He llamado la atención del jefe Randle y de los hermanos McCaw. Han admitido la conexión y me permiten colaborar en el caso. Estamos corroborándolo todo. Te debo una.

—Me alegro por ti.

—Hemos identificado al cadáver, pero todavía falta encontrar al asesino y me gustaría apuntarme ese tanto también.

—Y si te dijera que puedo servirte en bandeja al que ha usurpado el papel del mayordomo y que muy probablemente sea además el que lo asesinó o, como mínimo, cómplice de su asesinato.

—¿Bromeas?

—¿Te he fallado alguna vez?

Casi pude notar cómo se mordía la lengua. La lista de las veces que le había fallado era muy extensa.

—Pásate a las 18:45 por el pub Paraíso. Sola.

—Ya me imagino. Allí me invitas a unas copas y me lo cuentas todo…

—¿Ese concepto tienes de mí?

—Halcón…

—Nada de copas, te lo prometo; al menos en compañía mutua. Yo apareceré a las 19:00 y me reuniré con un hombre de esmoquin, el esmoquin del verdadero mayordomo. Ese es tu hombre.

—¿En serio?

—Hablo muy en serio. Debemos actuar como si no nos conociésemos. Estoy convencido de que también tendrá gente en el pub vigilando mis movimientos. Tú limítate a seguirlo y a ver dónde nos lleva. Por favor, Marga, lleva mucho cuidado. Puede ser peligroso.

—¿Ahora eres mi padre? Sabes que puedo cuidarme sola. Además, yo también tengo algo para ti…

Se escuchan voces.

—Disculpa, tengo que dejarte. Allí estaré.

11

JAMES FENIMORE

Con un poco de suerte, el falso mayordomo nos llevaría hasta el tal James Fenimore y este hasta la logia o hasta la señora White. No me gustó meter a Marga en este turbio asunto, pero ya era mayorcita y formaba parte de su trabajo.

Descansé un poco antes de pedir el CityCab que me llevó al Paraíso. El matón de la entrada gruñó como advertencia al reconocerme, pero me dejó pasar. Me tomé la consumición de la entrada en la barra y subí al piso de los reservados. Lo de bailar nunca se me ha dado muy bien y los cascos con la música alta me provocan dolor de cabeza. Llegué con veinte minutos de antelación, suficiente para pedir dos rondas. También me daba margen para pensar qué decirle a Tom Herber, o como quiera que se llamase en realidad. La idea era seguirle el juego y actuar como si no lo hubiese descubierto. Me vino a la mente su reiterada cantinela de 'en mi profesión', maldito farsante. Miré con disimulo el resto de reservados, pero no había ni rastro de Marga. Era temprano todavía. A las 18:50 ya tenía la segunda copa en la mesa. En la pista de baile inferior actuaron en directo un par de afroamericanos con un curioso espectáculo de música y baile. El baile parecía más una pelea contra el hombre invisible, pero estuvo interesante. El local no estaba lleno, pero había más gente que las otras veces. Después de la tercera copa me levanté a vaciar la vejiga. Los aseos estaban limpios y perfumados. No todos los días se mea sobre cubitos de hielo. Estaba empezando a gustarme aquel sitio.

Al volver a mi mesa noté algo. La copa estaba en su sitio, pero la silla no. Una camarera se cruzó y aproveché para pedirle otra consumición. Al acercarme más, descubrí que bajo la mesa había algo que antes no estaba. Me senté como si nada. Por las dimensiones del paquete no parecía peligroso. Lo toqué con el pie y apenas pesaba. Era fino, cuadrado y poco pesado… ¡Qué bueno! Si era lo que creía, significaba que Marga estaba allí. Llegó la copa y aproveché para vigilar de nuevo la planta con disimulo. Me fijé en dos mujeres sentadas en una posición estratégica, una con el cabello largo y rubio y la otra con el pelo recogido con un pañuelo. Esta última, dándome la espalda, levantó la copa por encima de su cabeza. ¡Era Marga! Había llegado antes que yo, pues las había visto al subir las escaleras. Al fijarme un poco más, me di cuenta de que la atractiva compañera no era más que un holograma de compañía. Sus movimientos se repetían cada pocos minutos. Desde lejos era casi imposible de distinguir. Tentado estuve de usar mi huella en la mesa para pedirme otra compañera, pero quedaba poco tiempo. He de reconocer que Marga se había superado con aquella caracterización para aquel ambiente. Además, no había mirado ni una sola vez hacia mí. Debía ser muy importante para ella resolver el caso. Con todo, había sido bastante imprudente por su parte dejar el regalo bajo mi mesa. Usé la gabardina para envolverlo y la deje sobre la silla, no quería que sospechase el falso mayordomo y la gente que seguramente me estuviese vigilando. Terminé la tercera copa a las 19:10 y me imbuí en mis pensamientos. ¿Qué haría con el vinilo? No tenía nada en el apartamento para poder escucharlo y, en caso de tenerlo, no tenía claro que fuese una buena idea hacerlo. No creo en la magia ni en chorradas de esas, pero habiendo tantos muertos de por medio quizá fuese conveniente ser precavido.

En esos razonamientos estaba cuando llegó mi contertulio, que, por cierto, no era quién esperaba. Me planteé avisar a Marga con un SMS, pero no lo hice. Seguir a James Fenimore podía ser todavía mejor que al falso mayordomo. El individuo llevaba los mismos guantes de cuero y el paraguas, que colgó del respaldo de la silla donde tenía la gabardina con el vinilo. Contuve la respiración, un mal movimiento podría hacerla caer al suelo y el regalo de Marga quedaría al descubierto. No la movió. Me saludó con una inclinación de cabeza y se sentó en la otra silla libre.

—Ya empezaba a echarle de menos, James.

—¿Seguro?

—Siempre que venga a darme otra de esas tarjetas, claro. Como puede ver, sigo con el caso y tengo mis gastos.

El individuo fingió una sonrisa y dejó una tarjeta dorada sobre la mesa.

—¿Alguna novedad que valga estos nuevos cinco mil créditos?

—La última es que, en vez de asistir Tom Herber a esta reunión, ha venido usted. ¿Le parece suficientemente interesante?

—No creo que volvamos a ver a Tom.

Supongo que no pude ocultar una reacción de reprobación.

—No sea mal pensado. Se encuentra perfectamente, pero no queremos situaciones incómodas con la policía.

Sus palabras me llevaron a deducir que James estaba al tanto de los avances en la investigación de Marga. ¿Tan rápido? Eso dejaba claro que tenían ojos en el Departamento. Quizá me precipité al compartir esa información con Marga.

—¿Cuándo vio por última vez al señor White?

—Ya se lo dije, no nos veíamos desde hace varios meses.

Lo dicho. Eso no cuadraba con la grabación.

—¿Y cuándo fue la última vez que pasó por su hacienda?

Me atravesó con aquella cara de cuervo.

—Ya le dije que soy amigo de la familia.

—Usted no es de la familia, eso seguro. ¿Quién es usted? ¿Un inquisidor de la logia P&A?

Volvió a buscarme con aquellos ojos oscuros, sin apenas blanco. Creí haber dado en el clavo.

—Veo que hace honor a su reputación.

—¿Para qué me contrataron realmente?

—¿Todavía duda de que se cometiera un asesinato?

—Es posible que lo fuera, pero creo que encontrar al asesino no es su principal interés.

—¿Eso cree? ¿Y, según usted, cuál es mi interés principal?

—No sé… ¿Encontrar a la señora White?

Fue un brindis al sol. James se apoyó en el respaldo de la silla e hizo un gesto con la mano restando importancia a mi aventurada suposición.

—La mujer nos trae sin cuidado. En cuanto al asesinato, tiene razón… en parte. Para nosotros hay que encontrar al asesino, pero lo que más nos importa es saber quién ocupará su lugar.

Supuse que hacía referencia al puesto en la comisión para asignar y autorizar inversiones oscuras fuera de nuestras fronteras. Preferí no decir nada. Tampoco quise nombrar nada del chamán ni de la música.

—Entonces… ¿qué buscan realmente con la resolución de este caso?

—Ese es su trabajo, Halcón. Volveremos a vernos.

Fenimore se puso en pie. Yo hice lo mismo y me apresuré a entregarle el paraguas para que no se acercase a la silla. Al cogerlo del mango tallado noté un clic; ¿un filo? James reaccionó rápido. Me sujetó del antebrazo con firmeza con una mano y con la otra me quitó el paraguas. Luego aflojó la presión y me soltó.

—Disculpe, es un regalo antiguo y delicado. Perteneció a mi padre y antes a su abuelo y así durante generaciones. Le tengo mucho cariño.

Simuló tocarse al ala de un inexistente sombrero para despedirse y se marchó. Bajó las escaleras apoyándose en el paraguas con elegancia. Yo me senté de nuevo. Me guardé la tarjeta y pedí otra copa para dejar claro que no tenía intención de seguirlo. Vi cómo Marga atendía una llamada de teléfono móvil y, mientras se levantaba simulando acudir a un compromiso, su amiga virtual desapareció. ¡Muy buena! Seguí vigilando por si alguien la seguía a ella o usaba el móvil para alertar a James. No vi nada sospechoso. Supuse que no la habían descubierto. Así que volví a centrarme en el baileys y en el vinilo que ocultaba mi gabardina. Solo se me ocurrió una cosa: el chamán del torreón. No me gustaban sus pantomimas, pero quizá pudiera decirme algo más sobre el mismo. El intérprete de aquel estafador dijo al despedirse que su puerta estaría siempre abierta para mí. ¿Se referiría a la trasera? Decidí comprobarlo. ¿Qué otra opción me quedaba?

12

EMISARIO DE LA MUERTE

Pedí un taxi y salí con la gabardina bajo el brazo. Introduje un destino falso y permanecí en el interior del Cab los ocho minutos permitidos hasta asegurarme de que nadie me seguía. Bajé y tomé otros dos con destinos falsos. Toda precaución era poca, pues aún no sabía quiénes eran mis amigos y quienes mis enemigos. Finalmente introduje la dirección del Chamán y de nuevo atravesé los bosquecillos en noche cerrada. La barrera seguía bajada al inicio de la colina, así que inicié el ascenso caminando. En esta ocasión no me crucé con nadie. Me pareció extraño, porque no llovía. La entrada principal también estaba desierta. Bordeé el edificio y me dirigí directamente a la puerta trasera. Tecleé el mismo código que introdujo el falso mayordomo y la puerta se abrió como por arte de magia. El intérprete de baja estatura, y pelo lacio recogido en coleta, esperaba al otro lado. Me animó a pasar con un gesto de sus ojos rasgados y amigables.

—Le estábamos esperando.

—¿Dónde está la gente? Supongo que este lujoso castillo no podrá mantenerse sin el dinero de almas incautas, cándidas y desesperadas.

—El maestro hoy no recibe visitas. Como le he dicho, le está esperando a usted.

—Todo un honor que haya cancelado su agenda por mí. ¿Cómo sabía que vendría?

—Lo importante es que usted está aquí, ¿no le parece?

Subimos en el ascensor. Arriba todo estaba exactamente igual: iluminado con velas, la hoguera central, las alfombras chillonas y los pebeteros con humo de aroma plúmbeo. La única diferencia es que el Chamán ya estaba sentado en su trono de cojines. Nos sentamos frente a aquel pavo ya de buen año. El Chamán tenía los ojos completamente en blanco, ni rastro del iris. Un pequeño murmullo escapaba de sus labios.

—Hoy nada de babas de vieja, por favor. Prefiero un *whisky* escocés.

Amaru, el intérprete, ignoró mis palabras y preguntó:

—¿Tiene el disco?

—¿Por qué es tan importante ese disco?

Amaru supuestamente tradujo mis palabras a cloqueos e inició una conversación con el chamán gordinflón.

—Tenemos razones para creer que contiene una magia muy poderosa. Una magia antigua que muy pocos pueden invocar.

En este punto, ya me había cansado de escuchar sandeces y me dispuse a sacar el disco de la gabardina cuidadosamente doblada. Lo cierto es que no me había ni molestado en rasgar el envoltorio. Si Marga me había gastado una broma y llevaba una recopilación de los *Muppets* o algo similar no se lo reprocharía, a aquella enorme gallina le gustaría. Rasgué el papel y tras él había un fino estuche de plástico opaco. El intérprete lo cogió y lo abrió con sumo cuidado, casi con veneración. Dentro, efectivamente, había un vinilo. Al ver la carátula me puse en alerta. No era exactamente igual a la que vi en casa del señor White. El título no coincidía. ¿De dónde lo habría sacado Marga? El intérprete lo envolvió en una seda y, como si fuera una ofrenda ritual, lo llevó hasta el gramófono. Lo colocó sin llegar a tocarlo y puso en marcha el aparato. La aguja cayó suavemente sobre el extremo del vinilo en movimiento. Durante las primeras vueltas no se escuchó más que silencio y algún carraspeo. Luego un suave siseo que fue *in crescendo* hasta convertirse en un murmullo. El chamán empezó a mecerse al compás. Luego entraron los tambores. El inmenso pavo de navidad parecía una marioneta movida al son de los invisibles hilos de la música en una extraña danza de brazos, cabeza y cuerpo, pero sin moverse de cintura para abajo. Pronto se sumaron la cuerda, el viento y algo más tarde los sonidos guturales. En ese momento, el chamán empezó a ejecutar posturas ágiles y flexibles, como si careciese de huesos. Diría que imposibles, especialmente para aquel cuerpo repleto de grasa. Tengo que reconocer, para ser sincero, que en ese instante me dejé llevar por el espectáculo y empecé a ver o sentir cosas surrealistas. En esa ocasión no había probado las babas de la otra vez. Quizá lo que me afectó fue el humo. El Chamán entró en un frenesí espasmódico alarmante hasta que Amaru levantó la aguja del disco y lo sujetó con fuerza por la espalda mediante un abrazo a la altura de los antebrazos. Yo seguí escuchando la música pese a que la aguja estaba levantada. Durante un tiempo se movieron los dos, el voluminoso hombre arrastraba en sus movimientos al otro, pero poco a poco se fueron deteniendo hasta que el chamán se desplomó sobre los cojines. En ese instante recuperé los sentidos. De algún modo me había contagiado del espectáculo. El intérprete no pareció dar importancia al estado de su amo, que parecía desmayado, y se limitó a mirarme.

—Ese mismo lenguaje lo he oído antes —dije.

Busqué en el móvil las fotos de las carátulas de los vinilos que había en la biblioteca del señor White. El intérprete no se movió.

—¿Puede escucharme?

Le acerqué la pantalla del móvil y, solo entonces, echó una ojeada a las imágenes que fui pasando. No dijo nada. Aguardamos en silencio hasta que el chamán se incorporó con dificultad y abrió los ojos. Me miró fijamente y empezó a hablar con chasquidos. En los silencios el intérprete tomaba la palabra.

—Lo que usted llama 'lenguaje' es una involución. Es una forma parcial de comunicación incapaz de transmitir sentimientos. Carece de alma. La comunicación ancestral, la verdadera comunicación, llegaba directa —se tocó la sien y luego el corazón—. Las mentes o almas de los intervinientes vibraban juntas y podían transmitir pensamientos, sensaciones, fragancias, imágenes... La música actual es una aproximación a aquella comunión de espíritus y todavía es capaz, en ocasiones, de tocar el alma y de alterar estados de ánimo. Los ecos de las vibraciones de la mente humana eran capaces de transmitir vida. La música combinada con esa antigua lengua se convierte en magia. Cuando alguien la escucha, todo lo que le rodea entra en comunión. Es capaz de fusionar distintos planos de vibración.

—Desde luego que ese maldito disco ha hecho vibrar a su voluminoso maestro —dije con sarcasmo.

Aunque lo cierto es que a mí, de alguna forma, también me hizo vibrar. No pensaba reconocerlo ante ellos, solo fue un fugaz momento de debilidad. La piel oscura del bajito adquiría tonos entre el oro y el rojo cochinilla al son de las llamas. Me lanzó una mirada entre acusadora y compasiva. Luego me puso un ejemplo como si estuviese hablando con un memo que no comprendía nada.

—Usted podría usar su celular para clavar un clavo y funcionaría, lograría su objetivo, pero estará de acuerdo conmigo en que no se aprovecharía todo su potencial. Algo similar ha sucedido con el lenguaje. Nuestra forma de comunicación actual es una parodia de lo que se pudo hacer antiguamente. La boca y las cuerdas vocales, el celular, tuvieron una capacidad de enlazar espíritus, comunicar voluntades, unir tribus y tender lazos. La necesidad de ocultar infamias y esconder traiciones y la perversión de la condición humana las denigraron al instrumento del habla plana y desvirtuada que conocemos ahora, solo válido para clavar clavos. Hemos perdido la capacidad de vibrar. ¿Cuántas veces hemos oído que no hay palabras para describir un determinado sentimiento? ¿No estamos a punto íntimamente de reconocer, entender e incluso participar de las experiencias, angustias y vicisitudes de los que nos rodean sencillamente con su mirada?

En efecto, me tomaban por idiota. No hacía falta que me explicasen el símil.

—¿Esa combinación de música y lengua antigua, esa vibración, puede matar?

—Todavía no lo sabemos. Lo que sí sabemos es que solo hay una tribu en el mundo capaz de hablar esa lengua.

El Chamán emitió una nueva ristra de cloqueos.

—El maestro afirma que su destino está vinculado a esa tribu y le llevará hasta Perú.

El chamán alzó los dos brazos y volvió a poner los ojos en blanco. Su acólito se levantó y volvió a bajar la aguja. El vinilo continuó desde donde se había quedado. Entraron de lleno los tambores, la cuerda y esa entonación ritual. Aquella vibración coral se clavaba en el cerebro. Me llevé la mano a las sienes y luego a los oídos para protegerme de ella. El chamán juntó las manos con una palmada y empezó a entonar un murmullo y mecerse al compás de la extraña música. Ya estaba harto de aquello. Miré a mi alrededor: el humo que desprendían los cetros volvía a formar una espesa niebla que cubría toda la terraza. Las llamas de la hoguera central bailaban también con fuerza. De pronto creí distinguir algunos puntos de luz intermitente en el cielo. Se estaban acercando. Eran como luciérnagas que caían del cielo. ¿Me estaba volviendo loco? Parpadeaban en dos tonos de color y se arremolinaban sobre nuestras cabezas. Llegué a dudar de si era real lo que estaba viendo, o aquella música y aromas me habían vuelto a hechizar. Retiré las manos de los oídos y seguí aquellas luces mientras el chamán seguía con su danza. Escuché un zumbido sobre la música del gramófono y, al segundo, el chamán cayó al suelo fulminado. Era evidente que aquello no formaba parte del *show*. Me acerqué a socorrerlo. Estaba muerto. Su bajito traductor, sin dudarlo, me cogió del brazo y tiró de mí. Las luces parpadeantes con sus zumbidos asediaban el castillo. Entre sonidos de impactos alcanzamos el ascensor ocultos por la espesa la niebla. Quizá nos salvó. Se cerraron las puertas y el intérprete tecleó un código en el panel.

—Activado protocolo de emergencia —dijo una voz metálica.

Empezamos a descender.

—Han fallado —dijo el intérprete.

—No creo que hayan fallado —repliqué.

El chamán estaba muerto con un disparo en la frente. De eso estaba seguro. Enseguida me percaté de que Amaru no me miraba a mí, sino al panel. Deduje que su comentario no iba destinado a mí sino al interfono del ascensor. Este bajó mucho más que los quince metros del torreón. Nos estábamos hundiendo en las entrañas de la colina que había subido dos veces. Paramos con un golpe seco y las puertas se abrieron. El osado intérprete me empujó hacia fuera y atravesamos a la carrera un gran almacén solo iluminados por unas débiles luces de emergencia, que parecían querer ocultar a nuestro paso un montón de lo que debían ser antigüedades valiosas. Escudos, máscaras, armas y planos. Parecía que estuviésemos atravesando un pasillo del British Museum. Nos introdujimos en un corredor estrecho y oscuro que desembocó en otra habitación más tosca. Debía ser un garaje porque allí había un automóvil antiguo y bien cuidado. Me extrañó porque ya casi nadie tenía coches propios. Subimos al vehículo y una persiana se abrió frente a nosotros desvelando otra boca de túnel más amplia y oscura como las fauces de un lobo. Agradecí que el coche contase con conducción autónoma. Se puso en marcha y avanzamos unos trescientos metros en completa oscuridad antes de salir al exterior. Luego seguimos un tramo de camino de cabras entre botes, baches y traqueteos. El coche no estaba preparado para ese terreno y nuestros cuerpos encajaron todos los golpes. Los bajos también debieron sufrir lo suyo. Con un salto final nos incorporamos a una carretera asfaltada. Miré a mi acompañante. Tenía la vista al frente. Parecía más concentrado que asustado. ¿Quiénes eran estos tipos?

—Necesito salir o lo pondré todo perdido —dije, simulando náuseas. Lo cierto es que no tuve que disimular mucho por la ajetreada escapada.

El tipo no se inmutó. Avanzamos otros quince minutos antes de que el vehículo se detuviera en el arcén. Salí y me alejé unos pasos. Me doblé sobre mí mismo y estuve a punto de vomitar realmente. Me coloqué con disimulo el auricular y aproveché para llamar a Marga. Me lo cogió a la primera.

—¿Quién es el tipo al que he seguido? —me interrogó.

—Escucha —la interrumpí—. Ha habido un asesinato relacionado con el caso cerca de Forest Hill. Envía de inmediato a los hermanos McCaw y que recuperen el disco.

—¿¡Has perdido el disco que te he dado!? Se trataba de una prueba de un caso anterior. Me va a costar muy caro.

—¿Me has escuchado? Manda a los hermanos y no se te ocurra intervenir. Es muy peligroso. Te llamaré en cuanto pueda.

Corté la llamada y volví al coche. El intérprete seguía sentado recto como un palo, solo su rostro estaba vuelto hacia mí, resaltaba la colorida diadema de la frente. No encontré nada de servicial en su mirada. Sin decirlo me reprochaba aquella pérdida de tiempo y exposición al peligro. Me recosté en mi asiento.

—Lo siento.

Me limpié los labios con un *kleenex* mientras reanudamos la marcha.

—¿Usted podría traducir la lengua de ese supuesto disco maldito?

—Solo en parte. Como le dijo el maestro chamán es una lengua antigua y extinta. Hoy en día nadie es capaz de reproducirla o interpretarla con exactitud. El no uso de la misma durante generaciones ha degenerado nuestra fisonomía en unas cuerdas vocales casi inservibles. Algo similar a perder el pelo o los dedos de los pies. Esa lengua es capaz de transmitir sensaciones más nítidas que las percibidas por los sentidos: fragancias, imágenes… Incluso lugares. Los oídos por sí mismos no son suficientes para interpretarla en su totalidad y nuestra mente tampoco está preparada para recibirlas. Se necesita tiempo y concentración.

El auto se detuvo en una boca de metro algo alejada de la ciudad.

—Su parada. Mi consejo es que evite volver a su hogar.

—Yo no tengo hogar.

—En eso coincidimos. Nos vemos a orillas del lago.

—¿Qué quiere decir?

El intérprete juntó las palmas de las manos e inclinó ligeramente la cabeza, pero no añadió ni una palabra. Estaba harto de tanto secretismo, así que lo mandé a paseo.

—Lo que usted diga, amigo.

Desde fuera me despedí con el saludo vulcano mientras el caro vehículo se alejaba.

13

NADIA

Desoí su consejo y me encaminé hacia mi apartamento alquilado. ¿Dónde iba a ir si no? ¿A la orilla de no sé qué lago? El sencillo testigo de la puerta en forma de astilla me indicó que alguien había entrado, o por lo menos que la había abierto. Dejé en el suelo el *pack* de cervezas y la hamburguesa que me había procurado de camino, entré con cautela e inspeccioné todas las estancias. No había nadie y todo estaba en orden. Ese supuesto alguien debió ser muy cuidadoso. ¿Qué buscaba? ¿El vinilo?

La imagen del chamán muerto con el impacto en la frente me vino a la mente y cerré las cortinas de la cocina y del dormitorio. Aquel certero disparo desde un lugar elevado y alejado de cualquier edificio solo podía haber sido ejecutado por un dron. Las luces parpadeantes y el zumbido no fueron ensoñaciones. Fueron muy reales. Me conecté a las cámaras de vigilancia del apartamento para descubrir que habían dejado de funcionar desde hacía diez horas. Eso confirmaba que alguien había entrado y no era un patán. Me metí en la ducha y dejé que el agua fría corriese por mi piel. Empezaba a estar preocupado. Como bien me recordó Marga, no hay que creer en la casualidad sino en la causalidad.

Saqué la mesa de la cocina y una silla al descansillo de la entrada y abrí una lata. Me senté y descolgué el telefonillo con un simple truco para que la pantalla quedase encendida y pudiera ver parte de la calle. Fue como cenar viendo una peli en blanco y negro de persecuciones en una *tablet*. Los CityCabs pasaban de un lado a otro. Todos idénticos, salvo algún anuncio con ruedas. Aparecieron algunos peatones que, en un primer momento no me parecieron sospechosos, pero pasados algunos minutos empecé a ver un patrón. Al menos tres individuos diferentes pasaban de un lado a otro turnándose en distintos sentidos y cambiando de acera. Eran meticulosos y obviamente sabían que estaba en casa. Debí haberle hecho caso al intérprete y no volver al apartamento.

No pude distinguir sus facciones, pues la calidad del videoportero dejaba mucho que desear. Mientras decidía mi siguiente paso, activé la lista de reproducción de Spotify. Algo me decía que la señora White jugaba un papel clave en todo este asunto. El violín era una constante en todos los temas, entraba antes o después, pero siempre estaba presente. No podría afirmar que mi oído sea muy fino para la música, pero siempre sonaba de una forma muy similar. La misma mano, la misma cuerda. En ese instante se encendió una bombilla en mi intelecto. En este negocio, insisto, hay veces en que tienes la respuesta delante de las narices y, por mucho que la mires, no consigues verla. Y de repente algo encaja. Revisé de nuevo las fotos que hice de las cubiertas de los vinilos que había en la biblioteca de la mansión White. Había armonía en los bellos paisajes de las portadas. Pero en esta ocasión me centré en las contraportadas. La imagen trasera siempre era la continuación de la delantera, pero en la parte inferior derecha, como ya comenté, había sobrescrito en todos ellos un pequeño recuadro con los artistas que habían participado en el vinilo y justo debajo el emblema de la Clave de Sol, curioso, como el nombre artístico de la señora white. Estas relaciones eran siempre de cinco nombres, cuatro de hombre, y uno de mujer. De los masculinos uno se repetía en todos y los demás, algunos no sabría pronunciarlos, variaban ligeramente. El nombre de mujer solo cambiaba en el disco titulado *La puerta de los dioses*, en el que aparecía el de la señora White. La fecha de su edición era relativamente reciente: cuatro años atrás. Es decir, después de que el señor y la señora White se casasen. Y tenía una breve dedicatoria a mano firmada por ella, según la inicial. «Dos almas gemelas, un solo instrumento». Posiblemente fue un regalo a su esposo. Los otros discos eran más antiguos. Y esa era la confirmación de mi suposición. Tan simple como que el nombre de mujer que se repetía en los anteriores fuese el nombre de soltera de la señora White. Busqué «Nadia Lisberg Winter» en internet y las RRSS, pero no encontré absolutamente nada.

Las leyes actuales permitían volver al nombre de soltera con una sencilla petición telemática alegando maltrato o separación en curso y mantener todos los privilegios de la huella digital para realizar compras, viajes… Además, el pasaporte tenía completa validez.

Di un bote cuando vibró el móvil sobre la mesa. Era el número privado de Marga.

—¿Cómo ha ido la persecución, compañera?

Me gustó llamarla compañera y que ella no me corrigiera con excompañera. En los tiempos en que patrullábamos juntos, primaban las riñas y los reproches, pero también hubo pasión y buenos momentos. Ese es mi concepto más próximo al amor. Mi ascenso a inspector lo complicó todo entre nosotros.

—Se me ha escapado. Lo seguí hasta la *Newark Public Library*. Entró en un ala clausurada y a la que no se puede acceder sin un pase especial. Mientras esperaba a que saliese, hablé con la bibliotecaria de guardia. Una chica joven, que seguro que también te hubiese caído bien a ti —Un comentario que podría haberse ahorrado—. Me confirmó que no era la primera vez que veía al individuo del bastón por allí. Solía reunirse con cuatro o cinco individuos más en una sala privada y solían pasar toda la noche en ella. Me dijo que debían ser gente importante porque, no hace mucho, se les permitió acceso a muchos documentos requisados tras la Segunda Guerra Mundial.

Eso me descolocó un poco. ¿Podría haber alguna relación con la Segunda Guerra Mundial? No parecía.

—Luego debieron abandonar la biblioteca por una salida alternativa —continuó Marga— o quizá estén todavía allí. De cualquier forma se confirmaron mis horas perdidas allí.

—Había que intentarlo. ¿Qué hay del asesinato en Forest Hill?

—Los McCaw están ahora en la escena del crimen. El jefe Randle exige saber el nombre de mi confidente. No quiero ni imaginar cómo reaccionará cuando se entere de que eres tú…

—No tiene por qué enterarse.

—Yo voy de camino a la colina.

—No te lo recomiendo. El recién fallecido dijo que yo era un emisario de la muerte y estoy empezando a creérmelo.

—¿Un emisario de la muerte? ¿En serio?

Usó un tono escéptico y burlón.

—Todo con el que hablo acaba fiambre. Deja el caso en manos de los hermanos por el momento.

—Y mientras, ¿qué hago? ¿Sigo a algún otro de tus amigos o cojo tus llamadas mientras estás fuera…?

—Pues tenía en mente un último favor.

—Vivo o muerto, hay cosas que no cambian…

—Solo necesito comprobar si el nombre de Nadia Lisberg Winter aparece en el registro de cualquier medio de transporte transfronterizo en los dos últimos meses.

—¿Quién es?

—El teléfono no es seguro y el departamento tampoco. No lo comentes con nadie, ni siquiera con tu novio friki —Un comentario que podría haberme ahorrado.

—Ya te dije que solo fueron un par de cenas…

—No importa. Te lo contaré todo en Providence. ¿Recuerdas Providence?

—¿Cómo olvidarlo? Siempre nos quedará Providence… —Otra vez el tono burlón en su voz. Pronto estallaría y se acabarían los favores.

Fue en Providence donde compartimos peligro, misterio e intimidad antes de mi desaparición. Chasqueé el T-Candle, generador autónomo de energía gratuita que colgaba de mi cuello como recuerdo de aquella historia y de Luz, la bisnieta del genial Tesla. Fuerte, tenaz, inteligente y esquiva.

—Allí nos veremos entonces. Cuida de que no te sigan. Yo ya tengo algunos *fans* en la puerta del apartamento.

—¿Qué le digo al jefe sobre mi viaje?

—Inventa algo o simplemente dile la verdad, que sigues una pista relacionada con el caso del que ahora formas parte.

14

PROVIDENCE

Realmente esperaba que Marga me hiciese caso y no fuese a la torre del chamán muerto. La investigación se estaba volviendo peligrosa. Aquello era labor de los McCaw y, aunque nunca me cayeron demasiado bien, tampoco deseaba verlos en una bolsa de plástico negra. Puse en orden el apartamento, es decir, volví a meter la silla y la mesita en la cocina y pedí un CityCab que nunca usaría. Rebusqué en la habitación y me puse un vistoso reloj en la muñeca. Falso, por supuesto. Por la ventana del aseo accedí a la escalera de emergencia trasera y bajé hasta el primer piso. No había rastro de mis nuevos amigos. De allí me tocó saltar hasta la acera. Me crujió todo el cuerpo. Ya no estaba para esos trotes. Alcancé una boca de metro sin ser descubierto. O eso me pareció. Con todo, tomé algunas precauciones en el subsuelo. En aquel hormiguero humano era muy fácil confundirse con el resto de las hormigas.

Antes de ir a Providence tenía que hacer una nueva visita a Terry Blake, el supuesto amante de la señora White. Nada había cambiado y me resultó sencillo llegar hasta su piso repitiendo los métodos del día anterior. En el piso no había nadie, pero el despacho estaba vacío. Ni rastro de los planos. Habían dejado desnuda la gran mesa de arquitecto, el escritorio e incluso las paredes. ¿Habría sido el propio Terry o alguna visita inesperada?

De cualquier modo, mi presencia allí me ponía en peligro. Tomé el ascensor y regresé al subsuelo. Allí volví a mezclarme con la gente e hice un par de cambios de vía antes de coger la línea que me interesaba. Mi siguiente destino fue la dirección del despacho de arquitectos que aparecía en la tarjeta de visita de Terry. Estaba a seis paradas y relativamente cerca de una salida de metro. Esta vez no tenía entrada directa. Agradecí la lluvia en mi rostro y pulsé el timbre de un moderno local a pie de calle. Quedaban bien pocos. Hacía esquina y toda la fachada eran cristaleras con una iluminación que le daba cierta clase. El interior, como no podía ser de otra forma, era moderno y minimalista. Una recepción con una pequeña sala de espera y algunos despachos detrás. Una recepcionista me recibió con una agradable sonrisa y pestañas cargadas de rímel.

—Tengo cita con el señor Terry Blake.

La joven consultó el ordenador.

—¿Está seguro? En estos momentos no se encuentra en el despacho.

—¿Podría localizarlo y decirle que Dundee está aquí?

Me miró con cierta desconfianza.

—Siéntese y ahora le aviso.

Tomé asiento en la pequeña sala de espera. La secretaria descolgó el teléfono y susurró unas palabras que no pude entender.

—Lo siento. No contesta…

En ese momento salió otro individuo, no tan amigable, de uno de los despachos. Seguramente la llamada de la secretaría no fue para Terry.

—¿Qué necesita del señor Blake?

—Soy de Dundee y asociados. Mi empresa lo contrató para un trabajo que se está eternizando… —respondí mostrando en la pantalla del móvil la foto que hice del boceto de doce columnas que tenía sobre su mesa. El hombre le echó una ojeada de soslayo.

—En este despacho no llevamos nada parecido a ese atrapamoscas.

—¿Seguro?

—Tan seguro como que el señor Blake no tenía cita con usted. Así que haga el favor de marcharse o llamaré a la policía.

Se han perdido los modales y la educación. Hay muchas maneras más elegantes de despachar a una persona sin mentar a la policía. Por lo menos no llegó a las formas en las que me sacaron del Paraíso. En un visto y no visto estaba otra vez en la calle sin resultados. Revisé la foto. ¿Atrapamoscas? Había que tener mucha imaginación para llegar a esa asociación, aunque tal vez la forma de círculo mirado desde arriba y cubierto de seda podría ser una inmensa telaraña. En fin, las moscas eran bastante molestas y con ello se atraparían muchas. Al menos le había encontrado un objetivo loable a aquella extraña estructura y no solo arruinar la visión de una carretera. Lo único que había sacado en claro de aquella visita era que Terry Blake no había comunicado su no asistencia al despacho y que el trabajo en casa era algo que hacía al margen del despacho. Confiaba en que el señor Blake hubiese huido o se hubiese tomado el día libre y que no estuviese muerto. De lo contrario iba a acabar creyéndome de verdad ser el emisario de la muerte.

Metí en una maleta muda, algo de aseo y el par de cervezas que quedaban. Solicité un TransCab. Mi identidad falsa como Philippe Dundee ya no era segura, pero no tenía otra opción. En aquel momento me hubiera venido muy bien un juego de aquella especie de lentillas de Luz que, acopladas a las yemas de los dedos, te proporcionaban una identidad falsa y una buena provisión de créditos. El TC se demoró unos minutos, los vehículos de trayectos largos son algo más escasos. Introduje como destino la tienda de antigüedades serbias de Providence y no el lugar de encuentro con Marga. Dada la situación, toda precaución era poca. La cabina del taxi era algo más grande y cómoda. Puse el asiento en forma de litera y me tumbé un rato. Tenía dos horas por delante y las aproveché para dormir. Me asaltaron sueños extraños que no vale la pena incluir en este diario.

Me despertó la melodía de fin de trayecto. La lluvia, para variar, me esperaba en el exterior. Me ajusté la boina de Luka y me subí las solapas de la gabardina. Ya que estaba allí, me asomé a la tienda. Quizá esperaba volver a encontrar la luz de una vela en su interior. No fue así. Ya no colgaba el cartel de 'Antigüedades serbias', y en el escaparate no había objetos curiosos. El local se había convertido en una sala de competición de *e-Sports*. Al otro lado del cristal se distinguía una hilera de cabinas con algunos jóvenes con acné compitiendo desde las sillas con la cara pegada a las pantallas, algunos con gafas VR. Supuse que en la sala inferior habría más cabinas. ¿De verdad que a eso lo llaman ahora deporte? Vaya mierda de progreso. De camino al hostal entré a un veinticuatro horas de dudosa legalidad donde ofertaban *packs* de 12 Brooklyn Lager, Cans, 12oz. Compré un par de ellos, los que cabían en la maleta, y un par de tarjetas de prepago para el móvil. Un rayo iluminó el cielo y me asaltó una sensación de *déjà vu*. Por lo menos las ventanas estaban iluminadas y los coches recorrían la avenida. El hostal seguía en pie y seguía estando el mismo hombre en la recepción. Mandíbula afilada y ojillos pequeños, como de rata avariciosa. Estaba sentado tras el mostrador. Las llaves de las habitaciones estaban colgadas en casilleros numerados a su espalda. Llaves metálicas de las antiguas. No apartaba la vista de un *reality* que daban por televisión y no levantó la cabeza hasta que golpeé la campanilla con fuerza. Me miró sin dejar de masticar algún rosbif imposible.

—Bienvenido…

—Quisiera una habitación por una noche.

Sacó un lector y lo puso sobre el mostrador.

—Ochenta créditos. Ponga su huella y es suya.

Le enseñé el reloj falso. La codicia en sus ojos era una confirmación de trato hecho.

—Dentro de un rato vendrá una mujer.

Se frotó las manos grasientas como roedor.

—Eso tiene un sobrecargo, amigo.

Maldito estafador. Su mirada estaba ahora en mi T-Candle. En un primer momento se repartieron de forma gratuita con la puesta en funcionamiento de las Torres Tesla, pero los gobiernos y multinacionales no tardaron en apropiarse de ellos y en comercializarlos. Ahora había unidades limitadas y estaban cotizados. Me lo quité del cuello y lo dejé sobre el mostrador. El destino quiso que me asignase la misma habitación en la que estuve la vez anterior. El interior estaba tal y como lo recordaba, pero más viejo, si eso era posible. Abrí la tronera para que entrase algo de aire. Usé el mismo baño compartido en el pasillo para escurrir la gorra y la gabardina y las colgué en la habitación. Me tumbé en la cama y actualicé el diario del caso. Transcurrieron los minutos y empecé a agobiarme. En mi oficio se pasan muchas horas esperando, pero algunas se eternizan. Puse la única silla sobre la cama buscando algo de vistas exteriores. No hubo problemas de estabilidad porque estaba más dura que una piedra. En el armario había un par de vasos cubiertos de polvo. Los limpié con la manga y los dejé preparados sobre el minibar. Me senté y puse la música tribal en el móvil. Abrí un bote mientras miraba la hilera de la calle que se veía por el ventanuco. Marga se retrasaba demasiado. Medí el tiempo mediante botes vacíos. Antes de acabar el primer *pack* y, tras varios paseos hasta el baño, escuché un toque en la puerta. Fue un tamborileo de uñas de mujer. Así que abrí sin dudar.

—Jamás imaginé que volvería a esta pocilga —dijo Marga a modo de saludo.

—Tendrías que ver mi nuevo apartamento…

—Por lo menos podrías haber pagado mi parte. Me gustaban esos pendientes.

Solté una carcajada. La avaricia de aquel roedor de la entrada no tenía límites. Era un timador sin escrúpulos. Si pudiera nos vendería al mejor postor.

Marga estaba empapada e iba cargada con un maletín en bandolera y algunas bolsas. Lo dejó todo sobre el camastro como quien se libera de unos pesados fardos tras una larga caminata. Abrió un bolsillo y dejó sobre la mesita dos móviles sin batería y sin tarjeta. Al parecer era consciente del riesgo que corríamos. Me ahorré preguntarle si la habían seguido porque, de haberlo hecho, no estaría allí.

—¿No había más sitio para sentarse?

Bajé la silla de la cama y le ayudé a quitarse el abrigo. Me dio la impresión de que el viaje hasta aquí no le había sentado bien. Luego, antes de que pudiera volver a hablar, saqué dos botes del minibar y los puse al lado de los dos vasos. Quité las anillas y levanté el mío despreciando el vaso. Ella hizo lo mismo.

—Un brindis por la nueva inspectora de homicidios, la inspectora Margaret Brenes.

Después de brindar, sus facciones se relajaron un poco. Llevaba puestos unos pantalones de cuero negro ajustados y un chaleco con tintes de camuflaje militar sobre una camiseta de tirantes también ajustada a sus curvas. Todo resaltaba su aire de chica dura.

—¿Qué has traído?

—Algo de comida y trabajo, concretamente la copia de los archivos de los otros casos similares al del señor White que me filtraste. Ahora formo parte del caso, ¿recuerdas?

Rellenar y repasar informes nunca fue mi fuerte. Ella lo sabía bien porque lo hacía por mí cuando trabajábamos juntos. Destapé la bolsa de papel caliente que desprendía olor a salsa agridulce y pollo. Encontré dos táperes y me senté sobre la cama.

—Huele bien.

Marga se asomó a la ventana y fue directa al grano.

—¿Qué hacemos aquí?

—Mi apartamento alquilado ya no es seguro y no se me ocurrió otro sitio donde ir que permita pagar sin créditos y sin preguntas. Además, pensé que te traería buenos recuerdos. Será mi nuevo hogar por un tiempo.

Ella torció el gesto.

—¿Entonces no tienes nada para mí?

Negué con la cabeza.

—¿Qué relación tienen James Fenimore y la hermandad de los juaguares con la muerte del señor White?

—James es el hombre que me contrató y paga bien. Y, gracias a ti, descubrimos que compartía logia con el señor White. No sé nada más.

—¿Seguro?

—Seguro. ¿Sacaste algo más de la reunión en la biblioteca?

—Solo que esos tipos se comportan como un puñado de nazis supremacistas obsesionados con la Segunda Guerra Mundial y los líderes de las SS. Para acceder a los nombres necesito una orden.

Me terminé el pollo teriyaki y saqué los fideos de verdura. A Marga y a mí nos encantaban e imaginé que habría traído también. Cogí mi ración y saqué un portátil del maletín y, a poco que lo examiné, comprobé que no estaba lo que buscaba.

—¿Encontraron los hermanos McCaw el vinilo?

—Solo un gramófono vacío.

Maldita sea.

—¿Por qué son tan importantes esos discos?

—¿Lo llegaste a escuchar?

—¿Me ves con pinta de tener un reproductor de vinilos?

—Ahora están de moda. Y tú eres una chica moderna.

—Halcón, basta de juegos. ¿Qué contienen esos discos? ¿Algún tipo de mensaje en clave?

—Y si te dijera que pueden matar…

Marga me miró entre enfadada y sorprendida y cogió la otra ración de fideos. Se sentó a mi lado y, mientras absorbía un largo tallarín, preguntó:

—¿En serio?

—Eso creía el maestro chamán asesinado.

—Pues te puedo asegurar que no fue la música lo que le mató, sino un disparo certero en la frente realizado desde un dron de última generación.

—Lo que imaginaba.

—¿Estabas allí cuando sucedió?

Asentí. Saqué dos latas más.

—Debían ser profesionales altamente cualificados…

—Y con acceso a tecnología ilegal. Quizá algún grupo paramilitar. Lo estamos investigando. Pero dime, ¿qué relación guarda este asesinato con el caso del señor White?

—El chamán estaba vinculado con la familia. Era una especie de asesor suyo, o eso creo.

—¿Un asesor vestido de vidente? No me ayudas…

—Es todo lo que sé por el momento.

—Podrías aclararme el motivo que te hace dudar del departamento…

—James sabía que habíamos descubierto la identidad del cadáver sin ropa de tu caso.

Marga guardó silencio hasta que se terminó los tallarines.

—El jefe y los hermanos McCaw quieren saber el nombre de mi confidente. Me están presionando mucho.

—Al carajo el jefe Randle y ese par de mequetrefes mentales. ¿Qué hay del nombre que te di?

—He descubierto algo de la tal Nadia, pero no pienso decirte nada antes de saber quién es…

—Es el nombre de soltera de la señora White. Algo me dice que es una pieza clave en este caso, pero solo es una intuición.

—¿Es guapa? Normalmente tu intuición te lleva hasta ellas. Da igual. Alguien con ese nombre sacó un billete para Lima hace poco más de un mes.

—¿Lima? ¿Perú? ¿En serio? Si al final va a tener razón.

—¿Qué quieres decir?

—El chamán, antes de morir, me estaba pronosticando el futuro y dijo que mi destino me llevaría a Perú.

—¿A Perú?

—Así es, a Perú.

—¿Y piensas ir?

Me encogí de hombros.

—No sé para qué pregunto...

Marga apuró su segunda lata y dijo:

—Sabes que Perú es muy grande, ¿verdad? Y Nadia parece lista. En el mismo aeropuerto de Lima canjeó una importante suma de créditos por moneda local y ahí se pierde su rastro. Allí todavía conviven los soles con los créditos. Mientras use la moneda local es imposible de rastrear.

—Algo se me ocurrirá.

Quité dos anillas más. Terminamos de cenar mientras Marga revisaba los otros casos. Yo me limité a echar una ojeada a las fotos de los cadáveres. Tres de ellos tenían una expresión plácida. No encontramos nada nuevo más allá de que las muertes habían sido catalogadas como naturales por los forenses y que en uno de ellos también aparecían restos del posible veneno desencadenante. Todo muy vago. También sabíamos que eran miembros de la orden del Puma y fanáticos de la música. Anduvimos por el pasillo en estas consideraciones; entramos por turno al lavabo y volvimos. Mientras Marga se sentaba en la silla yo abandoné la última lata abierta y me recliné en la cama con el portátil.

Me despertó un sonido agudo. Las sienes me palpitaban. Marga lo acalló tocando una pulsera.

—Es un busca del trabajo. No te preocupes, es imposible de rastrear. Deberé tener unas cuantas llamadas perdidas para que el jefe haya recurrido a la pulsera tan temprano.

Yo estaba concentrado en su espalda desnuda. Estaba al otro lado de la cama. Miré bajo las sábanas y vi que yo estaba en ropa interior y no había almohada de separación. Ella se puso el sujetador rojo carmesí y giró solo la cabeza.

—No te hagas ilusiones, donjuán —dijo—. Trabajamos hasta tarde y te quedaste dormido como un bebé.

Con Marga en la misma cama y yo me dormí primero. Iba a tener que dejar el alcohol. Por cierto, necesitaba aliviarlo.

—No te aprovecharías de mí, ¿verdad? Creo que el pollo no me terminó de sentar bien.

Marga no se molestó en responder. Se puso en pie, siempre de espaldas, y se enfundó los pantalones de cuero con sugerentes movimientos de cadera.

—¿Encontraste algo en los informes?

—Nada. Esperaba que me ayudases o, por lo menos, que me dieses alguna pista. Y resulta que he venido hasta aquí solo para verte roncar. ¿Visitaste al jardinero ligón?

—Sí. Solo me dijo que tenía la impresión de que el señor White temía por su seguridad.

—¿Y eso?

—Ya te contaré…

Recordé las palabras de James Fenimore en el pub Paraíso y le pregunté:

—¿Podrías enterarte de quién ocupará la silla del difunto señor White en esa opaca comisión de alto nivel?

Marga se volvió hacia mí. La piel bronceada, debía seguir yendo a sesiones de rayos uva. Todo menos estar en casa.

—Me prometiste dejar ese asunto. Sabes que no tengo acceso a esa información y sería una pregunta incómoda para el jefe Randle, que con toda seguridad desconoce la existencia de dicha comisión. Además, hasta él tendría que mover hilos porque está fuera de su competencia.

—Lo comprendo…

Se puso una camiseta verde mate y la sobaquera con el arma que le quedaba en un lateral. Nunca sé si ella es consciente o juega con el morbo que me insuflan sus movimientos. Luego el chaleco de camuflaje encima que la ocultaba.

—No sé cuánto tiempo podré ocultar tu nombre al jefe.

Yo sabía que tenía que correr al baño y lo hice mientras ella iba recogiendo sus cosas. Al volver, traté de parecer sereno.

—Que el jefe Randle sepa mi nombre solo complicaría las cosas.

Pusimos los móviles a punto con las nuevas tarjetas y memorizamos los números.

—Limitaremos las comunicaciones a avances importantes. ¿Entendido?

—Entendido. ¿Te puedo pedir un último favor, compañera?

Ella puso los brazos en jarras y con un movimiento de cabeza se pasó la melena al lado derecho.

—Ya es demasiado tarde para eso. Me esperan en comisaría. Tuviste toda la noche, pero te estás haciendo viejo, Halcón.

—Muy graciosa.

Pero no le faltaba razón. Le pasé la tarjeta del despacho de arquitectura de Terry Blake en Central Ave y apunté su dirección detrás.

—¿Podrías vigilar a este tipo?

Le echó un vistazo y se la guardó en un bolsillo trasero.

—¿Y este quién es?

—El amante de la señora.

—Así que tú te vas a Perú detrás de la señora White y yo me quedo con su amante…

Nos reímos.

—Quizá a esa mujer, en caso de que consigas encontrarla, no le guste tu visita.

—¿Dudas de mi encanto personal? —sonreímos. Volvíamos a vibrar en la misma onda—. Lleva cuidado, compañera.

—Teniendo en cuenta que acabo de dormir con el emisario de la muerte y he salido ilesa, no creo que debas preocuparte por mí. Por cierto, la próxima vez espero que no nos limitemos a dormir. Traeré pastillas para mantenerte despierto. Ya me entiendes…

Se estaba cebando conmigo. Marga recogió el maletín y salió del cuarto. Yo salí tras ella, pero solo para volver a alcanzar el aseo. Llegué por los pelos. Todo en orden. Un par de arcadas, me enjuagué la cara y me miré en el espejo. Algunas canas sobre las orejas no me desmerecían, me daban un aspecto de galán maduro. Y lo de los ojos, pasaría pronto. Estaba claro que fue el pollo y no la bebida.

15

VIUDA NEGRA

Volví a la habitación para vestirme. La camisa y el pantalón estaban plegados sobre la silla. La gabardina casi seca y la boina seca del todo. Me asomé por la tronera y respiré aire de ciudad, mejor que el de aquel cuartucho que no llegaba a ventilarse. Todo parecía en orden fuera. Pedí un CityCab y bajé abandonando la maleta casi vacía en la habitación. Al devolver la llave metálica, el avaro de la recepción me guiñó un ojo de complicidad y emitió un horrendo silbido absorbiendo aire, supongo que haciendo referencia al cuerpo de Marga. Pensaba pasar por alto que hubiese cobrado por partida doble la habitación a Marga, pero me resultó tan repulsivo que cambié de opinión.

—Devuélvame los pendientes de la señorita, maldito estafador.

—¿Cómo iba a reconocerla?

—Porque preguntó por mí…

—Lo siento, compadre, aquí vienen todo tipo de mujeres. Pero vuestro juego de subir y salir separados me tiene intrigado. ¿Casados? ¿Famosos?

—Deme los malditos pendientes.

—Podemos dejarlo como un pago a cuenta. La próxima chica que suba será gratis.

Lo agarré de la pechera y lo atraje contra el mostrador. Le cambió la cara de inmediato. Era un gallina. Se apresuró a dármelos con sus manos grasientas.

—Espero no volver a verle —gruñó cuando ya estaba fuera.

El sentimiento era mutuo. El taxi me estaba esperando. Introduje mi huella y como destino el aeropuerto internacional Libertad de Newark. Ya arreglaría cuentas con el tal James, porque el viaje y la estancia en Perú no iban a ser gratis. No sabría cómo dar con él, pero ya me las arreglaría. Abrí la neverita del vehículo y la cerré. Tenía el estómago revuelto y necesitaba concentrarme. Lo prioritario era dar con la forma de encontrar a Nadia Lisberg en Lima. El primer paso lógico sería tratar de ubicar la discográfica que había publicado esos vinilos tribales y hacerles una visita. No era descabellado que ese fuese su destino y, en caso contrario, seguro que podría sacarles alguna pista de su paradero. Revisé de nuevo las contraportadas y el logotipo estampado en la parte inferior, que consistía en el símbolo de la Clave de Sol, en el que había un lema en miniatura: *Chakra Quena*.

Lo introduje en diversos buscadores y lo combiné con Lima y otras ciudades importantes de Perú, pero no obtuve ningún resultado fiable. Luego busqué los nombres de los otros músicos que participaron en los vinilos. Casi todos eran nombres atípicos, como de una tribu. Tampoco encontré nada relevante. Necesitaba estrechar el cerco, pues como bien había dicho Marga, Perú era muy grande. La melodía anunció el fin de trayecto y aplacé mis pesquisas para el vuelo.

Comprobé en un terminal que el vuelo salía a la hora prevista y que había asientos libres de sobra. Atravesé el control sin hacer la reserva, apuraría hasta el último momento antes de usar mi huella y delatar mi ubicación. Sin facturar equipaje podía esperar hasta treinta minutos antes de la hora fijada para el despegue. Si saltaba la alarma, ya estaría en el aire y Lima también es muy grande para dar conmigo. Me subí a la cinta mecánica y atravesamos el túnel de visión radiográfica sin incidentes. El sistema era rápido y te ahorrabas tener que quitarte el cinturón y los zapatos, pero el hecho de someterte a radiación, por pequeñas dosis que fueren, no terminaba de agradarme. Nos trataban como si fuésemos equipaje. Me senté cerca de la puerta de embarque y saqué mi pasaje cuando faltaban treinta y cinco minutos para el despegue. Reservé dos asientos, no tenía ganas de aguantar la cháchara o los ronquidos de nadie. Mientras quedasen fondos los usaría sin reparo.

Embarcamos y despegamos sin retrasos ni sorpresas. En mi último caso aproveché los vuelos para descansar, beber y completar el diario del caso. Así que, en cuanto nos estabilizamos, me acomodé en el asiento y pedí un Baileys con hielo. Antes de ponerme con el diario del caso necesitaba encontrar alguna pista sobre Nadia y ello pasaba por dar con la discográfica. Tras varias posturas y varios sorbos se me ocurrió recurrir a la lista de Spotify. Tenía muy pocos seguidores y deduje que el creador de esta, el tal Túpac Jarán, podría estar vinculado a la discográfica: un trabajador o incluso el mismo dueño. Era evidente que se trataba de un estudio pequeño de ir por casa. Túpac tenía cuenta en Instagram. Un avance. Había pocas imágenes y básicamente se limitaban a las portadas de los vinilos y gramófonos antiguos. Nada personal. Una imagen me llamó la atención: aparecía en primer plano un cartel luminoso a la vieja usanza con forma de arco y el logotipo de la clave de sol. Abajo se podía leer 'Puno'. Y resultaba que Puno era una ciudad de Perú. Se empezaba a estrechar el círculo. Satisfecho con la pista, aparqué el tema y activé las gafas para repasar y completar las últimas horas del caso antes de dar unas cabezadas.

—Señores y señoras, estamos aterrizando en el Aeropuerto Internacional Jorge Chávez de la ciudad de Lima. Por favor, permanezcan en sus asientos hasta que la señal de los cinturones se haya apagado.

Hice caso y permanecí en mi sitio hasta que se apagó la luz. En ese aeropuerto no había cintas ni radiografías. Hice la cola del control de inmigración y luego, siguiendo el ejemplo de Nadia, cambié créditos por nuevo sol, la moneda local. Me agradó descubrir que en mi cuenta habían añadido otros diez mil créditos. El tal James estaba muy interesado en que continuase con la investigación. Desde ese momento se acabó usar mi huella digital. Allí consulté las conexiones con la ciudad de Puno. El viaje en coche rondaba las veinte horas y los trenes solo llegaban hasta Cuzco y Arequipa y luego quedaba un buen trecho, de unas cinco o seis horas más. Lo más sensato era viajar en avión hasta Juliaca, que estaba a poco más de una hora de vuelo, y desde allí seguir en coche hasta Puno, una hora y media más.

Compré el billete en el mostrador pagando con soles y, en un abrir y cerrar de ojos, estaba aterrizando en el Aeropuerto Internacional Inca Manco Cápac ubicado en la ciudad de Juliaca. Lo más curioso es que la ciudad de Puno se encontraba a orillas del lago Titicaca.

«Nos veremos a orillas del lago».

No pude quitarme de la cabeza durante todo el vuelo la frase de despedida de aquel comprometido intérprete de piel oscura que podría pasar inadvertido entre la población que me rodeaba. ¿Lo encontraría allí? Al llegar, lo busqué en el aeropuerto entre el grupo de guías con carteles que esperaba pasajeros. No estaba. Me dirigí a la salida resuelto a preguntar a los locales sobre la ubicación de la discográfica. Pasé de largo la hilera de taxis oficiales, todos coches oscuros, y un poco más adelante vi algunos vehículos estacionados que seguro que eran taxis piratas. ¿Qué mejor opción que un falso taxista autóctono para que me llevase hasta la discográfica en Puno? Además, el viaje era largo y, si salía bien, me ahorraría unos cuantos soles. Al aproximarme se me acercaron varios conductores a ofrecer sus servicios. Hubo uno, de evidentes rasgos peruanos, que se quedó algo apartado, se quitó la gorra y se la llevó al pecho. El gesto me recordó a Luka y lo interpreté como una señal. Alas de ángel. Me zafé del resto y me acerqué a él.

—¡*Oe*! Necesita un taxi, *pé*.

—Necesito ir a Puno

—Al toque, *pué*.

Me hizo un gesto para que lo siguiera. El coche era una tartana que superaría la treintena de años. Sin duda era su vehículo personal que también usaba para el trabajo.

—¿Y sus *luggage?*

—No llevo.

Se sorprendió, pero no dijo nada. Me abrió la puerta y la cerró después de que subiera. Luego subió él delante y arrancamos con un fuerte envión.

—José Antonio Flores, *pa servíle*.

—Halcón.

El interior era viejo, pero estaba cuidado. Las quemaduras de la tapicería estaban disimuladas con parches de tela.

—La abuela *pasá* la vida cosiendo, compadre —dijo al verme deslizar el dedo.

Sonreí. El salpicadero lucía lleno de artilugios y del retrovisor colgaban varios amuletos cristianos.

—El abuelo es bien devoto, no *¡má!*.

El parasol del conductor estaba lleno de fotos, seguramente de la familia, y el del acompañante forrado con los colores rojo y blanco de la bandera peruana. Y, lo más curioso, fue que los mecanismos de subir y bajar las ventanillas eran manuales. Solo por cerciorarme de que funcionaban las subí y las bajé un par de veces. Pensaba que se habían extinguido.

—Papitas sancochadas con quesito.

Me ofreció al cabo de varios minutos de silencio. No las desprecié. Exquisitas. Le sonreí al retrovisor.

—¿Y qué se le ha perdido en Puno, compadre?

—Busco una discográfica.

José, apoyó el codo en el reposacabezas del copiloto, y se giró hacia mí. Los siguientes diez segundos condujo con una mano y sin mirar a la carretera. Aproveché para enseñarle la foto con el logo y el nombre de la discográfica. Chasqueó la lengua y volvió la vista a la carretera en el momento justo para esquivar a un coche mal estacionado y darle un sonoro bocinazo.

—Al frente tiene la Plaza de Armas, es el mismo centro de Juliaca. ¿Suma, verdad?

Asentí. Hablaba mirándome por el retrovisor, por lo menos no se giró en esta ocasión. Callejeamos por las caóticas carreteras de aquella caótica ciudad.

—A su derecha están las torres de los templos de La Merced y Santa Catalina, y un poco más adelante está el convento franciscano.

—No he venido a hacer turismo, amigo.

—Le entiendo, compadre. José le ayudará.

El falso taxista detuvo el vehículo en el convento franciscano que me había señalado. Bajó y se apresuró a abrirme la puerta.

—No me interesan ni el arte ni la arquitectura. Solo la música.

—Por eso estamos aquí, *guey*. Yo vivo en el pueblo de Puno, conozco cada rincón, y le puedo jurar por mi familia que no hay ninguna discográfica con ese nombre.

—¿Entonces? —pregunté, resistiéndome a bajar. No quería perder tiempo.

—Si esa discográfica existe, cosa que dudo, debe estar acá en Juliaca. Es el centro comercial de Puno y está repleta de comercios y tiendas.

—Pero me acaba de decir que eso es un convento.

—*Déle* amigo. Aquí vive el señor Montero. Es mi pata y un gran aficionado de la música.

Me defendía con el español, pero el acento y tantas expresiones me tenían perdido.

—¿Mi pata?

—Un *bróder,* un primo mío de la familia. Apresúrese, amigo, y confíe en José.

Volvió a llevarse la gorra al pecho. Bajé y lo seguí hasta el interior. Aquello parecía un castillo medieval por la alta atalaya circular y la torre que la flanqueaba.

Caminamos por su amplio interior lleno de ventanales arqueados. Finalmente, José dio con *su pata* y yo me quedé algo apartado mientras dialogaban. Al poco, ambos se volvieron hacia mí y José se acercó, me cogió el móvil para enseñarle la foto. Luego volvió negando con la cabeza y volvimos al coche.

—¿Y bien?

—No la conoce. Dice que el nombre es lengua antigua. Pagana. Pero no se preocupe, sé quién puede ayudarnos a pocas cuadras.

La siguiente parada fue en un mercadillo gigantesco. Nos adentramos en un sinfín de pasillos atestados de gente y flanqueados por todo tipo de tenderetes. Ni en el metro de Newark había tanta aglomeración. Sin embargo, allí la mezcla de olores y el ambiente era muy diferente: transmitía vida. No como los lúgubres e impersonales termiteros. José se movía con soltura, mientras yo tenía que esforzarme para no perderle la pista.

—¿A quién buscamos?

Grité tratando de hacerme oír sobre el bullicio.

—A Manuel, un primo mío.

¿Otro primo? Le seguí hasta un puesto pequeño y encajonado entre otros dos de especias. Vendía desde ramos de raíces secas hasta patas de gallina de dudoso diseño. José volvió a pedirme el móvil y pasó por debajo del mostrador. Se dieron un abrazo y comenzaron a hablar. Yo me entretuve mirando aquellas baratijas. Pulseras y anillos con grabados extraños. Cartas de tarot. Finalmente se despidieron entre abrazos y besos. Regresamos al coche. José parecía algo más serio. Salimos del área comercial y nos introdujimos en un barrio algo decadente con casas viejas y ropa tendida en los balcones entre varias antenas parabólicas. Al final nos metimos en una callejuela oscura y paramos frente a una tienda vieja y solitaria. Más oscura que el callejón. Antes de bajar, José se santiguó y besó uno de los crucifijos que colgaba del retrovisor. Alargó la mano para que le entregase el móvil.

—Mejor que me espere aquí.

Ignoré su consejo y bajé del coche. Entramos en una tienda con un escaparate de poco más de un metro. Al abrir la puerta quedó en el aire el tintineo de lo que podría ser un móvil de huesecillos armoniosos que colgaban del techo. Nada tan puro como lo real. Seguimos un estrecho pasillo del tamaño de la fachada durante unos cincuenta metros hasta una especie de patio interior más amplio. Todo estaba decorado con adornos tribales y amuletos que parecían menos falsos que los de la tienda del mercadillo. El dueño era un viejo esquelético y pintarrajeado de una forma más tétrica que el chamán asesinado. Un mantón y un largo cayado completaban su atuendo. Parecía un brujo de vudú o algo así. Se saludaron frente a frente, con los ojos cerrados y con los dedos de las manos cruzados sobre el corazón en una especie de mudra ancestral o tribal. El brujo se volvió hacia mí con desconfianza y se apartaron a hablar. Yo me entretuve mirando por la tienda. En una esquina había todo tipo de animales disecados: un murciélago, un cuervo, una colección de pieles de rana secas… y luego insectos. Escorpiones, arañas, orugas… en concreto había una araña sobre una tela que parecía viva. Toda negra y con manchas rojas en la abultada barriga. Me aproximé para verla más de cerca.

—Es la viuda negra. Yo no me acercaría.

Di un respingo ante el acento muy forzado y la voz cavernosa. El viejo se acercó usando el bastón. Marcaba cada paso como en una procesión.

—Eso que ve colgando es su pareja. Después de copular la mata y servirá de carne a las crías. —Sus ojos eran casi inexistentes.

—Al menos habrá muerto contento. Bien me dejaría matar por alguna chamaquita —intervino José para ayudarme.

El brujo parecía molesto por mi comportamiento.

—Es Halcón Waman, un buen amigo —insistió José.

El taxista alargó la mano y le di el móvil con la foto de la discográfica. Se lo enseñó al viejo, pero este no hizo amago de mirarlo. Sus pequeños ojos eran de un blanco acuoso que juraría saturados de cataratas o ciego. Negó con la cabeza. Se me ocurrió una idea. Recuperé el móvil y reproduje la lista. Al escuchar la música el viejo levantó la mano y con el bastón dio un golpe seco en el suelo que exigía silencio. José se cruzó de brazos a la altura del pecho y miró al suelo. El viejo caminó a mi alrededor mientras yo sostenía el móvil sonando. Un golpe de bastón acompañaba cada paso. Parecía seguir el ritmo de la música. De pronto, levantó la mano y cerró el puño. Deduje que quería que pausase la música y así lo hice. El viejo brujo acercó su rostro a pocos centímetros del mío. Sin duda estaba casi ciego. Tenía la piel apergaminada y llena de cicatrices y la barba con cuatro pelos blancos.

Dio media vuelta y rebuscó por una de las estanterías, arriba de los insectos. Cogió una especie de amuleto con forma de escarabajo y me lo colgó al cuello. Prefería la T-Candle, pero cada cosa para cada ocasión. Luego se apoyó con la mano libre en el hombro de José y se acercaron hasta un viejo pergamino de Perú que colgaba en la pared. Murmuró algo que no conseguí entender. Con el bastón le señaló un punto del mapa. José inclinó la cabeza en señal de respeto y vino hacia mí. Me cogió del brazo y me arrastró fuera. Ya en la calle, murmuró algo relacionado con la mala suerte. Dentro del coche se santiguó de nuevo y besó el crucifijo.

—¿Le ha dicho dónde se encuentra la discográfica?

José asintió.

—¿Y bien?

—Supuestamente se encuentra en algún punto entre Juliaca y el pueblo de Puno. En medio de la nada.

—¿Y confía en ese viejo brujo?

—Plenamente. Dice que recién les ha servido un pedido especial.

—¿Especial?

—El viejo gatero Qhawana vende de todo. Desde jampi amoroso a elixires milagrosos o conjuros de magia oscura. ¿Está seguro de querer ir, compadre? Todo esto me da mala espina.

—No se preocupe, amigo. Solo busco a una mujer.

José sonrió y arrancó.

—Ándese con ojo no vaya a ser como la viuda negra.

16

CLAVE DE SOL

Seguimos una ruta que nos sacó de la bulliciosa ciudad de Juliaca por el sureste. En cuanto se redujo drásticamente el tráfico, José aprovechó para enseñarme una a una todas las fotos que tenía colgadas en el parasol. Conducía sin necesidad de mirar la carretera.

—Estos son José Antonio segundo, Estrella y Marta. Mis tres churumbeles y la luz de mis ojos. ¿A que son preciosos?

Le dio un beso a la vieja fotografía con tres niños pequeños jugando en el agua y me la pasó. Luego fue el turno de su mujer.

—Esta es mi Rosa Fernanda. *Urpiymi kanki*. Estoy loquito por ella.

Besó también la foto y me la pasó. Era una joven de mirada alegre y sincera. El cabello oscuro le caía por los hombros. Luego besó la cruz que colgaba del retrovisor antes de enseñarme la siguiente foto.

—Estos son los abuelos, Gumersindo y Eugenia. Y estos mis dos nietos, Estrella ya es toda una mujer y está felizmente casada. No vaya usted a pensar...

Su familia era interminable. Tras una curva apareció a nuestra izquierda una inmensa mole de agua que parecía un mar.

—Es el lago Titicaca. Impresiona, ¿verdad?

Lo cierto es que sí que impresionaba. Y otra vez acudió a mi mente la profecía del oráculo vestido de reina de carnaval: «su destino le llevará hasta Perú» y poco después la de Amaru, su intérprete: «Nos veremos a orillas del lago». ¿Se referiría al lago Titicaca?

—Mis padres y mis abuelos vivieron de él. Siempre ha sido y será la fuente de vida para todo nuestro pueblo.

Seguimos avanzando con el lago siempre a mano izquierda por caminos con el asfalto desgastado y lleno de socavones. Al poco, el asfalto desapareció y directamente transitamos por caminos de tierra y piedras. El traqueteo empezó a molestarme. Ya no había edificios, salvo alguna que otra aglomeración puntual de chabolas. Hacía calor, el coche no tenía aire acondicionado y me faltaba el aire. Usé la manivela para bajar la ventanilla, pero el polvo empeoró mi sensación de ahogo.

—Es la altura, patrón. Estamos a casi cuatro kilómetros sobre el nivel de mar.

Mi guía abrió la guantera y me echó una bolsita. Dentro había yerba reseca.

—No más tiene que masticarla. Confíe en José.

Eso hice. Enseguida descubrí que se trataba de hojas de coca y la verdad es que funcionaron.

—¿Ya mejor, patrón? ¿Le apetece jamear?

No entendí la pregunta, pero no le hizo falta respuesta. José abrió una nevera que había en el suelo del asiento del copiloto y me puso en una mano algo envuelto en papel y en la otra una cerveza.

—Mi Rosa Fernanda cocina como los ángeles.

En eso no mentía. Di buena cuenta de una ración de bollos con tropezones. Estaba sediento y en la neverita de mi buen amigo José quedaban unas cuantas cervezas más. Eso mitigó un poco el calor y el cansancio. Pasados unos treinta minutos, José redujo la velocidad y clavó la vista en la carretera. Miraba a un lado y a otro. Yo le imité, pero no veía más que arena roja y matas resecas. De pronto, paró en seco y retrocedió unos metros. Giró por un inapreciable desvío a mano izquierda y avanzamos subiendo una ligera pendiente. En la cima había una pequeña planicie con un camping de caravanas. Al fondo se veía el lago. Nos acercamos. Las caravanas estaban estacionadas formando un amplio rectángulo solo abierto por uno de los extremos. Me recordó a los circos ambulantes. José detuvo la tartana junto a otros siete u ocho vehículos.

—Hemos llegado.

Aquello no podía ser una discográfica. Pensé echarle la bronca, pero las palabras murieron en mi boca al descubrir el arco que unía las únicas dos caravanas separadas que hacían de entrada. Tenía algo escrito que desde allí no podía apreciar, pero sí pude ver el gran símbolo de la Clave de Sol en el centro. Increíble. Era la imagen de Instagram del creador de la lista de Spotify. José bajó y me abrió la puerta. Tenía una sonrisa de oreja a oreja y la gorra en el pecho.

—Le dije que dio con el compadre indicado, *pué*. ¿Desea que lo espere?

—No gracias. ¿Qué le debo?

—Cincuenta soles no *má*. El almuerzo es gratis. No le cobraría nada, pero tengo una familia que alimentar…

Añadí una buena propina a la cantidad que me dijo.

—Me ha ayudado mucho, José. Sinceramente, no creo que la hubiese podido encontrar sin usted. Salude a su mujer de mi parte y dígale que la comida estaba exquisita. Ahora no se preocupe por mí y márchese.

—Era pan de chicharrón. Solo con uno podría subir y bajar el Machu Picchu dos veces ¿Está seguro de que no le espere?

—Completamente.

José se subió al coche y regresó con una foto en miniatura de toda la familia. Me la entregó. Tenía un número de teléfono en la parte trasera. Sonrío.

—Soy su humilde servidor, compadre. Llame a cualquier hora y José estará donde usted se encuentre en menos de quince minutos. Prometido.

José besó la cruz que llevaba al cuello. Yo recordé el amuleto que me había entregado el viejo brujo y lo agarré.

—¿Puedo saber de qué me protegerá este amuleto?

—No es un amuleto, es un antídoto contra el veneno de la viuda negra. Pero tenga cuidado con la mujer que busca, porque no creo que funcione con ella.

Finalmente se marchó y yo me encaminé a aquel extraño asentamiento. Pasé bajo el arco y comprobé que el nombre también coincidía. El patio interior tendría unos 15 por 25 metros. Di un paseo entre las veinte o treinta personas que pululaban por su interior. Todo el lateral interior de la mayor parte de las caravanas era una gran puerta que con dos palos quedaba abierta formando un tenderete. Aquel lugar estaba entre un circo y un mercadillo medieval. Me fijé en que muchas de las caravanas carecían de ruedas, estaban apoyadas con los muñones de acero y robustos gatos. Era evidente que no se trataba de un asentamiento temporal. Debía llevar allí algunos años. Me aproximé a la caravana que más éxito tenía y me abrí hueco entre la gente. En su interior había tres mujeres de edad avanzada con facciones indígenas. Los cabellos oscuros con largas trenzas les caían a los lados y tenían la piel arrugada. Vestían con largas faldas de colores y chalecos de tonalidades chillonas sobre jerséis de lana. A su espalda había varios discos plateados de aluminio apilados como platos de lavavajillas. Las tres, de forma coordinada, cogían uno de aquellos discos y lo colocaban sobre un soporte circular que había delante de ellas. Luego le aplicaban una capa de laca oscura y líquida con unas curiosas brochas y por fin limpiaban los bordes. Como un crep. Los restos de líquido caían a unos depósitos que había debajo. La laca se secaba de inmediato y se quedaba como esmalte brillante de uñas. Luego los ponían a secar. En la caravana anexa había otra ristra de discos ya lacados dispuestos también en paralelo. Parecía la segunda parte del proceso. Allí dos mujeres los sacaban y les colocaban un plástico en el borde. Les hacían un agujero en el centro con una perforadora hidráulica y luego los volvían a apilar con plásticos separadores como bobinas de DVDs.

Las dos siguientes caravanas tenían discos con esmalte ya apilados al fondo y delante había prensas y demás artilugios. Seguramente se trataba de las siguientes fases de la elaboración casi manual de un disco de vinilo. Ahora no había nadie en ellas y la gente esperó en la tercera. Yo pasé de largo. La última caravana de ese lado parecía vender baratijas, discos de aluminio y algunos de elaboración propia. Algunas portadas coincidían con las de las fotos que tomé en la casa del señor White. Sin duda se fabricaron aquí. La joven indígena que atendía la caravana, vestido rojo con adornos geométricos y rodeado de un chal multicolor con franjas de colores planos, se acercó al ver mi interés.

—¿Desea algo, señor?

—¿Hacen aquí el proceso completo de la elaboración de vinilos?

Asintió.

—¿Incluida la grabación de la música?

Volvió a asentir, orgullosa, y señaló una de las pocas caravanas cerradas situada al otro lado.

—Impresionante. Muchas gracias, señorita.

Seguí paseando hacia la caravana por el lado opuesto. Uno de los puestos vendía gramófonos. Algunos, buenas réplicas de antigüedades, con el embudo y la caja de madera tallada, hasta la aguja parecía de madera. Supuse erróneamente que serían decorativos. Al lado vendían algo de comida. Sapos y reptiles colgaban de una pared, frutos secos y bolsitas de hojas de coca sobre un mostrador de caña. Seguí paseando por el perímetro. Algunas caravanas parecían abandonadas.

La caravana que había indicado la joven era plateada y algo más moderna, pero no tenía ningún acceso. La anexa sí contaba con una puerta abierta cubierta por una cortina de tiras. Entré. Aquello parecía como la recepción de una oficina. Al otro lado de un pequeño mostrador había otra joven indígena. También había un crío, de unos diez años, sentado en una silla con los brazos cruzados y cara de castigado.

—Busco a Nadia —dije, acercándome al mostrador.

La chica negó con la cabeza.

—Yo no entender.

—Nadia L. Winter.

—Lo siento.

Pensé en usar al crío de intérprete, pero al darme la vuelta ya no estaba. La chica era atractiva y llevaba mucha menos ropa que las de fuera. De las paredes colgaban algunos vinilos enmarcados. Tres de plata y uno dorado. También había un gran cuadro con una frase de Friedrich Nietzsche: «Sin música, la vida sería un error». La chica estaba sentada y me ignoraba. Tejiendo o algo parecido. Lo raro es que a esa edad no estuviese con el móvil. Detrás de ella, había una puerta. Sin duda estaba conectada con el estudio de grabación. Salí a buscar a alguien que me sirviera de intérprete.

En eso llegó un carromato tirado por burros y guiado por mujeres indígenas. En la parte trasera viajaban dos chamanes vestidos y pintados de forma muy similar al asesinado en Newark, aunque sin tantos kilos. La cosa se ponía interesante. La joven de recepción salió en su busca y al poco le siguió otro hombre, que antes no había visto. Debía estar dentro del estudio de grabación. También era indígena, pero de modales y vestimenta occidental. Algo me dijo que ese era mi hombre. Recibieron con cierta pompa a los chamanes y entraron. Las cocheras se quedaron fuera atendiendo a los animales. Entré de nuevo a la caravana de recepción y otra vez la guapa dependienta estaba sola. Únicamente podían haber pasado a la caravana contigua. No me molesté en hablar con ella. Salí del recinto y comprobé que la caravana estudio de grabación tampoco tenía salida por la otra parte. Así que opté por quedarme allí hasta que salieran. Compré un par de bolsitas de coca, plátanos deshidratados en rodajas y frutos secos. Me abstuve de ancas de rana y demás guarradas. Inspeccioné las caravanas que estaban frente a la que me interesaba. Algunas parecían abandonadas. Estaba oscureciendo cuando salieron los dos chamanes y el hombre de antes que, como supuse, les acompañó hasta el carro. Esperé a que volviese junto a la entrada de la recepción.

—*Yáwar Yupa*. Túpac Jarán. —Me la jugué al pronunciar aquel nombre.

Se giró al escucharlo.

—Soy un seguidor de su lista de Spotify.

—¿En serio?

Parecía hasta contento.

—El violín es la parte que más me llega.

Aquel comentario lo puso en alerta. Así que fui directo al grano.

—Busco a la señora White o Nadia L. Winter. Su violinista.

Su rostro no se inmutó ante mi comentario y sus ojos oscuros y profundos tampoco.

—¿En serio? Yo también la estoy buscando. No asistió a la sesión de grabación de su instrumento.

—¿Cuándo estaba prevista esa sesión?

—Hace tres días. Y le aseguro que es un gran contratiempo porque hoy, tras la sesión con estos dos caballeros, se debería haber terminado.

—¿Solo falta el violín?

—Así es.

—¿Sabe dónde se aloja?

—En eso no puedo ayudarle. Yo me limito a citarlos.

—¿Tiene un teléfono o un contacto?

—Solo un *email*, pero no me está permitido dárselo. Supongo que lo comprende.

Se despidió algo inquieto y volvió a su caravana. Apenas quedaba gente en la plaza. ¿Qué podía hacer? Pensé en llamar a José para que me llevara hasta Juliaca o Puno y buscar alojamiento. También podíamos tratar de seguir a los chamanes si no tardaba mucho, pero algo me decía que mi lugar estaba allí. Salí del recinto y por la parte exterior me colé en una caravana abandonada que estaba enfrente de la que hacía de recepción. Entraba algo de luz por la ventana, que precisamente tenía unas preciosas vistas a la entrada de secretaría. Ese fue el plan. Una vigilancia a la vieja usanza. Usé la linterna del móvil para situarme. Aquello parecía un almacén, con estanterías repletas de cajas cubiertas de polvo. Material relacionado con la fabricación de vinilos. Encontré una caja de bebidas de saliva en la que se apreciaban un denso poso de grumos de yerba amarillentos y gelatinosos. Por fortuna, también encontré una caja de botellas de medio litro de chicha de Jora. Fuera lo que fuere, tenía que ser mejor que el masato. Me preparé un hueco para poder sentarme y vigilar. Ya casi no quedaba nadie, pero las caravanas de recepción y grabación desprendían luz. Empecé con los chips de plátano, alternando con alguna hoja de coca y trago de saliva de vieja. Aquello era un tiro, así que decidí abrir una botella de chicha. Era de un color anaranjado y al principio no me atreví a removerlo, pero resultó que al segundo sorbo descubrí un agradable sabor agridulce, que me animó a agitarlo y darle otra oportunidad. El tiempo pasaba y las caravanas seguían iluminadas proyectando a veces sombras en su interior. De pronto, salió alguien de recepción y se encaminó hacia mi caravana. Me escondí en el diminuto aseo. Maldita sea. Las botellas y los restos de comida quedaron sobre la improvisada mesa. Espié por una rendija. Quien fuera que entró llevaba una linterna. Estaba oscuro y solo podría descubrirme si me iluminaba. No era ni la chica de recepción ni el tal Jarán. ¿Cuánta gente habría allí dentro? Abrió una de las cajas e introdujo un disco de vinilo y tal vez sacó otro. ¿La grabación de hoy? Cuando se marchaba me pareció ver un destello dorado en su mano, como si se llevase otro. Me acerqué y abrí la caja. Había cuatro vinilos y hueco para un quinto. Debían estar grabándolos. Usé la linterna del móvil con cuidado para que no pudieran descubrirme desde el exterior. Cogí uno de los discos y lo acaricié. El esmalte y rugosidad parecía similar al del supuesto vinilo asesino. En la etiqueta solo aparecía el logo de la discográfica, sin nombre y sin título. Muy parecido al que encontré junto al cadáver del señor White. Me senté frente a la ventana y abrí los frutos secos. La reunión del coche de enfrente continuaba. Dejé el casco vacío de la primera botella en su sitio y empecé con la segunda de chicha. Mientras paladeaba aquel brebaje escuché un sonido rumiante. Me quedé quieto y alumbré al suelo. Había una especie de conejo de indias comiendo las pipas que se habían caído. Pequeño y atrevido. Al alumbrarlo, levantó la cabeza y las orejas, pero no soltó la pipa que sostenía con las dos manos. Los bigotes y la nariz se movían sin parar. Miré de reojo y lo vi terminarse la pipa y luego frotarse la cara y la nariz. Le fui tirando pipas, una para mí y una para él, y me fui ganando su confianza. Las últimas las comía a mis pies. Tras el segundo envase vacío, el roedor ya comía de mi mano. Pero mi interés estaba en los discos. Había visto algún gramófono en las cajas del fondo. Saqué uno, pero faltaba el embudo. Lo que sí había eran agujas de madera, tenían truco, por el centro asomaba una casi invisible aguja de metal. Revisé el móvil, una raya de cobertura y dos de batería. Me toqué el antídoto que colgaba a mi cuello y eché de menos el T-Candle que ahora tenía el ladrón del hostal. Podía quedarme sin batería de móvil o de las gafas en cualquier momento. No tenía mensajes de Marga. Quedamos en hacer contactos mínimos y lo cumpliría. No la llamaría hasta dar con la señora White.

Encontré una caja de partituras y se me ocurrió una idea al recordar uno de los muchos documentales del canal historia que me había cargado durante estos dos últimos años. Ahora comprobaría si servían para algo. Arranqué una hoja, formé un cono y puse la aguja en un extremo. Luego coloqué uno de los vinilos sobre el plato del gramófono y lo hice girar con la manivela al tiempo que pinchaba la aguja con el improvisado conector al embudo. Funcionó. Puse los otros tres discos. El sonido no era perfecto, pero suficiente para identificar que sonaban como la música étnica de la lista de Spotify, pero por separado. También comprobé que faltaba el violín. El último era un canto gutural como el que escuché en el castillo de Newark, seguramente grabado por los chamanes que habían llegado en la carreta. De pronto, el ratón saltó sobre el disco y empezó a correr en dirección opuesta al giro para no quedar dando vueltas sin control. Una versión graciosa de la típica rueda de hámsteres. Lo mantuve unos segundos corriendo. Luego le dejé algunas pipas sobre el disco y me senté. Tomé un poco más de bebida, no conseguía quitarme la sensación de tener la boca seca y una molesta falta de aire. Mastiqué un buen puñado de hojas de coca. Dos botellas vacías después se apagaron las dos caravanas que vigilaba sin que nadie saliese de ellas. Supuse que dormirían allí. El ratón terminó de comer y se limpió la boca y los bigotes. Esos animales son, en general, limpios. Jamás he comprendido la mala fama que tienen. Vigilé un rato más, pero el cansancio y el efecto de la chicha empezaban a ganar la batalla. Escuché más de aquella música mientras hacía correr al ratón. De repente, el bicho se quedó quieto y empezó a girar arrastrado por el disco. Dejé de mover la manivela. El pequeño animal empezó a convulsionarse boca arriba estirando las patitas de forma espasmódica, como si estuviese sufriendo un ataque de epilepsia. Luego pareció relajarse. Se acurrucó tranquilo y dejó de respirar. No supe qué hacer y murió ante mis narices. ¿Todavía me pregunto qué le pudo suceder? ¿La música? ¿En serio? Lo tomé con sumo cuidado y le dirigí la linterna. Todavía estaba caliente. Lo dejé en el suelo con delicadeza. Saqué una botella de saliva y derramé una parte en memoria de mi pequeño compañero antes de servirme yo un trago. Seguí comiendo y bebiendo. No había movimiento al otro lado de la venta. Solo oscuridad. Me costaba mantener la cabeza erguida, en una de las ocasiones que la barbilla tocó mi pecho reparé en el antídoto que me había dado el viejo. Parecía emitir un tenue fulgor azulado. Lo apreté con la mano y lo noté caliente. Lo abrí con cuidado y me lo acerqué a la nariz. No me gustó el olor y lo volví a cerrar. Di unas cuantas cabezadas en las que me asaltaban sueños extraños. Despertaba, picoteaba, bebía y volvía a dormir. Una de las veces fue el dolor lo que me hizo despertar, me retorcí sobre mí mismo. Tenía los músculos agarrotados. La música no parecía afectarme, pero aquel brebaje iba a acabar conmigo. Quizá estuviese en mal estado. Sentí un intenso dolor muscular y todos mis músculos se tensaron sin control. ¿Me estaba pasando lo mismo que al ratón? Nunca había sentido algo así. Luego caí en un plácido sueño en el que aparecían Marga y la chica de recepción. Un atropello de sensaciones sensuales, nada sexual. Agradable. Paz.

Me obligué a despertar con la boca seca y un aliento de perros. Todavía estaba oscuro. Me encontraba algo mareado y la vejiga me iba a explotar. Me costó apuntar al aliviarme en el último envase vacío que había sobre la mesa. Lo introduje junto al resto antes de tapar la caja. Posiblemente salvaría alguna vida. Comprobé que me lo había bebido todo, hasta el antídoto que me entregó el brujo estaba vacío colgando de un saliente. Ni siquiera recordaba habérmelo quitado y mucho menos habérmelo tomado. Lo recogí y me lo colgué al cuello de nuevo. Me sentía extraño, como si en mi interior se hubiese librado una batalla. Menos mal que no había más alcohol o me lo hubiese bebido esa noche. Vigilé por la ventana. Con las primeras luces del alba salieron los dos hombres, Jarán y el que vino a guardar el vinilo. Miraron a ambos lados, se alejaron discretamente y volvieron con un carro que situaron frente a la caravana que hacía de recepción. Luego empezaron a cargar material. Recogí como pude todas mis evidencias y me preparé para huir por la puerta trasera por si se les ocurría volver a entrar en el almacén en que me encontraba. Llamé a José, me quedaba una raya de cobertura y dos de batería.

—Hola, José.

—¡Qué alegría escucharle, *uma*! *Allinllachu*? Tenía un mal presentimiento.

—¿Puede venir a recogerme al cruce?

—Por supuesto, Hunt'ay. En quince minutos nos vemos allí.

Siguieron cargando cajas durante unos minutos. Allí ocurría algo raro. Me fijé en el cuerpo del ratón. Parecía dormido. Las patas blancas ahora estaban algo ennegrecidas por el esmalte. ¿Qué le habría pasado realmente? Volví a registrarlo todo a la luz del día. Una caja no muy grande me llamó la atención porque tenía estampado el logo de la tienda del brujo de Juliaca. Cogí uno de los frasquitos del interior y rellené mi antídoto. Seguí observando cómo cargaban algunos instrumentos musicales, grandes panderos de piel y cajones, instrumentos de caña, flautas, tambores y algo parecido a ukeleles. Todos instrumentos tribales. También llevaron un fonógrafo antiguo. En el último viaje la joven dependienta y el segundo hombre se montaron en el carro. Salté por la puerta trasera y corrí lo más rápido posible al cruce. José se deshizo en besos a la cruz de su colgante al verme aparecer. Parecía alegrarse realmente de verme. Me abrió la puerta y subí al coche.

—José, ¿tiene hoy algo que hacer?

—Solo lo que usted mande.

Señaló la neverita.

—¿Su Rosa Fernanda?

Asintió y puso el coche en marcha.

17

POBLADO URO

Seguimos por la carretera hacia la ciudad de Puno siempre con el lago Titicaca pegado a nuestra izquierda y tratando de guardar la distancia con el carro que salió de la discográfica. Eso suponía hacer paradas y ciertas triquiñuelas. José se las arreglaba muy bien. La tartana del parlanchín no era un paradigma de la velocidad, pero comparada con los burros era un bólido de carreras. En una de las paradas nos hicimos un aperitivo cortesía de la gran cocinera rosa Fernanda. A mí me seguía faltando la respiración y me encontraba extrañamente cansado. Mastiqué más hojas de coca para intentar reponerme.

—¿Va la mujer que busca en esa carreta?

—No, pero confío en que me lleve hasta ella.

—¿Dónde pasó la noche? Tiene pinta de haber dormido sobre una roca bien incómoda.

—Algo así, pero prefiero no hablar de ello. Estoy cansado.

—Está bien, compadre. Le dejaré descansar un rato.

José cumplió su palabra y consiguió dejar la lengua quieta durante unos minutos. En una de las paradas, al retomar la carretera, el carromato no estaba. Avanzamos varios metros y no aparecía. Era imposible que hubiese llegado tan lejos a esa velocidad. Retornamos hasta donde nos habíamos detenido la última vez y volvimos a avanzar muy lentamente hasta que José

Flores encontró unas marcas de ruedas que doblaban hacia la izquierda abandonando la carretera. Avanzamos un buen tramo en dirección al lago entre matas y piedras. Ahora comprendía el uso del carro y los animales de tiro. Poco faltó para que quedásemos encallados en un par de ocasiones. Encontramos el carro parado junto al lago. Retrocedimos lo suficiente para ser invisibles y bajamos del coche. El carromato estaba vacío y los que viajaban en él cargaban el equipaje en un extraño barco en la orilla del lago. Estaba formado por dos canoas unidas por una estructura central cubierta. La cabeza y la cola de las canoas se elevaban hacia el cielo y la parte superior delantera estaba adornada con las cabezas de dos leones. Toda la embarcación era muy colorida. Las canoas estaban pintadas de amarillo con una franja verde horizontal, el toldo de rojo chillón y el habitáculo central de los tres colores. La cosa se complicaba. Se me iban a escapar. José leyó la preocupación en mi semblante.

—No se preocupe, patrón —dijo—. Mi primo Ronaldo nos llevará por el lago.

Regresamos al coche y seguimos por la carretera.

—¿Cómo daremos con ellos?

—Eso que ha visto es una balsa de totora, una embarcación típica del pueblo uro.

—¿Pueblo uro?

—Es una tribu ancestral que vive sobre el mismo lago Titicaca. Mi primo sabrá cómo encontrarlos.

—¿Viven sobre esas canoas?

—No, patrón. Usan las raíces de una jungla de cañas de totora para fabricar sus propias islas sobre el lago y en ellas construyen sus casas. Usan la totora para todo: para comer, construir, como combustible… En resumen, el lago cubre todas sus necesidades. Es un estilo de vida bien simple, pero casi idílico. Son considerados el pueblo más antiguo del continente americano. Se piensa que crearon las islas para escapar de las invasiones incas y que desde entonces viven allí. Muchos turistas vienen a conocer su curiosa forma de vida. He llevado a tantos que bien podría hacer de guía. Desde la bahía o puerto de Puno hay muchas barcas que los llevan hasta la isla Uro, pero apostaría lo que fuera a que sus amigos no iban allí. Por fortuna, mi primo tiene una lancha privada.

Entramos en la ciudad de Punto y nos dirigimos al puerto. Una zona claramente turística con mucho movimiento. Tras un recodo apareció una gran playa en forma de luna, repleta de embarcaciones en muelles de madera que se introducían en el agua. Había desde yates modernos hasta pequeñas canoas de paja. Allí estacionamos. Aproveché para comprar unos prismáticos en un tenderete. Algo me decía que no iba a ser fácil dar con la embarcación de la discográfica. Bordeamos la gran playa y la cantidad de embarcaciones se fue reduciendo sustancialmente. A la izquierda del camino había una colina con árboles y, a la derecha, cañas y agua. Llegamos a unas chozas con algunas barcazas viejas. Al aproximarnos a una de ellas, salió un hombre y se abrazó con José. Iba con la camisa abierta y los pantalones arremangados hasta las rodillas. La camisa antes debía ser blanca, pero el color en ese momento era difícil de clasificar. Un gran sombrero de paja culminaba su atuendo.

—¡Habla *pe causa*! Bienvenido. A su madre, qué buena *mica*. Tú sí que te has vuelto pituco desde que pilotas un taxi.

—Me alegro, *pe*. Se hace lo que se puede. Te presento a mi compadre, Halcón.

Apenas los entendía, pero el tal Ronaldo se volvió hacia mí y me dio un abrazo del que no pude zafarme.

—Ya basta de *chunkus* y apúrese, primo, que tenemos prisa. ¿Tienes la barca?

Al cabo de pocos minutos estábamos en el agua con una canoa tan deteriorada que el hecho de que flotase era un misterio. La parte positiva es que tenía un pequeño motor en la parte trasera bajo una bandera rojiblanca que pendía de una antena. No cabrían más de cuatro personas. El amigo se sentó detrás y sujetó el timón. Pasados diez minutos apareció al frente una isla flotante rodeada por algunas embarcaciones similares a la que habíamos visto partir. Empezamos a bordearla. Increíble. Había un pequeño poblado con casas hechas de cañas sobre aquella isla de paja o como se llamase la raíz que había dicho José. Había personas vestidas con faldas y colores llamativos. Al terminar la vuelta, sin encontrar la barca, el timonel se separó y siguió de largo. José cruzó unas palabras con el guía que no pude escuchar.

—No se preocupe, patrón —me dijo—. Esa isla se llama Uro y está creada únicamente para los turistas. Los verdaderos uros viven más escondidos amparados por el archipiélago. Mi primo asegura que hay más de ochenta islas artificiales.

Seguimos en dirección noroeste para interceptar la barca que había salido más al norte. Usé los prismáticos y pude localizar más barcas de aquel tipo, pero ni rastro de la que buscaba. A la izquierda apareció una segunda isla.

—Esa es la isla de Titino. También muy turística.

Eché una ojeada con los prismáticos para comprobar que la barca en cuestión no estaba allí. Mientras seguimos hacia el oeste no dejé de escrutar el horizonte con los prismáticos.

—Mi primo dice que cree que tenemos compañía.

—¿A qué se refiere?

—Que otra canoa nos está siguiendo.

Miré hacia atrás y no vi barca alguna. Seguimos navegando y yo vigilando. En esos momentos me preocupaba más dar con la barca amarilla y verde. De pronto, el primo aminoró la velocidad y le susurró algo a Flores.

—Mi primo dice que desde este punto está prohibido el paso a los turistas. Es una zona protegida y si nos descubren lo empapelarán.

—Dile que yo me haré cargo de la multa. Y que no soy un turista.

Seguimos avanzando y pasamos cerca de otras dos de aquellas islas artificiales sin rastros de nuestros perseguidos. Luego nos introdujimos en un inmenso cañaveral que apareció en el medio del lago. Tan espeso que desde la canoa necesitábamos separar las cañas para poder avanzar. Al atravesarlo salimos a un banco de bruma que limitó notablemente la visibilidad. Tuvimos que acercarnos y bordear los siguientes tres islotes para distinguir las barcas amarradas. Los rostros de algunos uros no parecían tan amigables ahora. Finalmente encontramos la barca amarilla y verde atracada en una isla pequeña que no contenía más de seis o siete casas y un alto mirador. El primo Ronaldo redujo la marcha e hizo un gesto.

—Compadre, mi primo está convencido de que todavía nos siguen.

Volví a mirar sin descubrir nada, pero preferí ser prudente.

—Seguid navegando. Yo llegaré a nado.

—¿Está seguro? La mayoría de los uros habla aimara.

—No te preocupes. Me las arreglaré.

Me dejé caer con suavidad al agua y seguí a nado. Con aquella bruma era imposible que me descubriesen en el hipotético caso de que realmente alguien nos estuviese siguiendo, cosa que no tenía mucho sentido. Bordeé la isla hasta alcanzar la balsa multicolor atracada y trepé por aquel espeso musgo que formaba el suelo del islote. Una vez arriba, miré a mi alrededor. Cinco de las casas parecían tipis hechos de paja. No me quería ni imaginar qué pasaría si el viento soplase fuerte. Una escalera apartada subía a lo que parecía un pequeño mirador. Desde mi posición, había como unos veinte metros hasta las casetas. Caminé hacia ellas en línea recta hasta que una especie de balsa me hizo desviarme. Habían cortado un óvalo en el suelo que en profundidad conectaba con el lago. En su interior descubrí varios peces similares a las truchas y una red que impedía que pudiesen escapar. Debía de tratarse de una piscifactoría casera. Había un arco en medio de la nada también hecho de esa especie de paja, que José llamó *totora*. Pasé por debajo sin encontrarle la utilidad. Al acercarme a la primera casa, me topé con un par de ancianas sentadas fuera: una pelaba una especie de gallina y la otra cosía una llamativa alfombra, a juego con su vestimenta. Ambas mascaban con ahínco unas raíces. Se me revolvió el estómago. Un puñado de aquellas gallinas correteaba a su alrededor con indiferencia hacia su amiga muerta. Las mujeres levantaron la vista hacia mí bajo los grandes sombreros de paja. La que cosía dijo algo que no entendí y siguieron a lo suyo. Al lado de las casas había enormes manojos de aquellas raíces secas, casi tan altos como yo. El suelo era blando, me pareció que andaba sobre una inmensa estera de cañizo. Me acerqué a dos de aquellas barracas sin puerta. Al asomarme al interior de la primera se volvieron hacia mí con indiferencia los ojos de toda una familia, casi tan numerosa como la de José Flores. El suelo estaba cubierto por completo de aquellas coloridas mantas y en las paredes había perchas colmadas de tejidos formando distintos resultados artesanos. Cuatro niños se acurrucaban junto a la más anciana. No quise imaginarme cómo sería vivir así, hacinados en una sola estancia. Pasé de largo rápidamente y me asomé a la de al lado. No había nadie, solo utensilios de cocina sobre piedras y más juncos. Al darme la vuelta me topé con tres indígenas con cara de circunstancias.

—Hola, amigos.

No parecían entenderme. Hablaron entre ellos y yo tampoco conseguía descifrar lo que decían. Me preparé para otra pelea en desventaja numérica. Pero se me ocurrió una idea y me puse a fingir como un mimo que tocaba un inexistente violín. Me miraron como si estuviese loco antes de volver a dialogar. Me rodearon y me empujaron hasta la cuarta choza. La puerta estaba cerrada. Debí haberme fijado en eso. Dos de ellos pegaron los oídos a la puerta y regresaron en silencio. Repitieron el gesto cada pocos minutos. Más susurros entre ellos. Finalmente llamaron a la puerta.

18

DISCO DORADO

Abrió una anciana e intercambiaron palabras que tampoco comprendí, seguramente en aimara. Pude distinguir al zorro Jarán de la discográfica sentado en el interior y a la joven recepcionista que bailaba, sensual e indiferente. Había más gente. La anciana cerró la puerta y quedamos los cuatro fuera durante unos minutos hasta que volvió a salir y tiró de mí hacia dentro. En total había seis personas sentadas formando un círculo. Dos chamanes con caras pintadas y largas túnicas, la anciana de la puerta, los dos de la discográfica y una mujer evidentemente extranjera. Todo el interior estaba impregnado por un humo espeso. Las paredes eran mucho más gruesas que las de las otras chabolas. Un voluminoso fonógrafo en el centro dirigía la reunión. La parte superior del embudo apuntaba hacia la mujer de piel blanca que sostenía el violín. Me saludó con un parpadeo y, como si me esperaran, se me abrió un hueco y me invitaron a sentarme siguiendo el círculo. Me pasaron algo de comer y un bol de barro con una bebida fuerte y espuma densa. Al menos no eran babas. La mirada de todos en silencio me exigió unirme a su festín Tal vez abusé un poco de la chicha al pedir una segunda pinta. Cuando terminé, Nadia levantó el violín y quedó a escasos centímetros del embudo. Los dos chamanes comenzaron a entonar con un murmullo. Parecían los directores de orquesta. Los escuchamos durante algunos segundos en completo silencio hasta que Nadia empezó a imitar la tonadilla con el violín. No tardaron en acompasarse a la perfección música y murmullos. Los chamanes fueron bajando el volumen hasta enmudecer mientras que el violín crecía. La música de la mujer lo impregnó todo. La música se hizo densa como si nos sumergiera en la misma chicha de jora. El Jarán de la discográfica se acercó al fonógrafo. En el momento justo en que Nadia hizo una leve pausa, lo activó y el disco dorado que tenía un en el plato empezó a girar y seguramente a grabar. Los chamanes se balanceaban en completo silencio al compás de la música. Todos comenzaron a hacerlo y mis compañeros chocaban contra mis hombros. Yo los imité torpemente hasta que logré evitar el contacto. Todos balanceándonos. Cerré los ojos y me dejé llevar. Era agradable. Liberador. De pronto la música cesó. No quería que cesase. Al abrir los ojos, todos, excepto Nadia, estaban en pie y recogiendo. La señora White me hizo un gesto para que permaneciese sentado. Salieron cargando con los instrumentos y el fonógrafo. También quedó el violín, que estaba en el maletín junto a Nadia. Cuando nos quedamos solos, la señora me ofreció una copa de pisco.

—Gracias por recibirme, señora…

—Algo me dice que conoce perfectamente mi nombre.

Sonreí.

—La duda es si prefiere Nadia o señora White.

—Con Nadia está bien.

—Ha sido rotundo y embriagador, Nadia.

—Gracias...

—Halcón.

—Gracias, Halcón.

—¿Por qué han grabado aquí?

—No es decisión mía. Los chamanes uros son gente muy reservada y peculiar.

—Así que han sido ellos. Me dijo Túpac Jarán que no apareció por las caravanas el día que le tocaba grabar.

—¿En serio? Seguramente lo inventaría al verle a usted y a sus amigos merodeando por La Clave.

—¿Mis amigos? Yo trabajo solo.

—¿Está seguro?

Esa respuesta me puso en alerta. Recordé la insistente advertencia del primo de José de que había una barcaza siguiéndonos por el lago y al niño marchándose de la caravana recepción nada más llegar yo al mercadillo de música.

—Esta choza está mejor acondicionada de lo que usted cree. La música forma parte de la vida de estas gentes desde tiempo inmemorial. El corcho de las raíces de la totora no solo sirve de alimento y para que estas islas puedan flotar. También es ideal para la acústica. Es una planta mágica que usan para todo.

—¿Desde cuándo está aquí?

—Llegué a Perú hará poco más de un mes.

—¿Para visitar a este extraño pueblo?

—¿Me está interrogando?

—Solo conversamos.

—No se preocupe, no tengo nada que ocultar. Podríamos llamarlo un retiro espiritual, que también he aprovechado para grabar un disco como ha podido ver.

—¿Por qué tocar para cuatro gatos si en el Paraíso tenía notable éxito? Seguro que podría encontrar algo con mayor difusión.

—Lo que hacemos aquí es especial.

—Así que no está huyendo.

Nadia se echó el pelo hacia un lado y sonrió. La delicadeza y precisión de sus movimientos era una delicia, como si tocase el violín.

—¿Huyendo? ¿De quién? ¿De usted?

—Del que asesinó a su marido.

Una sombra cruzó su radiante rostro. Quedamos unos segundos en silencio. Ella colocó la funda del violín sobre sus piernas y la abrió. Habló con la mirada fija en el violín.

—¿Asesinado?

Seguramente estaba fingiendo, pero su voz y sus gestos invitaban a creerla.

—Su mayordomo, Tom Herber, me dijo que le había informado del suceso por *email*. Según él usted quiso que yo…

—¿Tom? —preguntó esbozando una sonrisa triste.

Asentí.

—El viejo Tom no sabría utilizar un ordenador y mucho menos mandar un *email*. Además, en mi retiro no uso móvil ni ningún aparato eléctrico.

Era posible que no estuviese mintiendo. El verdadero Tom Herber estaba muerto y fue el impostor el que me dijo que tenía contacto con la señora White.

—Tampoco conoce a un tal James Fenimore.

—No me suena, aunque mi marido tenía muchos amigos. Era un hombre importante y atareado.

—Fenimore afirmó que me contrataba siguiendo sus indicaciones y sus dudas respecto a la muerte de su marido. Quizá su cojera e inseparable paraguas con mango en forma de puma le refresque la memoria.

Una lágrima resbaló por la mejilla de la mujer.

—¿Le molesta que toque? Me relaja y me ayuda a pensar.

—Claro. Siento ser yo el portador de tan malas noticias…

Se apoyó el instrumento bajo el mentón. Y una música suave empezó a sonar al compás de los movimientos de su mano con el arco. Los dedos pulsaban las cuerdas con armonía. Su mirada quedó fija en el infinito.

—¿Sabe si alguien tenía razones para asesinarlo?

—Como le he dicho, era un hombre rico e importante. Eso crea enemigos.

Nadia iba vestida con colores llamativos. La blusa y el pantalón eran de seda y no del habitual paño del lugar. En aquel momento, al son de la música, la vi como un objeto valioso y frágil al que proteger. Una víctima desconsolada.

—Quisiera enseñarle algo, señora…

Dijo un sí con un parpadeo. El mentón apoyado en la madera y los ojos cerrados. En el violín había tallado un sol rudimentario. Le acerqué mi móvil con las fotos.

—¿Le regaló estos vinilos a su marido?

—Algunos de ellos. Era un fan de la música étnica. Fue su interés por la música lo que hizo que nuestros caminos se encontrasen.

—¿Se grabaron aquí también?

—La mayoría de ellos sí.

—¿También este?

Era la foto del supuesto disco asesino. Algo brilló en sus ojos azabache y profundos. La música se hizo más intensa. La velocidad y precisión de su brazo era hipnótica. La madera oscura del violín contrastaba con el rojo que se adivinaba en la cara interior bajo las cuerdas. Me recordó a la araña viuda negra en la tienda del brujo. ¿Estaría cayendo en sus redes? Ella no respondió.

—¿El disco que acaban de grabar iba a ser un nuevo regalo para su marido?

Tosí. El humo era tan espeso que me costaba respirar. Apenas distinguía la silueta de Nadia a través del humo y su brazo dejaba una estela tras él por la velocidad de los movimientos, como una cuerda cuando vibra.

—¿Puedo apagar esas velas aromáticas?

—Como prefiera, aunque su dificultad para respirar es por la altura. Cuesta adaptarse.

Todos decían lo mismo. Me costó incorporarme para apagar de una en una las fuleras velas. Lo hice con las yemas de los dedos y apenas sentí nada. Me encontraba algo mareado. Me volví a sentar, saqué un puñado de hojas de coca y empecé a masticar. El suelo era cómodo, como un colchón de plumas.

—¿Cree en la magia, Nadia?

—La música y la poesía son ecos de eso que usted llama 'magia'.

—Entonces cree en ella…

—El fonógrafo que ha visto hoy aquí en su tiempo se consideró mágico y a Edison, su inventor, un mago.

Al nombrar Edison me vino a la cabeza la electricidad y muchos recuerdos enfrentados.

—¿Entonces las Torres de Tesla también son mágicas?

—La electricidad y el combustible fósil proporcionan comodidad, pero en verdad son un retroceso. Parecen magia, pero no lo son.

—¿Por qué no grabar en digital?

—La música digital carece de alma. La mayor parte de las grandes discográficas están volviendo al vinilo. La forma en que la información acústica se traduce en mecánica a través de un surco es más limpia. El soporte digital no vibra igual. Este lugar es único y capaz de reproducir música antigua y única. Por eso estoy aquí. Su música transmite más. ¿Puede sentirlo? Cierre los ojos y deje que la música atraviese todo su ser. Deje que la vibración alcance su mente sin necesidad de usar los oídos. ¿La siente?

Lo cierto es que la sentí. Me recosté en la comodidad del mullido suelo y disfruté de aquellos armónicos acordes.

—No es nada sencillo atrapar la música sin perder la magia que posee. Jamás se podría mediante un proceso digital. Por cierto, todavía no me ha dicho cómo murió mi marido.

—No se preocupe, fue una muerte dulce…

Ella guardó silencio y aceleró sus movimientos. La música me envolvía. El balanceo de los hombros de Nadia acompañaba la melodía. Su mirada lánguida se hizo afilada e hipnótica y mi voluntad se doblegaba sin resistencia.

—¿Cree que un disco es capaz de matar?

No respondió. Solo siguió tocando.

—¿Es eso lo que hacen aquí? ¿Crear discos capaces de matar?

Nadia se rio. Fue una risa delicada. Sincera. Triste. Amable. Sus sedas ondeaban con la suave brisa. ¿Había brisa? La espesa bruma que persistía aún en la choza se movía.

—Usted está perdido, Halcón. Es un ave que ha caído en una red de la que no sabe escapar. Esta buena gente solo intenta reproducir la música que escucha junto a la puerta. Llevan siglos queriendo atraparla, queriendo atrapar su poder, su magia.

—No comprendo… ¿De qué puerta me habla?

—De la puerta de Hayu Marka o el portal de Aramu Muru. Más conocida como la Puerta de los dioses. El lugar que llevan venerando desde siempre sus chamanes. Mientras realizan sus ofrendas junto a la roca escuchan voces y música. No solo les ocurre a ellos, algunos turistas también pueden oírlas. Es un lugar de culto y de poder.

—¿Dónde está esa puerta?

—¿De verdad que no lo sabe?

Negué con la cabeza.

—Está muy cerca. Le animo a que pruebe a visitarla.

—¿Usted también puede escuchar la música del muro?

Nadia sonrió de nuevo, ahora sin mirarme. No perdió la concentración ni un segundo. Sus manos tocaban como alas de ángeles. Sus brazos, entre la bruma, me recordaban al batir de alas de un colibrí.

—Yo soy el instrumento no el médium. Simplemente interpreto y traduzco las visiones de los chamanes al violín de la forma más fiel posible, como hace el fonógrafo. No es una tarea menor. Lo que ellos perciben en aquel lugar es un coro de voces e instrumentos.

—¿De dónde viene esa música?

—Eso nadie lo sabe con certeza. Solo hay leyendas…

—Leyendas…

—La más famosa afirma que el sacerdote inca Aramu Muru, del templo de los Siete Rayos, se llevó un disco de oro sagrado de Coricancha para que no cayera en manos de los conquistadores españoles. Recorrió un largo camino desde Cuzco hasta el lago Titicaca huyendo de ellos. Allí el sacerdote se puso en contacto con chamanes de la tribu aimara, que le hablaron de un portal hacia la «ciudad de los dioses» donde estaría a salvo. Esos chamanes iniciaron el rito para abrir la puerta gracias al disco dorado y el sacerdote desapareció en su interior.

—¿Usted la cree?

—No me importa si es cierta o falsa. Lo único que me interesa es la música que solo estos chamanes conocen.

—¿Qué hace esa música? ¿Por qué están tan interesados en atraparla en discos? Y no me diga que es para comercializarla y comprarse coches…

—Ellos piensan que el portal está maduro, que ha llegado el momento de abrir la puerta de nuevo y permitir que el sacerdote inca regrese. Están convencidos de que lo que escuchan es el susurro del sacerdote transmitiéndoles desde el otro lado la música que necesitan para abrirla de nuevo. Ese cántico es capaz de filtrarse por las rendijas del portal cerrado. La música es la llave para ellos.

—Pero, si la leyenda es cierta, también necesitarían el disco de oro sagrado, ¿no es así?

—Eso creen.

—¿Y dónde está ese disco?

—Eso nadie lo sabe. Puede que lo custodien los chamanes, que esté perdido o que siga en el Coricancha.

—¿Usted por cuál se decantaría?

—Yo creo que, esté donde esté, solo la música puede hacerlo reaparecer.

Nadia no me ayudaba. Me acordé de Fenimore y del señor White. Necesitaba aclarar sus intenciones.

—Si ese disco existiese tendría un valor incalculable. No creo que solo los chamanes lo estén buscando.

—Mucha gente lo ha buscado sin éxito durante siglos.

—¿La orden del Puma podría contarse entre esa gente?

Ese fue el único momento en que Nadia desvió la mirada hacia mí durante un instante. Para mí fue suficiente respuesta. Así que seguí preguntando:

—¿Estarían dispuestos a matar por él?

—El alma humana tiene una parte oscura.

—¿Su marido, el señor White, pudo haber encontrado el disco? Su biblioteca era toda una monografía sobre la música y su historia. Sobre sus orígenes.

—Él era un ratón de biblioteca, pero no un genio. Así que no, no lo creo…

Yo no lo tenía tan claro.

—¿Por qué están grabando un disco por cada instrumento en lugar de uno solo?

—La idea es capturar la esencia de cada instrumento por separado y luego reproducirlos juntos.

—¿Y la voz?

—La voz es el quinto instrumento. Es una lengua antigua que solo dos o tres personas en el mundo pueden reproducir.

Solo aquí, en este remoto lugar, un linaje la ha conservado a través de los siglos.

La música seguía sonando. Cada vez me costaba más respirar. Decidí volver al plano terrenal. Ya bastaba de música mágica y leyendas.

—¿Por qué iba al pub Paraíso?

—Para evadirme. No me gustan las ciudades.

—¿Solo para eso? No me dio la impresión de que la música de allí fuese muy espiritual que digamos. ¿Qué me dice de Terry, su novio?

Orgullosos y firmes balanceos del arco desgarraron con nueva fuerza su melodía para callar su silencio. No respondió. Y, aunque lo hubiese hecho, no creo que hubiese podido escucharla, toda mi mente quedó colmada por la música.

19

PUERTA DE HAYU MARKA

No recuerdo nada de lo que sucedió desde entonces. Debí perder el sentido. Sin embargo, las gafas de grabación registraron una especie de batalla. Lástima que no grabasen imágenes. Hasta un tiempo después no pude escuchar lo que parecía un duelo dialéctico entre música y aquella incómoda lengua gutural. Había alguien más en la habitación. Un hombre. Bien podría tratarse de un ritual aimara. Lo que parece claro es que no hubo golpes o violencia al uso. Cuando dejó de sonar el violín quedaron varios segundos de silencio absoluto. Luego el susurro de otro cántico más cercano. Diría que sonando a mi alrededor.

—Halcón, despierte, Halcón…

Aquí se escuchan con claridad las palabras. Sin embargo, en aquellos instantes yo percibía una voz lejana y difusa, como si proviniese del otro lado de la misteriosa Puerta de los Dioses. Una voz que desde otra dimensión penetraba en el pecho, invadía la consciencia y, como una fiebre, se ramificaba hasta inundar cada poro de la piel. Finalmente me hizo reaccionar una fuerte quemazón en mi garganta y estómago. Me incorporé como un resorte entre unas arcadas que me convulsionaron hasta soltar bilis. Cuando pude recuperar el resuello, bebí con ansia más cantidad de lo que fuera aquel potente brebaje que me ofrecían y, al cabo de pocos segundos, fui consciente de la situación. Frente a mí había un hombre con el rostro pintado, pero reconocible. Era el intérprete del chamán de la colina en Estados Unidos. En el centro de la habitación yacía Nadia L. Winter. Elegante y serena. El violín reposaba sobre su pecho y el arco en un lado. Parecía que estuviese plácidamente dormida, pero desde el primer momento supe que no era así. Me incorporé y me acerqué hacia ella. No respiraba. Me volví hacia Amaru. Estaba sentado en la posición de loto. Se apreciaban los ojos hundidos y el semblante pálido bajo las rayas blancas y rojas. Se le notaba exhausto, como a un boxeador tras un combate. Respiraba con fuerza.

—Es usted un maldito asesino.

Tardó en responder.

—Era su vida o la de ella.

—Siempre ha sido usted, ¿verdad, Amaru? El grueso chamán era el títere y usted el titiritero. Lo utilizaron de señuelo. Por eso no se molestaba en traducir todas mis palabras, por eso comunicó al altavoz del ascensor en el palacete de Newark que fallaron cuando lo asesinaron.

—Fue un honor para él servir a la causa. La decisión fue suya.

—¿Cómo ha dado conmigo? —pregunté, aunque me hacía una idea que nada tenía que ver con la magia.

—En cuanto usted puso un pie en la disquera me avisaron.

Nada de magia, como suponía. Las imágenes de los discos que le enseñé debieron de llevarle hasta la discográfica. «Nos vemos a orillas del río». Sabría que yo también seguiría esa pista. Y allí, en la caravana, dejó a aquel niño de centinela esperando mi llegada.

—Imagino que era suya también la barca que nos seguía. ¿Cómo supo que salté al agua?

—Esos simples amigos suyos se quedaron dando vueltas a la isla.

Me cabreé. Los infelices de José Flores y su primo Ronaldo no tenían nada que ver con esto.

—Siempre dejo que mis clientes solucionen sus diferencias, pero si le ha sucedido algo a ese pobre hombre o a uno de sus muchos primos le buscaré y…

—No entiende. Los chamanes no podemos matar. Eso es cosa de la incomprensión y de la avaricia blanca.

—Pues yo diría que Nadia Lisberg está bien muerta.

—Ejecuté el ritual de una vida por otra. Ella era más poderosa de lo que podía imaginar. Ahora hemos de partir de aquí.

Noté los labios húmedos y un sabor dulzón en la boca. Al pasar la mano sobre el bigote quedó ensangrentada. La nariz me sangraba de forma abundante. ¿De verdad la señora White trató de matarme? ¿Con la música?

—¿Por qué Nadia querría matarme?

—Por la misma razón que asesinó a su marido.

—¿En qué se basa para afirmar que fue ella?

—Ella o la orden del Sol a la que realmente pertenece. Nadie más tiene ese poder.

El hombre de la coleta se puso en pie. La cinta en la frente y las pinturas de su rostro no le daban un aspecto cómico como al gordo del torreón, todo lo contrario. Irradiaba respeto y autoridad.

—Es momento de abandonar este lugar.

Fuera no había nadie. Regresé, todavía tambaleándome, a la cabaña y con delicadeza desprendí el violín de las manos de la señora y luego cogí el arco. Lo introduje en su funda y salí tras Amaru. Las dos ancianas seguían con sus quehaceres en la puerta de la cabaña. No había rastro de la barca de la disquera. Fuimos rápidamente hasta otra barcaza de totora de dos patines. Amarilla y negra, aunque algo menos llamativa. Había un barquero esperando en la parte delantera de cada canoa. Subimos y nos pusimos a navegar en silencio, acompañados solo del rítmico batir de los remos sobre el lago y ocasionales chirridos de aves que nos cruzaban a lo alto.

—¿Por qué asesinaría a su marido? —le pregunté, una vez nos alejamos lo suficiente.

Aproveché la pureza del aire para inspirar profundamente intentando eliminar los aceites de las velas y los ecos de las meninges.

—Porque el señor White encontró 'algo' que ella ansiaba. Fue metódica y paciente. Esperó cinco largos años y, cuando llegó el momento, cumplió con su plan…

—¿Y qué es ese 'algo'? ¿El maldito disco de oro de Coricancha? —pregunté con cierto desdén. Noté sorpresa y también ira. No le hizo gracia el desprecio en mis palabras.

—Es un objeto sagrado para nuestro pueblo.

—Imagino que usted está aquí porque también lo desea. Una pieza más para añadir a la colección que vi al salir de su mansión. ¿Me equivoco?

—En este mundo hay objetos mágicos que vibran de una forma especial. Muy escasos. Dichos objetos coexisten en varias realidades al mismo tiempo.

—Quedaría muy bonito en su colección. Pero deduzco que todavía no lo tiene…

—Ese objeto tiene un poder que usted no puede ni imaginar. Comprendo su escepticismo. La leyenda…

—La mujer que acaba de asesinar me contó la leyenda. Ahora quisiera ver la supuesta puerta que abre. Me dijo que no se encontraba lejos de aquí.

El chamán dijo unas palabras en aimara y seguimos navegando en silencio hacia el sur sin perder nunca de vista la costa. Todavía era temprano. Dos horas en silencio después llegamos a un minúsculo embarcadero. Junto a la orilla había cuatro chavales de cuatro o cinco años haciendo carreras con jofainas de plástico. Era conmovedor ver cómo disfrutaban con tan poca cosa. Dudé de que los chicos de hoy con sus consolas o barcos teledirigidos lo pasasen mejor. Según nos acercábamos dejaron su juego y nos ayudaron a atracar con habilidad y sonrisas. Uno de los barqueros saltó a tierra y nos ayudó a Amaru y a mí a desembarcar. Espantaron con la misma indiferencia a los niños y a las gallinas que picoteaban a nuestro paso. Como si lo tuviesen estudiado, me empujaron casi a la carrera a seguirles hacia la única senda que se veía. Me volví y entregué un billete de cincuenta soles a cada niño. No sé si les sorprendió más a los chicos o a mis guías. Todos se miraron entre sí y luego volvieron hacia mí sus ojos estupefactos. No soy un sentimental, pero aquella pícara inocencia llena de ganas de ayudar era un reflejo de Luka. Desvié la mirada hacia el otro barquero, dispuesto a quedarse a bordo sin soltar su remo, y hacia dos mujeres que tejían y charlaban algo apartadas bajo un árbol. Nadie perdió detalle de la escena. Seguimos en silencio un camino de tierra y grava oscura. Al poco nos flanquearon unas paredes formadas por innumerables piedras naturales ensambladas. A ambos lados, las tierras estaban más elevadas y divididas en huertos. La mayor parte de ellos estaban arados o con exiguos rebaños de ovejas chatas, a las que llamaban alpacas. Me fijé en un puñado de ellas pastando al cuidado de una mujer de largas trenzas bajo un sombrero de paja, que cosía un gran paño de color azul y blanco. Qué vida tan diferente. Unos metros más allá nos cruzamos con otra mujer vestida también con una larga falda y un gran sombrero de paja, cargaba a la espalda un fardo de cañas tan largas que casi ocupaban todo el camino. Tuvimos que pegarnos a una de las paredes para dejarle paso. Nos dedicó una limpia sonrisa y siguió su camino. Pronto llegamos a una diminuta aldea. Una especie de asentamiento de pastores de siete u ocho casas. Sin ser de paja como las de los uros, no eran mucho más que barro y cañas. Las dos más sólidas tenían la base de piedra natural, idénticas a las paredes del camino. Había varios carromatos de grandes ruedas. Alguna cabra, dos vacas flacas y varias gallinas que pululaban sin intención de escapar de su destino, escarbando y cagando el suelo. Nos dirigimos a la casa de piedra, la más grande y sólida. Me indicaron con un gesto que esperase fuera mientras entraron Amaru y el remero. Junto a la entrada había una mujer con un gorro de cuero y rebeca verde, sentada, tejiendo. La velocidad de sus manos era sorprendente. Manejaba una prenda colorida con los mismos diseños que parecían compartir todas las anteriores. De vez en cuando levantaba la cabeza y me miraba con ojos chicos, negros y profundos, y volvía a lo suyo. Al poco salieron mis acompañantes. El barquero, sin despedirse, se volvió hacia su barca.

—Los chamanes ya se han marchado.

—Yo no busco a ningún chamán. Yo busco la Puerta de los Dioses.

—Se han marchado a la Puerta de Hayu Marka.

Amaru volvió al mismo camino por el que llegamos y que continuaba atravesando la aldea. Yo le seguí. Siempre caminaba unos pasos por delante y a buen ritmo. Media hora después el paisaje se volvió más abrupto y alrededor de nuestro camino aparecieron enormes formaciones de rocas, algunas de ellas con forma de animales, como si alguien las hubiese tallado. El taimado intérprete no hizo comentario alguno, simplemente caminaba con la vista al frente y cada vez más rápido y más lejos de mí. Me veía obligado a parar y no era solo para admirar alguna de las formaciones rocosas de aquel bosque de piedra. Estaba agotado, me faltaba el aire y el estuche del violín cada vez se me hacía más pesado. Llevaba realmente mal aquello de la altura. No tenía más opción. Mastiqué otro puñado de hojas y continué. Me alegré de haber decidido llevar las botas de cuero. Los guijarros sobre los que caminábamos eran tan milenarios como traicioneros. Parecían estar deslizándose continuamente bajo nuestros pasos. No sé si, en algún instante, llegué a perder la consciencia, pero de pronto, bordeando desfiladeros que crecían de la nada, nos encontramos frente a una mole de roca anaranjada formada por gigantescas losas verticales agrietadas que encajaban entre sí componiendo un descomunal mosaico. Nos acercamos un poco más. En el centro, excavadas en la roca maciza, se destacaban unas anchas hendiduras verticales como el marco que delimitaba una enorme puerta de unos siete u ocho metros de lado y de alto. Aquella era la famosa Puerta de los Dioses y lo cierto es que me impresionó. No tardé en asociarla a una de las portadas de los vinilos del señor White. Nos acercamos a un carromato que esperaba para que tirasen de él dos burros que se encontraban apaciblemente ociosos e indiferentes a su lado. Un poco más adelante había dos hombres arrodillados en el suelo sobre unas coloridas mantas, posiblemente obra de sus mujeres, junto a una especie de banco de lascas, parte de un largo murete irregular de piedras. Cada uno estaba entre un par de lanzas multicolores, clavadas en el suelo a sus espaldas. Vestían un abultado mantón rojo y unos gorros con orejeras de lana adornados con franjas de diferentes formas geométricas y colores. Sobre la improvisada mesa de piedra había tres grandes cuencos de arcilla. Nos acercamos hasta que el intérprete me hizo un gesto y, a una distancia que nos permitiría llegar a oírlos, nos detuvimos. Permanecimos inmóviles mientras les observábamos refregar los cuencos con unos cilindros de hueso. Lo curioso es que no removían ningún contenido, los giraban una y otra vez haciéndolos rechinar alrededor de la boca de los cuencos. Así permanecimos varios minutos. No sabría decir si no se percataron de nuestra presencia o simplemente no les importó en absoluto. Cuando terminaron de remover la nada, cogieron las lanzas y elevaron al aire sus plumas vistosas mientras entonaban un cántico. Finalmente, fueron sacando de entre sus mantos e introduciendo en los cuencos, flores secas, pétalos de rosa, hojas de coca, algunas raíces y, claro está, un chorro de chicha legendaria que también probaron. Les prendieron fuego y con ellos se acercaron a la gran puerta tallada en la roca. Pusieron los cuencos ardiendo junto a los surcos verticales que formaban los laterales de la supuesta puerta y aventaron el humo para que se elevara entre ellos. Luego los hicieron oscilar arriba y abajo como una ofrenda o un ritual. Se acercaron al centro de la puerta, allí había otro hueco tallado en la roca maciza de más o menos medio metro de profundidad y de algo menos de dos metros de altura. Parecía otra puerta también tallada en la piedra y también condenada, simplemente el marco de una entrada sin salida. Allí dejaron los cuencos en el suelo y uno de ellos apoyó su espalda contra el fondo de aquella otra puerta más pequeña, algo más humana, entre el humo que ahora la inundaba. Extendió los brazos hacia los lados y el mantón rojo cayó como si fueran alas, dándole la apariencia de una extraña ave encaramada a la puerta. Después lo imitó el otro chamán. Cuando terminaron lo que fuese que estaban haciendo me acerqué a la puerta tallada en el centro de la gran puerta. Era solo unos centímetros más alta que yo. Dentro, en el centro de la pared del fondo, había una depresión circular del tamaño de un vinilo. Supuse que era el lugar donde debería colocarse el disco que la abría.

Amaru, el traductor que me había nombrado mensajero de muerte y que parecía ser el centro de crímenes y señalador de muertos, permaneció siempre alejado. Los dejé que adoraran el muro. Iban aplicando pecho y espalda sucesivamente a la pared en diferentes puntos simulando sentir algo más allá que el frío pedernal. Se mecían, cantaban. Asentían. Rezaban. La escena se prolongó por más de una hora. Mientras tanto, y evitando lo cansino tras unas cuantas repeticiones, di una vuelta. Al otro lado de la gran roca no había nada. Aquella estructura no era más que eso: una enorme puerta tallada en una roca surgida en medio de la nada. La pregunta era inevitable. ¿Para qué tallar esa colosal puerta en la roca si no llevaba a ningún lado? Era roca maciza y no se podía abrir y, en caso de poderse abrir, al otro lado, por mucha coca que hubiese masticado, no había nada más que el mismo desierto.

Cuando los chamanes volvieron junto al carro, cruzaron unas palabras con Amaru y se volvieron hacia mí, pidiéndome con los ojos que me acercase. No me negué, unos pasos y me senté sobre las mantas. Hablaron entre ellos, pero yo no pude entender nada. En ese momento, Amaru sí desempeñó el papel de verdadero intérprete.

—Entiendo que esta es la famosa puerta de Aramu Muru o Puerta de los Dioses.

El intérprete asintió.

—Pregúnteles si tienen en su poder el disco dorado que la abre.

Intercambiaron unas palabras seguidas de gestos exagerados y movimientos de cabeza. Parecían discutir.

—Dicen que ellos no lo tienen. Uno de ellos afirma que el sacerdote Inca Aramu Muru se lo llevó con él cuando atravesó el portal. El otro sostiene que el disco sigue en el templo de Coricancha de Cuzco.

—¿Y cómo pretenden abrirla sin él?

Les tradujo mi pregunta y los dos individuos levantaron la mirada hacia mí. Parecían algo molestos. Luego habló uno de ellos.

—Ellos son solo los custodios de la puerta. Durante generaciones su pueblo ha estado esperando la vuelta de los dioses que antes habitaron estas tierras. Este lugar se conoce como *La Ciudad de los Dioses,* pues, para su pueblo, las enormes piedras talladas son la prueba de que los dioses vivieron aquí. Aseguran que la puerta no debe ser abierta por humanos. Ellos jamás lo permitirán.

Aquella respuesta era algo contradictoria. No podía fiarme del intérprete, pues podría estar modificando o inventando las respuestas.

—Estoy confundido. ¿Buscan o no buscan el disco?

Volvieron a hablar entre ellos.

—Lo buscan para venerarlo y protegerlo. Nunca para usarlo.

Uno de los chamanes, visiblemente ofendido, hizo amago de levantarse, pero el otro no se lo permitió y dijo algo más.

—Hay algunos locos que quieren encontrar el disco para abrir la puerta antes de tiempo. Hombres pequeños que juegan a ser dioses y que lo pagarán con sus vidas.

Deduje que con el paso del tiempo se habían dividido. Luego pregunté directamente a Amaru.

—Y usted, ¿en qué bando está? ¿en el de los que custodia la puerta o en el de los que pretende abrirla?

—Yo estoy con ellos. Me crie aquí, entre ellos.

—Pues no parece caerles muy bien.

Me atravesó con la mirada, pero no respondió.

—¿Y la señora White? ¿Con quién estaba?

—Me atrevería a afirmar que pertenecía a los que quieren usarlo.

—¿Puede preguntarles si llegan a escuchar música mientras hacen sus ritos?

Les tradujo mi pregunta. Quería confirmar la historia que Nadia me había contado. Los vi asentir.

—Afirman que una música celestial se filtra por las grietas de la puerta que une ambos mundos.

—Pero ¿la oyen realmente? ¿Pretenden plasmar esa música en un disco?

Volvió de nuevo a hablar con ellos y los vi negar con desgana. Empezaban a cansarse de mí.

—Eso sería imposible sin el disco.

—Si el disco está en Cuzco, ¿por qué no lo buscan allí? —insistí.

—Solo la música celestial podría hacerlo emerger del lugar que lo oculta. Este es su sitio y es el sitio al que volverá cuando se cumplan sus condiciones. Nada se puede hacer sin la voluntad de los dioses.

—Dígales que aguarden solo un segundo.

Fui en busca del violín que había dejado cerca del carromato. Lo saqué del estuche y se lo entregué al que parecía más participativo. Lo cogió con delicadeza. Lo estudió detenidamente y siguió con los dedos el sol tallado. Luego se lo pasó a su compañero. Mientras los observaban me percaté de que el estuche tenía un bolsillo interior cerrado con una discreta cremallera.

—Pregúnteles si con ese instrumento se podría reproducir esa música celestial que escuchan, o al menos parte de ella.

Los rostros de los chamanes se tornaron graves. Volvieron a discutir entre ellos.

—Quieren saber dónde lo ha conseguido.

En ese momento era yo quien estaba cansándome de aquella conversación que no parecía llevar a ningún sitio. Me levanté hastiado y les di la espalda. Los dos brujos discutieron con Amaru en su idioma unos minutos más. Luego se levantaron y empezaron a recoger. El intérprete les ayudó a cargar el carro. Yo guardé el violín y saqué el teléfono móvil. Me fui moviendo por aquel terreno yermo hasta que conseguí una raya de cobertura. Llamé a José Flores y por fortuna me respondió a la primera.

20

PUNO

—¡Gracias a Dios, patrón! Al desaparecer en aquella isla me temí lo peor.

—Yo también me alegro de oír su voz.

Y era cierto. Empezaba a creerme mi apodo de emisario de la muerte y temía que José hubiese corrido la misma suerte que Nadia a manos de esos asesinos.

—¿Dónde se encuentra, patrón?

—En lo que llaman la Puerta de los Dioses. ¿Podría venir a buscarme?

—Faltaría más. En quince minutos estaré ahí. Camine hacia el este hasta un camino de piedra cercano.

Me olvidé de los tres aimaras y seguí caminando en busca del camino que me había indicado José. No tardé en dar con él. Me senté en una gran piedra y, mientras esperaba, Amaru se acercó hasta mí. El carro de los otros dos chamanes apenas era un punto en el horizonte.

—¿Por qué no se ha marchado con su gente?

—Tenemos destinos diferentes.

—¿Por qué les ha impactado tanto el violín?

—Por el sol tallado en él. Un dios venerado por los incas y el emblema de la Orden del Sol, la facción de seguidores opuesta a la suya.

—¿Los que pretenden abrir la puerta?

—Así es.

—Basta de juegos. Estoy harto de supercherías, de portales a otros mundos y de dioses ancestrales. ¿Qué opina sobre el papel de la señora White en todo esto?

—Ya se lo he dicho. Su marido descubrió algo y ella se le adelantó.

—¿Y cómo se deshizo de su marido? ¿Con un disco maldito?

—La forma no importa, Halcón. Solo interesa el resultado y las consecuencias. Él está muerto y ella estaba aquí, en Perú...

—¿Insinúa que Nadia encontró el disco antes de que usted la asesinase?

Torció el gesto antes de responder.

—Eso creo. O como mínimo sabía cómo conseguirlo.

—Y qué me dice de todo ese asunto de grabar el disco, ¿no es más que una coartada?

—La música, sin el disco, no es suficiente.

—Entiendo. Y ahora me pedirá que lo encuentre para usted.

Volvió a atravesarme con la mirada sin decir nada.

—Mi trabajo aquí ha terminado —continué—. Vine en busca de la señora White y usted la ha asesinado. Mañana mismo regreso a Estado Unidos.

—Su trabajo no ha terminado, Halcón. Hay un mundo antiguo, ancestral, que lleva tiempo queriendo volver.

—¿Realmente cree en eso? ¿Dioses? ¿Portales?

—Dioses, magos, hechiceros, visionarios... Llámelos como usted quiera. No todo lo que existe se puede ver... Pero le aseguro que han morado en estas tierras antes que nosotros y que seguirán después.

—Ese disco dorado es solo una leyenda.

—Ese disco no debe caer en manos oscuras. La puerta no debe ser abierta antes de tiempo.

—Le recuerdo que no estamos en su consulta esotérica trasnochada. No creo en su magia ni en sus vaticinios. Ni tampoco en el disco ni en el portal. Lo que pienso es qué me contrataron para encontrar a la señora y poder eliminarla. Creo que me han utilizado.

—Le contrataron para tomar posesión de lo que había encontrado el señor White. Y todavía no lo tiene.

—Entonces fue usted quien realmente me contrató.

—Fue la Orden del Puma, a la que pertenezco —dijo con cierto orgullo.

—Al igual que Fenimore y el señor White… Dos facciones: Puma contra Sol. Y yo estoy en medio. No sé quiénes son los buenos y quiénes son los malos. Lo único que sé es que esto se ha terminado para mí. No quiero más asesinatos.

—Las almas que se han perdido no son nada en comparación con lo que sucederá si logran abrir el portal. Y le aseguro que habrá muchos asesinatos más si no ponemos punto final a esta lucha. Como ya ocurrió en el anterior intento.

—¿Y eso cuándo fue?

—Durante la Segunda Guerra Mundial…

Otra vez la Segunda Guerra Mundial. ¿Qué leches tiene que ver la Segunda Guerra Mundial en esto? Inevitablemente vinieron a mi mente las palabras de Marga. Tenía que hablar con ella. En ese instante vislumbré en el horizonte un vehículo que se aproximaba. No habían pasado más de quince minutos, José era realmente rápido con aquella tartana. Lo agradecí, ya me había cansado de los desvaríos de aquel impostor. Me separé un paso.

—Por si no se ha dado cuenta, amigo. Esa puerta es de roca maciza y nunca se va a abrir. Lo sabe tan bien como yo. Si realmente existe el disco, solo servirá de adorno a la hendidura que hay en la puerta pequeña. Nada más.

—No ha terminado el trabajo.

—No pretenderá que me fíe de usted, ¿verdad? No creo que sus intereses sean tan nobles como el de esos dos chamanes que veneraban la puerta. Y parece que ellos opinan igual, ¿me equivoco?

Amaru levantó un dedo. No sé si exigía mi silencio, pero continué.

—Usted mismo me llamó emisario de la muerte y empiezo a tomármelo en serio. Con todos los que me reúno acaban muertos, salvo usted. ¿No le parece significativo?

—Volveremos a vernos, Halcón.

—¿Es otra de sus profecías amañadas? ¿Quiere leerme la mano? Me marcho de aquí —dije señalando el bólido de José—. Podemos llevarle de vuelta, si quiere…

José bajó del coche y me abrazó. Miró de reojo al intérprete que no tardó en desaparecer en dirección a la puerta de roca. Subimos al coche.

—¿Está bien, patrón?

—Perfectamente.

—Apuesto a que estará cansado y hambriento. Con las prisas no he podido traer jameo, pero mi ángel lo está preparando. Hay menos de una hora hasta Puno y de paso conocerá a mi familia.

—¿Estarán también tus innumerables primos?

José soltó una carcajada y arrancó la tartana que tenía por coche.

—¿Encontró a la chamaquita que buscaba? —preguntó José mientras conducía.

Asentí con la mirada sin dar más datos. El peruano respetó mi silencio y aproveché para inspeccionar el bolsillo interior del estuche del violín. Había un buen puñado de billetes de soles nuevos, una tarjeta completamente blanca y una hoja de papel plegada. Rebusqué a fondo y no hallé nada más. Los soles eran necesarios fuera de Lima, especialmente si se quería evitar ir dejando un rastro con la huella. La tarjeta blanca no me decía nada. Abrí el papel y encontré una especie de partitura escrita a mano bajo un boceto de una pared con tres orificios. Los bloques que conformaban la pared tenían distintas formas geométricas y encajaban entre ellos como un tetris. A lo largo del pentagrama se repetían tres notas musicales: 're', 'la' y 'sol'.

—¿*Sabé tocálo, pué?* —preguntó José mirando el violín por el retrovisor.

Negué con la cabeza y nos reímos. Le enseñé la tarjeta blanca.

—¿Sabe lo que puede ser?

Se giró y la cogió.

—Es una tarjeta no *má* de hotel de una afamada cadena. El más cercano está en Cusco.

Otra vez Cuzco. Le enseñé la partitura. José la estudió con detenimiento, como si no hubiese carretera. Hasta silbó las notas. Luego me la devolvió.

—Lo siento, más allá de lo Huayño, no sé nada de música.

Los últimos minutos de trayecto los pasamos en silencio. Me encerré en mis pensamientos. Si era cierto lo que afirmaba Amaru, y Nadia se casó con el señor White para estar al tanto de los avances de la Orden del Puma en la búsqueda de la reliquia con forma de disco y por su codiciado puesto en la comisión fantasma, sin duda debía estar aliada con su amante Terry Blake. Tenía que encontrar el vínculo entre ellos y confiaba en que Marga pudiese ayudarme con ello. Ya era hora de llamarla e informarle de la muerte de Nadia y de que ella me pusiera al tanto de sus avances con el caso del señor White y sobre las indagaciones que le pedí con respecto a Terry. Miré el móvil. No tenía cobertura y solo quedaba una raya de batería. El hecho de haber entregado el T-Candle al sinvergüenza del hostal me iba a pasar factura.

Aparcamos frente a una casa humilde en lo que parecía un barrio modesto de Puno, pero al menos era de cemento sólido. Una planta baja con un pequeño jardín. Nada más entrar salieron a recibirnos cuatro niños. Estaban excitados con la presencia de un extraño y con el violín que llevaba. En el corto trayecto hasta la casa cosieron a preguntas a José, chillando y saltando a su alrededor. Era fácil entender la satisfacción de José ante su prole. Al entrar nos recibió su ángel, Rosa Fernanda, a quien bastaron dos palabras autoritarias para poner a los niños a escuadra y a continuación apresurar al propio José y afearle que no la hubiese avisado de que llegaba con un invitado.

—Es Halcón. Viaja sin *wayaqa*.

—*Vámo pá, sentá* a nuestro convidado que *vámo a tomá* el chupe, que *vendréi* triperos.

La decidida mujer me dio dos besos y me llevó del brazo hasta un amplio patio interior convertido en comedor. Varias personas charlaban distendidamente alrededor de una amplia mesa cubierta con un mantel de cuadros rojos y blancos. Se pusieron en pie para recibirnos. Las que podían. La pareja de ancianos del fondo simplemente me sonrió con bondad en los ojos. Pequeños cuencos de barro con frutos secos o salsas, platos, vasos, tazas y cubiertos inundaban una mesa sin pretensiones, pero colmada de armonía. Rosa Fernanda me los presentó a todos. Abuelo, abuela, primos, hijos, nietos…

Me reservaron un puesto de honor en la parte de los mayores. Rosa Fernanda desapareció y no tardó en regresar con una gran cazuela que puso en el centro de la mesa. Me sirvió un buen plato de aquel caldo con patatas, carne y verduras y un buen vaso de chicha. Todos se quedaron mirándome.

—Adelante. Pruébelo. No sea tímido.

Tomé una cuchara y lo degusté. No me hizo falta fingir. Estaba riquísimo.

—Exquisito, señora.

Mi comentario desató algunos aplausos y que todos se abalanzasen sobre la cazuela para servirse sus raciones. Había cuatro cucharones que usaron sin descanso hasta dejarla vacía. Luego, la señora de la casa sacó lo que llamaron *rocoto* relleno, que todos volvieron a aplaudir. Comimos y bebimos en un ambiente festivo y familiar. Hablábamos de todo y de nada. La mitad de las cosas que decían no lograba entenderlas. Después del postre, pastel de papa con anís, Rosa Fernanda con dos palmadas se llevó a la chiquillería con ella. A la vuelta sirvió mazamorra de airampo, más anís y más chicha para el «Prende y apaga».

Puedo asegurar que nunca había comido tan bien. Además de la exquisitez y contundencia de la comida, la calidez sincera de aquellas personas me ofuscaba. Demasiado contraste con mi máquina de *vending* y mi destierro.

—*¿Sabé tocálo, pué?* —El abuelo Gumersindo, señalando con mano temblorosa el olvidado violín que reposaba en una esquina del patio, repitió la pregunta de José. Lamenté tener que volver a negar con la cabeza.

—¿Su permiso?

Me apresuré a levantarme, desenfundar el violín y entregárselo. El abuelo lo cogió y lo miró con fascinación. Luego, templando el pulso, hizo sonar dos cuerdas. Dos pequeñas cabezas se asomaron tras la cortina que separaba su cuarto. Al advertir que los había descubierto hicieron el signo de silencio y yo les hice un guiño de complicidad, pero Rosa Fernanda me descubrió.

—No sabíamos que tocaba el violín, abuelo.

—Esa es una larga historia… —empezó a decir la abuela Eugenia abriendo los ojos. Había estado siguiendo la melodía con la cabeza, las manos y la sonrisa.

—Otro día, *pué* —dijo Rosa Fernanda.

El abuelo lanzó unos acordes que todos reconocieron y, para mi sorpresa, todos se pusieron a cantar *Valicha*. De pronto, uno de los primos le acompañaba con una flauta de caña y el resto lo hizo con palmas, tamborileando sobre las mesas y cantando. José bailó con su sonrojada Rosa Fernanda y con los niños que escaparon de la cortina y se unieron con alboroto a la fiesta.

Como por arte de magia apareció una botella de pisco. Tomé un trago y disfruté de aquellos momentos, y casi logré entender por qué hay gente que goza con esos encuentros de familia. Algo que yo nunca tendría.

Aplaudieron todos al finalizar. Pronto algunos primos se despidieron y los que quedaron recogieron la mesa y se dispersaron por la casa. La tertulia había terminado.

El abuelo dejó el violín y levantó la mano.

—Ahora es el momento de escuchar a nuestro convidado. Seguro que este violín es bien especial. Seguro que tiene una bien buena historia —dijo, mirándome fijamente.

—Estoy seguro de que la tiene, pero por desgracia la desconozco. Solo puedo decir que una hechicera me lo dejó poco antes de morir. Me dijo que con él podía atrapar el alma de la música celestial.

Aproveché para dejar sobre la mesa el papel con el dibujo del muro y la partitura.

—La hechicera también me dejó este dibujo… No sé lo que significa…

El abuelo lo cogió. Necesitó usar las dos manos para controlar los temblores que habían vuelto a apoderarse de ellas y estudiarlo. Luego se lo pasó a la abuela. Era increíble que hubiese podido tocar dignamente aquejado de Parkinson o algo similar. El papel pasó por las manos de todos los reunidos y uno a uno lo estudiaron y negaron con la cabeza.

—El dibujo respresenta las murallas de Coricancha —dijo el abuelo al volver el papel a mis manos.

Las tenues luces y el momento acompañaban para una historia. Los críos se recogieron bajo los brazos de Rosa Fernanda, que permitió que se acercasen. El abuelo los miró y habló con voz intrigante.

—En su día fue el principal templo inca erigido en la ciudad de Cusco. Era 'enooorme' y estaba 'tooodo' cubierto de oro. Sus altas murallas deslumbraban a los viajeros y levantaban su asombro. Era un lugar sagrado y poderoso dedicado al Dios inca del Sol. Un lugar mágico en el que se guardaban riquezas incalculables y objetos mágicos. El sumo sacerdote inca hacía sacrificios de animales vivos y en ocasiones de niños que se portaban mal y no querían dormir.

Esto último lo dijo mirando de reojo a los pequeños que se apretujaban bajo las faldas de su madre. Algunos de los niños se asustaron y Rosa Fernanda amonestó al abuelo. Los abrazó y se los llevó de vuelta tras la cortina.

—¿Todavía está en pie ese templo? —pregunté.

—'Tooodas' sus riquezas fueron saqueadas, pero gran parte de sus ruinas se encuentran dentro de una iglesia dominicana: el Templo de Santo Domingo. Y me alegro de ello. Los incas, pese a todo su esplendor, eran unos bárbaros despiadados.

El abuelo besó la cruz que llevaba al cuello, muy similar a la de su hijo.

—¿Y este dibujo está relacionado con ese templo?

El abuelo se puso serio.

—Representa los tres orificios que se encuentran en la sala de rituales y que servían para desaguar la sangre de las ofrendas de seres vivos.

—Ya no están los niños, abuelo. Puede ahorrarse las fantasías —dijo Rosa Fernanda, regresando. Aunque los más audaces se asomaban de nuevo bajo la cortina, atentos a sus palabras.

—¿Y las notas de música que hay debajo?

—La música puede ser muy poderosa. *Recordá* las invencibles murallas de Jericó, derribadas por las trompetas de los siete sacerdotes… —Me miró a los ojos—. *Recordá* cómo todos acabamos de bailar con un huaino cusqueño... La música es el lenguaje universal que entiende *to* el mundo sin someterse a un idioma o una cultura. La música hace que un cuerpo baile, que dos cuerpos se amen y que un pueblo medre.

Luego me susurró.

—Según los experimentos de Augusto León Barandiarán, si se golpea dentro de los agujeros del muro de Coricancha se *pué* escuchar las notas musicales 're', 'la' y 'sol' que aparecen en esta partitura. Creo que este violín es *má* de lo que usted cree. Ahora, si me disculpa, estoy cansado.

El abuelo Gumersindo se puso en pie y se despidió con una inclinación de cabeza.

—*Aski arumakïpanaya* —dijo, solemne.

No le entendí, pero me levanté y le saludé con una mano en el pecho. Se fueron retirando todos poco a poco. Rosa Fernanda ayudó a la abuela a recogerse. Nos quedamos José y yo.

—¿Conocen algún sitio donde pueda alojarme esta noche?

Rosa Fernanda no dejó responder a José y la oímos desde el dintel de la entrada:

—Awki, *acompañá* a su cuarto a nuestro convidado.

—Muchas gracias.

Rosa Fernanda volvió a desaparecer en el interior de la casa y me quedé solo con José. Pasamos unos segundos en un agradable silencio. Había paz en aquel patio. Tomamos pisco y traté de despedirme.

—Mañana me vuelvo a Estados Unidos.

—¿La mujer que buscaba era la hechicera, la dueña del violín?

—Así es.

—Siento que haya fallecido.

—Yo también… o eso creo…

José me lanzó una mirada interrogante, pero cambié de tema.

—No sé cómo agradecerles su hospitalidad…

—Con aceptarla es suficiente.

Brindamos una última vez antes de retirarme al cuarto que me habían preparado. No estaba acostumbrado a tanta hospitalidad desinteresada. La cama tenía ropa y sábanas limpias. Saqué el móvil solo para comprobar que estaba apagado y sin batería. No encontré un puerto donde cargarlo. No quería molestar más, así que decidí esperar el día siguiente para llamar a Marga. Dormí arropado y seguro. Tal vez hubiese tenido que elegir mejor el lugar de mi clandestinidad.

21

CUZCO

Me desperté temprano y salí de la habitación con sigilo. Rosa Fernanda me descubrió. Estaba en la cocina e hizo que me sentase en el patio mientras terminaba de preparar el desayuno. José me estaba esperando.

—¿Siempre madrugan tanto?

—Le estábamos esperando, compadre…

Rosa Fernanda entró con un plato con el que podría pasar el resto del día, un 'olluquito' de carne y no sé cuántas cosas más.

—Antes de regresar a Estados Unidos me gustaría pasar por Cuzco para comprobar la tarjeta de hotel. También aprovecharé para visitar el templo de Coricancha —comenté tras tomar un sorbo de una bebida concentrada de frutas.

—Me imaginaba que diría eso, patrón. Aquí le he escrito la dirección del hotel que debe buscar. En cuanto al templo, no se tome demasiado en serio al abuelo. Siempre tiene una historia para contar.

—¿A qué distancia se encuentra Cuzco?

—En cinco horas estaremos allí.

—Le agradezco de corazón el ofrecimiento, pero tiene que haber una forma más rápida de llegar.

—Hay un draxipuerto en Puno… Puedo acercarle.

—Gracias de nuevo, José.

Terminamos de desayunar y nos dirigimos al porche. La señora de la casa me dio un beso en la mejilla y más comida para llevar.

—Ha sido un placer tenerle con nosotros. Si vuelve a Perú, recuerde que nuestra casa es la suya.

En el patio estaba el abuelo paseando por el jardín. Le entregué el abultado violín.

—No puedo aceptarlo.

—No es un regalo. Solo le pido que me lo guarde, algún día regresaré a por él.

El anciano me estrechó la mano e hizo la señal de la cruz.

—Hay puertas que es mejor no abrir.

Aquel comentario me pilló a contrapié. ¿Se refería a La Puerta de los Dioses? No habíamos hablado de ella.

—Los incas eran una raza superior —prosiguió—. Mucho más inteligente y evolucionada, pero también más despiadada. Es mejor para la humanidad que el templo inca esté dentro del templo de Santo Domingo y no al revés. ¿Me comprende?

—Tenemos prisa.

José me sacó del atolladero. No hubiera sabido qué responder. Salimos por el patio hasta el viejo coche. Me abrió la puerta y la cerró cuando entré. Luego subió él.

—Como le he dicho, no lo tome muy en serio. Todavía vive en el pasado.

De camino al draxipuerto vi el escaparate de un bazar y le hice un gesto a José para que parase. Compré un par de móviles y tarjetas de prepago. Saqué también el máximo de efectivo que me permitió un cajero automático. Al cabo de pocos minutos llegamos al draxipuerto. Una plataforma futurista que contrastaba con una ciudad que casi había vivido ajena al progreso. No era muy grande, solo tenía capacidad para tres taxis aéreos y había dos parados. Aun así, esas avispas mecánicas desentonaban allí.

Quizá el progreso sea, en realidad, involución como sugirió Nadia. José me acompañó hasta la máquina. Le entregué casi todo el dinero que había en el violín de Nadia y buena parte del efectivo. Se resistió a aceptarlo. Y tuve que improvisar para que lo tomase.

—Es un anticipo, compadre.

Le di uno de los móviles que acababa de comprar con mi número guardado en la tarjeta.

—Me gustaría que vigilase las entradas y salidas de vehículos o carros del *camping* de la discográfica durante los próximos días y que me avisase de cualquier movimiento sospechoso.

—Cuente con ello, patrón.

—Tenga mucho cuidado.

Me abrazó y se deshizo en elogios. Al acercarme al taxi, las puertas se elevaron como las alas extendidas de un murciélago. Me senté e introduje el destino en la pantalla táctil. Apareció el importe y el icono de la huella para el pago.

—Y un último favor, José. ¿Podría pagar con su huella? No quiero que me puedan rastrear…

José flores se sentó en el asiento del copiloto y, sin preguntar, puso la huella. Se escurrió mientras bajaban las puertas una vez que se hubo validado el cargo.

—Ya me contará algún día a qué se dedica, patrón… —gritó José, desde fuera. Luego se despidió moviendo en el aire la gorra de Los Dorados mientras el draxi se elevaba. Yo me quité la boina. Cuán diferente era la cultura de aquel país, en especial la cercanía y amabilidad de sus gentes. El progreso nos distancia entre los humanos como lo hacía ahora aquel maldito coche volador. Mientras me alejaba, José permaneció inmóvil con la gorra contra el pecho. Nos conocíamos desde hacía dos días y apostaría lo que fuese a que, aun teniendo familia, se arriesgaría por mí. Mientras volaba, el móvil empezó a cargar de forma inalámbrica y di buena cuenta del rocoto de Rosa Fernanda. A los quince minutos de vuelo ya tenía dos líneas de batería y tres de cobertura. Llamé a Marga, que al segundo tono respondió:

—¿Me has echado de menos, compañera?

—Me tenías preocupado, Halcón.

—Acordamos evitar llamadas superfluas.

—Entonces deduzco que has encontrado a Nadia…

—Así es.

Se hizo un breve silencio.

—No me digas que ha muerto.

No me hizo falta responder.

—Dios mío, Halcón. ¿Llegaste a hablar con ella? ¿Crees que estaba relacionada con la muerte del señor White?

—Creo que estaba implicada de alguna forma, pero de poco nos sirve ahora… ¿Algún avance en la investigación?

—Ha aparecido un nuevo cadáver estrangulado. Domingo Cruz, el jardinero *playboy* de los White al que visitaste…

Maldita sea.

—El ADN ha confirmado que el cadáver sin ropa correspondía al verdadero mayordomo de la mansión de los White. El chamán asesinado en Fores Hill tenía en el sótano un lucrativo negocio de tráfico de antigüedades ilegales. Y adivina…

—Soy todo oídos.

—Hacía suculentos tratos con la Orden del Puma y el señor White era uno de sus mejores clientes.

No me sorprendió. Al final todo se reducía a cosas mundanas y materiales. Dinero.

—¿Alguna novedad del amante de Nadia?

—Sí, dos novedades. Pero ¿por qué motivo iba a compartirlas contigo?

—Porque todavía estás loquita por mí…

Marga suspiró profundamente. Me la imaginé negando con la cabeza y diciéndose a sí misma que se arrepentiría, pero finalmente cedió.

—Su nombre suena para sustituir la vacante del señor White en la comisión CEDIPE —deletreó las siglas.

Eso hacía que la suposición del falso intérprete cobrase algún sentido. El complot de Nadia y su amante Terry para vigilar al señor White y arrebatarle el puesto en la comisión en el momento oportuno.

—Lo importante no es el asesino, sino quien ocupa su lugar —susurré las palabras pronunciadas por James Fenimore.

—¿Qué quieres decir?

—Creo que Terry Blake podría ser nuestro hombre o, como mínimo, el principal sospechoso. ¿Has podido averiguar qué proyecto estudiaba esa comisión fantasma?

—Acordamos que no volverías a pedírmelo, ¿lo recuerdas? Ya debo unos cuantos favores.

—Lo siento. ¿Y la segunda novedad de Terry? Y, por favor, no me digas que ha muerto…

—Sigue vivito y coleando. Sacó un billete a Polonia el mismo día en que tú viajaste a Lima. Concretamente a Breslavia…

—Y… —La animé. Marga solo dejaba las frases en el aire cuando había algo más.

—También tengo el hotel donde se hospeda. Al parecer no es tan precavido como su novia. Te lo acabo de pasar por *email*, algo me dice que querrás hacerle una visita.

—Gracias de nuevo, compañera.

—Intenta que no lo maten. Necesito un culpable.

—Prometido.

—Halcón… ¿Qué hay en Polonia?

—No tengo ni la más remota idea, pero lo averiguaré.

—Avísame si encuentras a Terry. Aquí estamos en un callejón sin salida y el jefe Randle empieza a impacientarse. Y una cosa más, Halcón… Intenta que no te maten.

Tragué saliva… ¿Se estaba poniendo seria? Antes de que pudiera decir nada se había cortado la llamada.

Cuarenta minutos después el draxi descendía sobre Cuzco. Fue impresionante contemplar desde el aire aquel asentamiento que descansaba sobre un valle entre los picos de la cordillera de los andes. La dirección del hotel que me había pasado José estaba a menos de media hora a pie del draxipuerto. Agradecí el paseo por aquella curiosa ciudad llena de colores, sabores y vistas panorámicas. Era un hotel de cuatro estrellas. Discreto, pero elegante. Sujeté la tarjeta blanca con dos dedos bien visible y pude llegar al ascensor sin preguntas incómodas. La pasé frente al lector y me llevó a la tercera planta. En esa planta se encontraban las habitaciones de la 301 a las 330, separadas en dos pasillos. Era solo cuestión de probar. La número 317 se abrió con un clic al aproximar la tarjeta. Entré y cerré con pestillo. La habitación de la señora White estaba ordenada. Todo parecía estar en su sitio. No daba la impresión de que hubiese entrado nadie más que el servicio de limpieza de habitaciones. La caja de seguridad estaba abierta y vacía, pero por fortuna el minibar estaba lleno. Cogí un botellín de Jack Daniels y unas Pringels, era hora de retomar mi dieta habitual, y me senté en la cama. Tuve la impresión de que mi viaje allí había sido una pérdida de tiempo. Pero… ¿por qué alojarse en Cuzco para luego desplazarse al lago Titicaca? Estaba demasiado lejos. Además, la lógica apuntaba a que Nadia tenía previsto volver porque la habitación seguía siendo suya.

En eso sonó el teléfono nuevo. Solo podía ser José Flores ya que nadie más lo tenía. Descolgué.

—Disculpe que le moleste, patrón. Estoy en el *parking* de la discográfica y acaba de llegar el tipo que estaba con usted cuando fui a recogerle. Me costó un poco reconocerlo sin toda esa pintura en la cara. No parece muy contento. Pensé que podría interesarle saberlo.

—Gracias, José. ¿Lo está viendo ahora?

—Sí.

—¿Puede pasarle un segundo el móvil? Quisiera hablar con él.

—Un momento. Voy a buscarlo.

Unos segundos después, respondió una voz distinta a la de José.

—Halcón.

—Hola, Amaru. Solo quería recomendarle que no vuelva a Estados Unidos, la policía ha descubierto su lucrativo chiringuito de tráfico de antigüedades robadas.

—Ellos no comprenden…

—¡Oh! Sí que lo comprenden —le interrumpí—. Y yo también. Al final, como imaginaba, solo eres un simple contrabandista. Un saqueador de tumbas. ¿Cuánto pensaba sacar por el disco dorado?

—Ya se lo dije. El disco de los siete rayos posee un valor incalculable.

—¿Y si le dijera que lo tengo? ¿Me mataría a mí también para conseguirlo?

—Le repito que los chamanes no matamos, solo intercambiamos un alma por otra.

—Usted no es un chamán, solo es un vulgar ladrón. Y un asesino.

—Le salvé la vida.

—Usted asesinó al señor y a la señora White para tratar de conseguir el disco. Y, una vez en su poder, no lo usaría para abrir ningún portal mágico, simplemente lo vendería al mejor postor. Por esa razón su misma gente le repudia.

—Es usted un hombre inteligente, Halcón. Sabe que yo no maté al señor White. Así que dígame por qué estamos teniendo esta conversación.

Lo cierto es que no le creía culpable de ese asesinato, así que fui directo al grano.

—Quiero saber lo que hay en Polonia.

Se hizo un silencio tan largo que pensé que no iba a contestar, pero lo hizo.

—Si quiere mi ayuda, debe ser más concreto.

—¿Qué busca el amante de Nadia en Polonia?

Suspiró.

—Ya le dije que el portal se había intentado abrir anteriormente, durante la Segunda Guerra Mundial.

—¿En Polonia?

—Así es. La presencia del amante de Nadia en Polonia solo puede significar que la Puerta de Hayu Marka no ha sido más que un señuelo. Van a intentar abrirlo de nuevo con La Campana.

—¿La Campana? No importa. No le creo. El que me ha estado engañando desde el principio es usted.

—No sea necio, Halcón. Ahora lo veo claro. El señor White no encontró el disco de los siete rayos, lo que descubrió fue el proyecto de reconstrucción de La Campana al margen de la comisión que presidía y eso le costó la vida. Él llevaba paralizando el proyecto y no iba a permitir que lo hiciesen a sus espaldas.

—Le veo muy interesado… ¿Es muy valiosa esa Campana? ¿Acaso también es de oro?

—Esto está por encima del dinero…

—¡Basta de juegos! Lo que sea ese portal, le importa tan poco como a mí.

—Tenemos que…

—No quiero oír lo de que nos volveremos a ver. Le prometo que, si lo vuelvo a ver, será para entregarle a la policía. ¿Me ha entendido bien? Si es aquí, en Perú, lo acusaré de asesinato y, en USA, por ladrón y evasión de impuestos.

Colgué irritado antes de que me engatusase con sus delirios. Maldito capullo. Sin embargo, su nueva referencia a la Segunda Guerra Mundial me hizo pensar en la reunión en la biblioteca de la Orden del Puma que investigó Marga tras seguir a James Fenimore. Estaban interesados en La Segunda Guerra Mundial. Los nazis tomaron Polonia. Volví al minibar y saqué algo más de beber y frutos secos. Eché de menos no tener cerca a doña Rosa Fernanda. Revisé las fotos que hice en el apartamento de Terry Blake y que estaban almacenadas en la 'nube'. No tardé en encontrar la que buscaba: los bocetos de algo con forma de campana y que, en su momento, me llamaron la atención por ser muy diferentes al resto de edificios y obras comunes. Era un dibujo muy vago de una especie de cápsula sin puertas ni ventanas con algunas medidas y referencias indescifrables. Luego me centré en la siguiente imagen, lo que su compañero del despacho de arquitectura llamó *Atrapamoscas*. Algo me decía que debían de estar relacionadas y que esta última tenía que ser la clave. Consulté en un buscador de imágenes de internet las palabras clave: 'atrapamoscas Polonia', pero solo obtuve como resultado imágenes de una planta carnívora verde y roja. En algunas se veía una mosca dentro y las fauces a punto de cerrarse. Así me sentía yo, al límite de ser devorado lentamente. Seguí probando combinaciones: 'atrapamoscas Breslavia', 'atrapamoscas Segunda Guerra Mundial', 'atrapamoscas nazi'. Con esta última búsqueda encontré un par de resultados con una estructura real casi idéntica al diseño de Terry Blake. Salté al artículo asociado a la imagen. Hablaba de una base militar nazi secreta ubicada en Polonia, concretamente en un remoto valle en las afueras de Ludwikowice. Localicé allí la estructura con el Google Maps. Se la conocía con el nombre de Henge o 'Atrapamoscas'. ¡Bingo! La extraña estructura circular existía y estaba muy cerca de Breslavia donde se encontraba Terry Blake, el amante de Nadia. Sin duda había ido a visitarla. ¿Pero qué relación guardaba con la Puerta de Hayu Marka y con el disco dorado? ¿Estaban construyendo algo en ella? ¿Se trataba del proyecto de la comisión en suelo extranjero? Me resultó evidente que el amante estaba implicado hasta las cejas. Incluso podía ser el que lo hubiese maquinado todo. Después de una nueva visita al minibar, busqué vuelos desde Cuzco a Breslavia. No había ninguno directo. Todos tenían dos o tres escalas y el que antes salía era a la mañana siguiente. Había plazas de sobra, así que no hice la reserva todavía. Ahora tocaba esperar.

Tras vaciar el minibar, empecé a impacientarme. Consulté la ubicación del templo inca de Coricancha y descubrí que se encontraba muy cerca del hotel. Eso tampoco podía ser una casualidad. Deduje que Nadia se alojó allí porque tenía intención de visitarlo, pero ¿con qué objetivo? ¿Indagar sobre el disco dorado de los siete rayos? ¿Lo habría encontrado después de tanto tiempo? Todavía era mediodía y quedarme en la habitación me desesperaría más. Decidí comprobar en persona si el dibujo que había sobre la partitura realmente coincidía con el muro de una sala del templo de Coricancha como dijo el abuelo de José. Era un disparo a ciegas, pero disponía de tiempo y el templo de Coricancha estaba muy cerca. Me gusta agotar todas las vías. Puede que siguiéramos una pista falsa hasta Perú como acababa de afirmar el falso chamán, pero estaba seguro de que Nadia no quería que nadie viera aquel dibujo y por eso lo llevaba consigo. No podía ser otro señuelo. Quizá cada uno de los amantes tenía su propia misión.

22

CORICANCHA

Tras un agradable paseo de unos quince minutos me encontré frente al convento de Santo Domingo, una gran iglesia formada por varias construcciones unidas y una gran cúpula que sobresalía en la altura. Toda la construcción bordeaba un amplio espacio con jardines hundidos unos metros con restos de rocas en el centro. Había varios turistas merodeando y los seguí hasta un centro de reunión donde se organizaban visitas guiadas. Pagué diez soles y me apunté a la que empezaría en quince minutos. No tardó en aparecer una mujer sosteniendo en alto una señal con el dibujo de un sol. Nos acercamos a ella. Éramos doce.

—Buenas tardes y bienvenidos a la Coricancha. Yo soy Julieta y les acompañaré durante la visita.

—Lo primero que deben saber es que la Coricancha era conocido como *El Recinto de Oro* y, en su época, fue un lugar sagrado, donde se adoraba principalmente al dios inca, el Inti Sol. La palabra coricancha es la unión de dos palabras quechuas: *quri* que significa oro y *kancha* que significa templo.

Seguimos a la guía por un pasillo exterior sobre una muralla. Al otro lado se veían extensos campos verdes.

—El frontis de la Coricancha —continuó— era antiguamente una imponente muralla elaborada con el más hermoso canto de piedra y estaba decorado con una capa delgada de oro macizo, con tres metros de altura.

Hasta ahora la historia del abuelo Gumersindo era bastante fiel a la realidad y no solo un cuento para los niños.

—En la época, la Coricancha era el centro político, religioso y geográfico de Cusco. Importantes cronistas como Garcilaso de la Vega y Cieza de León, lo describen como el «Templo laminado en oro». Como hecho curioso, se sabe que tanto los pisos del templo como el jardín contenían plantas y animales a escala real en oro macizo.

Ese dato me recordó a las figuras de animales en piedra cerca de la Puerta de los Dioses, aunque allí el tamaño era mucho mayor. Entramos en una sala rectangular. Al frente había una muralla de unos tres metros de altura y en el suelo se hallaban apilados varios bloques de construcción no muy diferentes a los actuales. La guía señaló el muro.

—La técnica utilizada en la edificación de este templo es muy parecida a la del Machu Picchu. Como ven, todo el frontal está bastante pulido, pues los bloques forman engranajes perfectos. Muchos investigadores se han preguntado cómo pudieron conseguir unos muros tan lisos. El muro de la Coricancha ha soportado los crueles juegos del tiempo, demostrando ser una de las mejores edificaciones incas.

Luego señaló los bloques sueltos que había debajo. Eran rectangulares y de un tamaño aproximado de un metro por un metro, pero todos eran ligeramente diferentes. Uno con agujeros, otro con forma de T invertida, otro con forma de C... Un niño se subió a la piedra en forma de U y saltó de un extremo al otro.

—Por fuera se ven lisos, pero estos bloques líticos por dentro están encajados formando una especie de rompecabezas. Las muestras que vemos aquí se recogieron de diferentes sitios y no es seguro que toda la muralla esté construida con ellos, pero sí gran parte de ella. Si se fijan, los tipos de uniones entre piezas son siempre diferentes. Esto los hace muy resistentes y perfectos. Se han descubierto infinidad de piedras cortadas magistralmente, y hoy en día todavía no se sabe cómo esa antigua civilización pudo realizar esos cortes, colocarlas en estructuras sin ningún tipo de pegamento y que encajaran de una manera tan perfecta una sobre otra.

Saqué el boceto de Nadia y comprobé que las formas de las figuras dibujadas sobre el muro de bloques eran idénticas. Parecía indicar la forma en que estaban encajados por dentro. Como una radiografía. Ahora no tenía duda de que aquel dibujo se refería a las murallas del templo inca en el que me encontraba.

—En su origen, no solo sus puertas estaban cubiertas con oro, sino también las paredes con una banda de oro bastante amplia, que se encontraba colocada a la mitad de su altura. Se cree que la cara interna de los muros y los nichos exteriores e interiores tenían incrustaciones de esmeraldas. Y, en cada hornacina, ídolos y objetos rituales trabajados en oro y plata nativa.

El abuelo volvía a acertar. Aquello fue un inmenso cofre de riquezas. Seguimos caminando. Ahora por dentro del convento. Los pasillos formaban un cuadrado de dos alturas que dejaba a un lado estancias rectangulares de piedra y, al otro, un gran patio central. Todo unido con arcos. Arriba sobresalía la cúpula. Nos detuvimos frente a una pared en la que había colgada, como si de un cuadro se tratase, una fina lámina de oro con grabados.

—Según Garcilaso de la Vega, en la Coricancha había cinco recintos dedicados a la veneración de cinco deidades. A este lado se encuentran los dedicados al arcoíris y el rayo. Al otro lado, justo en frente, el recinto dedicado a Venus y las estrellas, pues estas se consideraba que eran las hijas del sol y la luna. A su derecha, el recinto dedicado a la luna y el más importante que era el templo dedicado al dios Sol, donde hoy se encuentra el templo católico.

»Cusco es ahora un valle porque diez millones atrás era un gran lago que desapareció a consecuencia de fallas geológicas de la tierra. El agua fue abriendo sus cauces y dejando innumerables laberintos subterráneos bajo la ciudad y es ahí donde posiblemente los incas pudieron esconder gran parte del oro que contenía este templo.

»En las cercanías del templo se encuentra una antigua mina llamada 'de la Muerte', debido a que muchos mineros han perdido la vida en su interior. Cuenta la leyenda que, al llegar los españoles, descubrieron un gran yacimiento de azogue, un mineral muy valioso. Se cree que una de las galerías del Templo del Sol llegaba hasta la mina, de la cual extraían el oro y la plata para sus esculturas.

Nos detuvimos frente a un recinto sin techo. En el centro destacaba una especie de altar de roca.

—La utilidad de este recinto es algo controvertida. Muchos historiadores apuntan a que era un lugar para sacrificios. La roca que pueden ver en el centro tiene cuatro puntas que recuerdan los cuatro *suyus* del imperio. Sobre esta piedra el sumo sacerdote sacrificaba una llama negra sobre los días más sagrados del año invocando la protección del sol para el inca y la familia real. También servía para que el gran sacerdote pudiera comunicarse con las divinidades del cielo, aquí se apartaba del mundo para beber extraños alucinógenos para caer en un trance durante el cual el sol hablaba por su boca anunciando los acontecimientos del futuro. Mientras era poseído por el espíritu del sol se convertía en la cabeza que habla y sus palabras eran un mandato sagrado para los gobernantes.

»Otros estudiosos afirman que pudo ser una fuente de agua. Para los incas el agua también era una deidad y tenía que ser sacralizada en espacios como este para después fertilizar a la madre tierra o *pacha mama*. La evidencia para apoyar esta teoría son los tres agujeros que podéis ver en uno de los bloques de la segunda hilada del fondo que sirvieron para drenar el agua al exterior, actualmente dan a la calle Agua Pinta. Aunque también pudieron servir para drenar la sangre de los sacrificios o la chicha que servía como ofrenda según la primera interpretación.

Di un paso lateral y pude ver los tres agujeros del fondo que, hasta ese momento, quedaban ocultos a mi visión por la piedra ritual. Consulté el dibujo de Nadia. Tres pequeños orificios en horizontal que coincidían a la perfección con los de aquella sala. El abuelo dijo que se podían escuchar notas musicales en su interior. Así que pregunté.

—He oído que en esos agujeros se puede escuchar música. ¿Es cierto?

—Así es. Según los experimentos llevados a cabo por Augusto León Barandiarán, si se golpea dentro de los agujeros se pueden escuchar las notas musicales 're', 'la' y 'sol'. Esto ha llevado a la especulación de que pudiesen usarse para algún tipo de ritual fónico, otorgándole facultades sobrenaturales a los agujeros. Vendrían a ser canales fónicos e incluso los podrían usar los sacerdotes para asistir al pueblo una vez por semana.

Sin duda, Nadia había estado allí. Subimos a la parte superior hasta un pequeño recinto de paredes almenadas.

—Como he dicho, el Templo del Sol se encontraba donde está ahora construido el 'altar principal' de la iglesia de Santo Domingo. Justo aquí —dijo señalando una especie de hueco en la muralla, roto por arriba—. Este altar se conoce como el 'tambor solar' y había una ventana trapezoidal con un ídolo de oro macizo de un metro de altura representando a un niño de once años. Se lo conocía como el dios Pun Chao. El ídolo principal al sol. Se alinea exactamente con la primera salida del sol en el solsticio de verano, el 22 de diciembre. Las protuberancias que se observan en las paredes se cree que eran una especie de calendario solar, por las sombras que produce.

Una figura de un metro de oro macizo, eso le encantaría al intérprete. Seguro que le haría un hueco en su colección.

—En el lugar más sagrado, el inca ordenó colocar un disco de oro macizo con la representación del dios Sol. A un lado, aparecía la imagen del rayo y, al otro, el dios Viracocha, el creador del universo. Por tanto, el más importante, que era el dios Sol, estaba representado por el famoso Disco Solar. Elaborado en oro finísimo como de cristal aurífero. Garcilaso de la Vega dijo literalmente: «Tenía un rostro redondo, alrededor rayos y fuegos ocupaban toda la pared».

¿Un disco solar? Eso me interesaba. Así que intervine de nuevo.

—¿Había más discos solares?

—Supongo que se refiere al disco de Echenique.

Asentí sin tener ni la menor idea de a qué podía referirse la señora del *tour*.

—En 1863, un descendiente de los incas entregó al presidente del Perú, general Rufino, una placa circular de oro de 25 centímetros de diámetro como muestra de confianza del antiguo imperio incaico. Era considerado el sol de soles y el inca lo llevaba en el pecho para demostrar que era el hijo del sol y que tenía poder. Ese disco había sido ocultado hasta la entrega. Por eso pasó a llamarse posteriormente *Sol de Echenique*. El general Rufino no lo valoró lo suficiente y lo catalogó como reliquia y se encuentra actualmente en el museo National Museum of the American Indian de Estados Unidos y una réplica en la parte principal del museo de la nación del Perú. En el año 1986, la ciudad del Cusco lo adoptó como su escudo y hoy en día sus grabados forman el escudo.

Un disco de veinticinco centímetros de diámetro bien podría encajar en el hueco de la Puerta de los Dioses o ser usado como vinilo. Estaba por el buen camino, así que insistí.

—¿Y ese disco llamado *Sol de Echenique* no podía ser el famoso disco solar?

—La placa que le entregó no es el famoso disco solar, en eso coinciden todos los historiadores.

—Entonces había varios discos solares…

—Así es, había otros discos solares de menor tamaño. Muchos de ellos fueron saqueados por los españoles. Y como veo que le gustan las leyendas, le contaré otra: Se dice que había otro disco de oro que fue robado por los españoles y que se perdió para siempre al hundirse el barco que pretendía llevarlo a España. Esta catástrofe se dice que fue propiciada por el propio disco, pues supuestamente era sagrado. Las corrientes esotéricas afirman que no era de oro sino de un elemento transmutado y poseía cualidades especiales, entre ellas la de ponerse transparente. No solo era místico, al parecer era un ingenio tecnológico capaz de curar enfermos y teletransportar personas. Al ser golpeado por los sacerdotes producía diversas calidades de sonido capaces de producir fenómenos físicos. Desde sutiles temblores de tierra a devastadores terremotos. Ese disco solar contenía la vibración cósmica creadora y representaba el gran sol del universo y no solo el de nuestro sistema solar.

—Y si esa reliquia nunca fue llevada a España, ¿podría estar escondida aquí? —preguntó alguien, facilitándome el trabajo.

—¿Quién sabe? Como he dicho antes, puede que parte de las riquezas sigan escondidas en las galerías que hay debajo de Cusco.

La guía consultó la hora.

—Es todo por hoy —dijo—. Muchas gracias por su atención.

Regresamos apresuradamente al punto de inicio. Ya había otro grupo esperando. Salí del convento con la certeza de que Nadia fue allí en busca de ese otro disco místico con supuestos poderes sobrenaturales que, además, estaba relacionado con la música y la teletransportación. Los agujeros, el muro y las notas coincidían. ¿Y si esos agujeros en la pared, en lugar de usarse como desagüe para el agua o la sangre de los sacrificios, eran una especie de cerradura y la música su llave? Algo me decía que Nadia había descubierto la llave con la partitura que siempre usaba las tres notas. Quizá al tocar esa melodía se abría un pasadizo a las famosas galerías subterráneas o la propia muralla era un cofre de piedra con los bloques engranados. Si el disco del sol universal era fino y tenía un tamaño similar al otro de 25 o 50 centímetros de diámetro no era muy difícil de ocultar. ¿Lo habría encontrado Nadia?

Mis pasos me llevaron de regreso hasta el hotel. No tenía dónde ir y el cadáver de Nadia tardaría en aparecer, si es que aparecía. Además, las autoridades tendrían que identificarlo. Los más normal es que la reserva a su nombre no estuviese cancelada todavía. Compré algo para comer de camino y subí a la habitación. Entré con la tarjeta blanca sin problema. Olía bien. Las arrugas en la cama ya no estaban. Había unas bolsas de frutos secos y de *Pringles* de cortesía y, además, el minibar volvía a estar lleno.

23

ATRAPAMOSCAS

Me tumbé en la cama y no tardé en dormirme. Al despertar, hallé un sobre que alguien había pasado por debajo de la puerta. Me sorprendió. Casi esperé encontrar otra tarjeta de James Fenimore con cinco mil créditos en su interior, pero no fue así. Solo era la factura del minibar de la tarde pasada. ¿Tanto había consumido? Dejé el importe multiplicado por dos, así cubriría también los gastos de la noche. El hecho de que hubiesen dejado la factura me indicó que al día siguiente terminaría la estancia de Nadia. No tenía pensado quedarse allí mucho tiempo y yo tampoco. Tenía que seguir los pasos de Terry Blake.

Tomé una ducha y me pertreché con la gabardina, la boina y las gafas. Pedí un taxi para el aeropuerto de Cuzco. Allí compré el billete y dos horas después estaba sobrevolando el océano. El viaje hasta Polonia se hizo eterno. Aunque las escalas me permitieron tomar algo en Lima, Ámsterdam y Frankfurt, tuve tiempo de completar el diario del caso y darle mil vueltas a todo. Incluso revisé la factura del minibar. Siete botellines, dos *Pringles*, varios paquetes de frutos secos y otros tantos bombones. Todo en orden. Pero el último apunte era un cargo de treinta soles con un concepto que no era del minibar: «servicio de entrega». Eso solo podía significar que Nadia había encargado al hotel entregar algo a alguien. No había ninguna pista de lo que podría ser, pero en mi mente se formó el disco solar. ¿Realmente lo encontró? En la segunda escala llamé al hotel.

—¿Hablo con el hotel Cusco de Cuzco?

—Así es.

—Hoy he dejado la habitación 317. Encargué al hotel enviar un paquete y pagué el servicio, pero el remitente afirma que no lo ha recibido.

—Un segundo. Permita que lo revise.

—Aquí me consta como entregado.

—¿Podría decirme la hora de la entrega?

—Fue el pasado jueves, a las 11:45. En Puno.

—Muchas gracias.

De modo que lo había enviado a la discográfica medieval. En ese instante recordé los discos de la caja sobre los que trabajaban en la grabación del recóndito poblado uro. Uno era dorado y el que usaron para grabar el violín de la señora White en la isla flotante también. ¿Sería el mismo? ¿Podía ser el que ella misma les envió desde Cuzco? No podría asegurarlo. Con la oscuridad y la chicha creo que solo vi lo que mi cerebro esperaba ver. Empezaba a fantasear, pero todo cuadraba. Nada más aterrizar en el aeropuerto de Breslavia-Copérnico, Polonia, solicité un taxi e introduje la dirección del hotel que me había facilitado Marga y donde supuestamente estaba alojado Terry Blake. No me resultó difícil descubrir que ya no se alojaba allí usando de nuevo el truco de la entrega. Era de la misma cadena internacional que el de Cuzco. Cogí uno de los *flyers* de publicidad del *hall*, lo doblé por la mitad y me acerqué a la recepción. Pulsé sobre el tótem de bienvenida para solicitar la atención de un recepcionista. Acudió para atenderme, pulcra, ceñida y discretamente maquillada, una joven de fenotipo completamente distinto al de Perú. Me habló directamente en un inglés bastante bueno.

—¿En qué puedo ayudarle?

—Traigo una entrega para el señor Terry Blake.

—Un segundo, por favor… —consultó la *tablet* que se levantaba oblicua sobre el mostrador—. Debe haber un error. El señor Blake abandonó el hotel hace un par de días.

—¿En serio? No es posible...

—Me temo que así es.

—Maldita sea… Otro viaje perdido.

Salí refunfuñando del hotel para dar credibilidad a mi interpretación de repartidor y solicité un nuevo taxi autónomo. Allí eran menos puntuales y algo más incómodos. Marga comentaba en su mensaje que Blake había usado la huella digital el día de ayer en un restaurante cercano con un nombre cargado de zetas. Comprobé que estaba en la ruta que unía el hotel con el monumento circular conocido como Henge o Atrapamoscas. La distancia en coche hasta el Atrapamoscas era de cincuenta minutos desde el hotel.

En veinte minutos estaba en el restaurante. Elegante y minimalista, se podría decir que muy apropiado para Blake. De un vistazo comprobé que no estaba allí, como era de esperar. Me acerqué a la barra para tomar algo. Estaba hambriento. Había aprovechado los vuelos entre escalas para dormir y me había saltado las comidas o simplemente no las habían ofrecido. Y, lo peor de todo, también me había saltado las bebidas. Así que iba a ponerle remedio. No había prisa, aquel individuo parecía estar dejándome un rastro a propósito. Sin lugar a dudas, yo era la mosca que se iba acercando a la telaraña. Estudié la foto de la estructura e imaginé una inmensa tela de araña cubriendo la parte superior circular del Henge. Casi podía verme a mí mismo atrapado en su centro y una araña de gran barriga roja, como la del brujo, acercándose con determinación. Pero ¿qué más podía hacer? No tenía ninguna otra pista que seguir. Chasqueé los dedos para llamar la atención de un camarero muy delgado y de ojos muy juntos que llevaba un rato ignorándome. Se acercó de mala gana y activó el panel de la barra diciendo algo en un idioma totalmente incomprensible para mí. Tras pelearme un rato con el menú digital descubrí que había un icono para cambiar al inglés y hasta en mi idioma todo me sonaba a chino. Así que marqué el menú del día y me centré en la carta de bebidas. Allí había algunas más reconocibles. Empecé con una pinta negra. El camarero me fue rellenando la copa a la par que iba trayendo los platos, casi todos con mucha salsa con textura de yogur, pero en general estaban buenos. Podría intentar preguntar por Terry Blake enseñándole una foto, pero aunque lo reconociese no entendería nada de lo que me dijera. Y, aunque lo entendiese, tampoco podría decirme nada más allá de que efectivamente cenó ayer allí. Así que me ahorré las preguntas y me pedí un postre de crema de *whisky* con hielo y un trozo de tarta. Ya más centrado, alguien desapareció de los taburetes que tenía a mi derecha y me dejó a la vista a dos atractivas mujeres que estaban charlando. Había un combinado de color chillón al lado de cada una al que no parecían hacer mucho caso. Me fui acercando sentándome en el taburete de la derecha y, luego, en el otro. No se percataron o no dieron muestras de hacerlo. El siguiente paso era invitarlas a una copa de verdad, siempre es mejor beber en compañía. Y desde la *app* de la barra podía servirla al puesto que quisiera, por fin algo positivo en estas diabólicas tecnologías. Les pedí una copa como la mía para cada una. Cuando el camarero se las sirvió, señaló hacia mí, pero ellas no se inmutaron. La que me daba la espalda tomó el vaso y balanceó los cubitos de hielo, sin probarla, antes de hablar.

—Has tardado mucho, Halcón... ¿esto se lo pides a todas?

Aquella pregunta me dejó mudo. ¡Marga! Solo ella era capaz de haber cruzado el charco contra el tiempo, las adversidades y el jefe Randle. La peluca y la vestimenta pudieron engañarme de nuevo, pero la voz era inconfundible.

—Solo a las que no conozco —acerté a decir con el orgullo por los suelos y un subidón de adrenalina mientras trataba de reconstruir la escena.

Era la segunda vez que me la jugaba. Se dio la vuelta y agitó de nuevo la bebida.

—¿Y ese atuendo?

—Viajo con una identidad falsa.

Me senté al lado de la amiga virtual como si me hubiese dado permiso.

—Eso quiere decir que el jefe está al corriente…

—Así es. Me he ganado su confianza al haber ayudado a identificar el cadáver del mayordomo y está tan desesperado que me permitió marchar.

Creo que el destello de franqueza que vi en su mirada también lo recibió ella reflejado en la mía. Se acercó a mi lado y sus ojos hipnóticos me interrogaron en silencio. Su presencia y su aliento evocaron muchos recuerdos. Aquella era la mujer más audaz que había conocido. Les daba mil vueltas a los inútiles de los hermanos McCaw.

—¿Supongo que también habrás pasado por el hotel?

—Así es.

—¿Y no se te ocurrió avisarme para que yo pudiera ahorrarme la escala?

—No quise interferir, quizá tú descubrieses algo en él. Aunque ya empezaba a cansarme de esperarte y he llegado a pensar que habías cogido una habitación para descansar, como últimamente estás tan dormilón...

Empezaba a sentirme como un saco de boxeo al que Marga vapuleaba a sus anchas.

—¿Has sacado algo del camarero?

—¿Solo que se pide desde la barra? ¿Y tú?

—Pues no te lo vas a creer, pero los hologramas de compañía graban todo lo que ven mientras están activos y se han convertido en unos confidentes muy buenos para la policía. Así he podido ver a Terry Blake en aquella mesa comiendo solo. Parecía inquieto.

—¿En serio? Me estoy quedando obsoleto.

Marga activó a su atractiva amiga pelirroja e introdujo un código que no pude descifrar. Contar con una placa tenía sus ventajas. En la pantalla de la barra apareció lo que la pelirroja estaba viendo en ese momento. Ahí comprendí cómo Marga me estuvo vigilando en el pub Paraíso estando siempre de espaldas. La inspectora retrocedió unos días y reprodujo la grabación. En efecto, allí estaba Terry Blake. Se le veía algo desmejorado y nervioso, pero su conducta no revelaba mucho más. Era mi momento de contraatacar.

—¿Y ahora qué hacemos, Enola Holmes?

Ella me miró y se encogió de hombros.

—Lo que imaginaba. No me esperabas por mi encanto, simplemente no sabes por dónde seguir. ¿Me equivoco?

Abandonamos los anchos vasos de color pastel y pedimos por fin unas últimas dosis de su tequila con lima y canela. Cuando me dispuse a pagar con mi huella, Marga se me adelantó.

—Mejor no dejar rastro.

La dejé pagar, aunque en esta ocasión no me parecía vital esconder mis movimientos. De una u otra forma íbamos a encontrarnos en el destino. Acto seguido, Marga solicitó un taxi y salimos. Guardó silencio hasta que introduje la ruta del Atrapamoscas en el taxi: Henge, 57-450 Ludwikowice Kłodzkie y este se puso en marcha.

—¿Se puede saber dónde vamos?

—Creo que sé a dónde se dirige Terry Blake.

—¿Y bien? —preguntó Marga exigiendo una explicación.

Le pasé el móvil con la foto de la estructura circular que llamaban *Henge*. Ella la miró y luego me miró a mí.

—¿Qué es esto?

—Lo conocen como Atrapamoscas y ahora mismo somos dos moscas dirigiéndonos hacia ella.

—Muy gracioso, Halcón.

—Lo digo en serio. Creo que me están tendiendo una trampa y, si vienes conmigo, caeremos los dos en ella.

—No he venido desde Estados Unidos para quedarme de brazos cruzados mientras tú te llevas la gloria.

—Hablo en serio.

—Y yo también.

El tono de voz indicaba que estaba cabreada. No le gustaba que nadie le dijera lo que tenía que hacer y mucho menos que la protegiera.

—Como quieras.

Los siguientes minutos los pasamos en silencio. Apoyé la cabeza y perdí la mirada en el exterior. Me impactó el fuerte contraste de una ciudad moderna con zonas viejas y derruidas. Poco a poco nos adentramos en un sitio remoto y abandonado. A ambos lados había árboles muertos levantando ramas sin una sola hoja, como preguntando al cielo por qué. De vez en cuando aparecía una monstruosidad industrial: fábricas, depósitos de gas o algo similar. También alguna que otra casa aislada. Me llamó la atención la estructura de una enorme construcción de la que solo quedaba en pie la fachada que daba a la carretera y se podía ver su forjado interior a través de las ventanas. Como si una bomba hubiese caído hace cien años y nada se hubiese tocado. Era desolador. Su única decoración eran pintadas amenazantes y entradas cegadas con cemento. Los campos estaban cubiertos de pelusa marrón y salteados con manchas de nieve embarrada. El taxi se detuvo en la nada y sonó la canción de fin de trayecto. Me lo pensé dos veces antes de bajar y Marga se me adelantó. Pensar que lo hacía sin tener toda la información hizo que el corazón se me encogiera cuando el vehículo se marchó. Un viento helado tocó mi nuca y me giré casi esperando ver una gran araña a nuestra espalda. No fue así. Allí solo había más terreno yermo y baldío rodeado por esqueletos de edificios que parecían permanecer igual desde la Segunda Guerra Mundial. Sentí escalofríos.

—¿Está aquí esa estructura? ¿En medio de la nada? —preguntó Marga. Supongo que algo nerviosa también.

—Eso se ve en Google Maps.

—¿Qué relación hay entre ella y el señor Blake?

—En su despacho tenía unos bocetos de una estructura muy similar.

—¿Te colaste en su despacho?

—La puerta estaba abierta…

Marga negó con la cabeza. Se subió la cremallera del chaquetón y se ajustó las perneras. Allí me pareció notar un ligero ensanche y agradecí que estuviera armada. No decía en broma que corríamos peligro y lo último que quería es que a ella le ocurriese algo por mi culpa.

—¿Tu plan es quedarnos aquí plantados todo el día, Halcón?

Dimos unas vueltas por el perímetro. Encontramos más construcciones abandonadas y algunos fosos y bocas de túneles antiguas tapiadas con rejas. Siguiendo las indicaciones del Google Maps, cruzamos por un extenso campo de barro y nieve sobre neumáticos carcomidos, que me recordaron a viejas minas olvidadas. Marga caminaba a mi lado, cubriendo con la mirada el flanco derecho hasta casi la espalda. Yo hice lo propio con el otro lado. Cada paso que dábamos me gustaba menos. No tardó en aparecer frente a nosotros la imponente estructura del Henge.

Allí, a lo lejos, estaban las columnas formando los doce arcos que únicamente sostenían un techo descubierto en forma de círculo. Marga me miró y yo asentí. ¿Para qué podría haberse usado aquello? Caía aguanieve y la ropa que llevaba apenas conseguía evitar que me atravesasen las continuas rachas de viento. Marga estaba mucho mejor equipada para el frío. Me encasqueté la boina y me subí las solapas. Nuestro propio aliento formaba un humo denso. Nos aproximamos con cautela a la estructura, al amparo de un pobre bosque de árboles oscuros que eran poco más que estacas clavadas en el suelo. Al otro lado, algo apartado, había un edificio largo y rectangular. Nos dirigimos a él evitando acercarnos al Atrapamoscas. Frente al búnker había una explanada asfaltada y cuyos motivos eran reliquias de la guerra. Un funesto cementerio donde reposaban restos de tanques, vehículos, y lo que quedaba de una ametralladora sobre cuatro ruedas. A mano izquierda había un acceso al búnker. Marga probó a abrirlo, pero estaba cerrado. Había algunas fotos e información junto a la puerta. Parecía que lo habían reconvertido en un museo.

—Trata de abrir esa puerta —dije, separándome unos pasos.

—No vas a ir a ningún sitio sin mí.

—Solo voy a entrar en esa estructura y necesito que me cubras desde aquí. No voy armado y no permitiré que caigamos los dos en la trampa.

Marga dudó.

—Hazme caso por una vez. Está a solo unos metros y podrás verme en todo momento.

Asintió y se perdió entre los vehículos de la Segunda Guerra Mundial. Me dirigí al centro de la estructura. Lo primero que me llamó la atención fue que la altura de las columnas era inferior a las medidas de los planos de Blake. No pasarían de los tres metros. Al pasar entre uno de los arcos sentí un escalofrío. Tenía el vello erizado, seguramente del frío. En el interior volví a sentirme como un insecto que había caído en la trampa. Confiaba en que Marga estuviese oculta y con el arma preparada. No me giré. El suelo estaba completamente encharcado. Miré alrededor y luego hacia arriba. ¿Qué era aquello? ¿Qué pintaba aquella inútil estructura allí? En el centro exacto había una cavidad circular de unos dos metros de diámetro delimitada por bloques de piedra. No parecía tener más de medio metro de profundidad. Había yerba seca y basura dentro. Ideal para hacer una fogata como en Minsk y aplacar un poco el frío. Aquel punto era el centro de la trampa y la araña no tardó en aparecer. Una silueta salió del bosque que había frente a mí y caminó hacia mi posición. No tenía sentido huir, confiaba en Marga. Solo esperaba que no la hubiese visto llegar. La araña, como no podía ser de otra forma, era Terry Blake, el amante de la señora White. El rastro que había dejado a propósito me había llevado hasta allí. Seguramente para devorarme.

—Halcón.

—Señor Blake.

—Usted es un pájaro demasiado astuto para entrar por propia voluntad en una jaula de la que sabe que no podrá salir. ¿Por qué ha venido?

El hombre llevaba en la mano derecha un dispositivo rectangular que me recordaba a los mecanismos que usaban los terroristas en las películas para inmolarse. Tenía que actuar con rapidez.

—He venido a entregarle un mensaje —improvisé.

—¿Un mensaje? El soberbio y maleducado Halcón se ha convertido ahora en una dócil paloma mensajera.

Otra vez con lo de los pájaros…

—Es de Nadia Lisberg Winter.

Sus facciones cambiaron al escuchar el nombre. Se acercó unos pasos más hasta quedar al otro lado del pequeño foso central.

—Soy todo oídos…

—Se lo entregaré a cambio de información.

—¿Y de qué le vale la información a un muerto?

—No se preocupe por mí, señor Blake. Ya he muerto una vez y no es para tanto.

—Bromista hasta el final.

Levantó disimuladamente la mirada y me pregunté qué estaría esperando. Extraje de la gabardina el papel de la partitura y estiré la mano hasta la mitad del foso. Él estiró su mano desde el otro lado y me lo quitó con un tirón.

—Según lo que contenga este folio, le contaré algo o no.

Lo desplegó con una sola mano. El dedo gordo de la otra seguía acariciando el botón del dispositivo. No sabía si Marga habría podido apreciarlo desde su posición. Difícil.

—Nadia me pidió que se lo entregara. Aseguró que usted sabría interpretarlo.

—Halcón, usted es el punto de mira donde impacta la bala. El que guía la flecha. Que tenga este papel significa que ha señalado a Nadia y que ahora está muerta. Y yo seré su último objetivo.

Blake tenía razón. Pero hay momentos en que es necesario mentir para salvar la vida. Ese era uno de ellos. Me jugué un órdago, confiando en que no estuviese informado de la muerte de Nadia.

—Fue Nadia la que me encontró a mí.

Blake se encogió de hombros.

—Bueno, ya poco importa. Haga su pregunta.

—¿Sobre qué proyecto se vota en la comisión de la que usted pretende formar parte?

Terry sonrió. Noté cómo relajaba la tensión de su dedo sobre el botón. Me tranquilizó un poco.

—Es usted realmente inteligente, detective. Esperaba una pregunta, como ¿quién asesinó al señor White? Eso le bastaría a la policía, pero a usted no ¿verdad? El gran Halcón. El que algunos afirman que ayudó a implantar las Torres Tesla por todo el mundo. ¿Sabía que en ciertas zonas de Europa del Este y Rusia es usted un héroe?

—¿En serio? ¿Por eso me contrataron para este caso?

—Es muy sagaz, Halcón. Diría que en otras circunstancias me hubiese caído bien. Además, en parte nos ayudó con nuestro proyecto. Teníamos un pequeño problema de energía y sus torres nos ayudaron a solucionarlo… Pero vayamos por partes ¿Qué sabe de este olvidado monumento?

—Solo lo que usted quiera contarme…

Negó con la cabeza, como dejando claro que yo no tenía remedio.

—Este lugar fue una fortaleza nazi. Aquí trajeron a los más cualificados científicos y a los mejores hombres del régimen para llevar a cabo un proyecto secreto. Alemania estaba perdiendo la guerra y se vivían momentos de desesperación. Tanto, que hasta paralizaron la creación de la bomba atómica para fabricar un 'arma' que pudiera cambiar el curso de la guerra.

—Cosa que no consiguieron.

—Tenían una tecnología superior al resto del mundo y también a los mejores científicos. Y centraron todos sus esfuerzos aquí. Al final, cuando iban a caer, dieron la orden de ejecutar a todos los participantes para evitar que el proyecto que aquí se estaba desarrollando cayera en manos enemigas. Ejecutaron a casi todos, pero algunos líderes, como el general de las SS Hans Kammler, desaparecieron. Unos afirman que escaparon abriendo el portal y que se llevaron valiosos documentos con ellos. Yo creo que escaparon por los túneles que hay bajo nuestros pies —dijo pisando el suelo.

—Esa arma a la que se ha referido, ¿era La Campana?

Terry sonrió.

—Cuando las tropas aliadas tomaron la ciudad no solo nos apropiamos de documentos y tecnología nazi. También nos quedamos con los científicos que sobrevivieron. ¿Quién cree que ganó la carrera espacial contra los soviéticos? Cuando los soviéticos empezaron a mandar cohetes al espacio, nosotros, los americanos, no teníamos ni programa espacial. Fue Wernher von Braun con su cohete nazi el que hizo posible el Saturno V que usamos en las misiones Apolo. No llegamos nosotros primero a la Luna, lo hizo la tecnología nazi, aunque lo vendimos como un éxito propio, claro.

—¿Podemos ir al grano, señor Blake? ¿Pretende decirme que lo que se vota en la comisión es construir una réplica de La Campana nazi?

—Ha dado otra vez en el blanco. El proyecto oficial es crear un sistema antigravedad, pero en realidad ese sistema no es otra cosa que una versión mejorada de La Campana nazi. Ahora disponemos de más medios. Por desgracia, algunos integrantes de la comisión han estado votando boicoteando el proyecto con su voto en contra. Hombres débiles de espíritu que temen el progreso.

—Y por eso quiere ocupar el lugar de uno de esos votantes inoportunos, concretamente del señor White.

—Ese era el plan, pero al descubrirme me ha sacado del tablero. Este es el final del camino para ambos.

—No creo que Nadia apruebe su sacrificio.

Terry dudó un instante, pero se rindió.

—Ya no hay marcha atrás.

—Algo me dice que ese proyecto lo están llevando a cabo sin el consentimiento ni los fondos de la comisión. Quizá con aportaciones de millonarios, tráfico de reliquias... ¿Me equivoco? También deduzco que este no es el lugar elegido para la reconstrucción. En los planos de la estructura que había en su despacho, la altura de las columnas era de al menos el doble. También deduzco que James Fenimore, el paticorto del bastón paraguas, me contrató para encontrar esa nueva ubicación.

—Le aconsejo que no se fíe del hombre del bastón. De hecho, no lo necesita. Usa muchas caretas y muchos nombres. Aunque he de reconocer que acertó al contratarle. Y usted también acierta al suponer que este no es el lugar elegido para la versión mejorada de La Campana que se está construyendo. Y, en parte, ahora es viable gracias a usted y sus torres. Las grandes cantidades de energía que necesita son casi gratis ahora. Gracias las torres pudimos llevarlo a cabo sin los fondos y el control de la comisión.

—¿Dónde se está construyendo?

—Yo solo soy el diseñador. No dispongo de esa información.

—¿Por qué los nazis lo hicieron aquí, en Polonia? ¿Por qué USA ahora quiere desarrollarlo fuera de sus fronteras? Eso lo complica todo.

—Hay zonas del planeta con una inusual carga magnética. Eso lo sabían los antiguos y lo aprovecharon. ¿Acaso cree que la ubicación de estructuras como el Stonehenge, La Puerta de Hayu Marka o este Atrapamoscas donde nos encontramos se eligieron al azar? La Campana se nutre de electromagnetismo, electricidad y música. El electromagnetismo nos lo da el lugar, la electricidad usted y la música…

Se interrumpió y levantó la mano izquierda acariciando con el pulgar el botón.

—Creo que ya hemos charlado demasiado.

—¿Qué va a hacer? ¿Darle a ese botón y explotar como un terrorista?

—El botón solo acelerará el proceso. Los pájaros ya están en el aire y en cuanto pongamos un pie fuera del recinto caerán en picado sobre nosotros.

Blake miró hacia arriba, buscando algo.

—¿De verdad quiere dejarse matar? ¿No quiere ver La Campana en funcionamiento junto a Nadia?

—Por lo menos he cumplido mi parte. He aportado mi granito de arena.

—Hace un momento ha afirmado que todo esto es un fortín. Y entiendo que se refiere a un fortín subterráneo. Por la forma en que escruta el cielo diría que nos atacarán con drones como en Forest Hill. Todavía podemos esquivarlos.

—Jamás se rinde, ¿verdad? Ese edificio es una especie de museo que muestra una versión muy limitada de lo que aquí sucedió. En uno de los corredores hay una puerta de acero macizo con el emblema nazi que da acceso a los subterráneos. La esvástica es la cerradura. Solo hay que deshacerla. Si llega hasta ella quizá tenga una oportunidad.

—Llegaremos juntos. Todavía tiene que contarme qué hace exactamente esa maldita campana.

Terry dejó caer el pulsador del control remoto y salimos corriendo hacia el edificio. Al salir de la estructura circular pude escuchar el zumbido de los drones, como un enjambre de avispas que se cernía sobre nosotros. Distinguí al menos seis luces parpadeantes sobre nosotros. El edificio estaba a pocos metros, pero antes de alcanzarlo sentí como si me perforaran por detrás hombro y cuello y caí al suelo. Blake me ayudó a levantarme y me arrastró unos pasos, pero ante la amenaza de ver que se hacía estacionario uno de aquellos drones frente a nosotros, me abandonó. Sonó un disparo antes de que pudiese reaccionar. El dron cayó al suelo girando sobre sí mismo y fue Marga la que ahora tiró de mí hacia el edificio cubriéndonos con una chapa de uno de los vehículos como escudo. Alcanzamos nuestro refugio y entramos por la misma puerta que antes estaba cerrada. Di gracias porque Marga hubiese venido. Escuché los pasos de Terry perderse en la oscuridad delante nuestra. Marga activó la linterna del arma y lo seguimos. No tardamos en alcanzarlo. Le habían alcanzado en el muslo y cojeaba mucho. Marga le obligó a que se detuviera y le hizo un rápido torniquete con su cinturón. Seguimos avanzando guiados por Blake. A los pocos metros, a mano derecha, había una apertura que llevaba a un largo corredor débilmente iluminado y con pendiente descendiente. Pero no tardó en escucharse un zumbido a nuestras espaldas que allí dentro se hizo ensordecedor y aterrador. Los insectos mecánicos habían entrado. El túnel tenía varios pasillos y Blake nos indicó uno de ellos y él siguió un camino diferente al nuestro. Los siguientes minutos fueron un caos. Zumbidos, pasos y disparos. Aquellos malditos drones iban bien armados. Marga y yo corrimos como descosidos, como si hubiésemos pisado un panal y buscásemos un lago para saltar. Tomamos las siguientes bifurcaciones de forma aleatoria. Pero el zumbido siempre seguía cerca. Más disparos y un grito desgarrador. ¿Blake? Seguimos corriendo y aseguraría que algunos disparos pasaron silbando a mi alrededor. Finalmente encontramos el portón de acero con el emblema nazi grabado y de un tirón hice que Marga se detuviera. Ella empujó la puerta y, al comprobar que estaba cerrada, quiso continuar la huida, pero no me moví. Puse rectos los brazos de la cruz gamada y sonó un clic. Empujé con todas mis fuerzas la gruesa puerta de acero. Entramos. Al otro lado tenía un volante como los de las esclusas submarinas. Lo hicimos girar hasta que sonó un nuevo clic. Seguramente los brazos de la cruz estarían otra vez en su posición y el pestillo puesto. Apoyé la espalda contra el acero y traté de recuperar el aliento. La tenue luz reveló una pequeña estancia con unas estrechas escaleras de piedra que bajaban casi en vertical. Bajamos y continuamos por un angosto corredor en el que teníamos que ir encorvados. Yo me rozaba con los lados y en varias ocasiones sentí que solo mi hombro herido era el que chocaba contra todo obstáculo. El corredor desembocó en una sala amplia apenas iluminada por pilotos naranjas. Saqué el móvil, sin cobertura, y encendí la linterna para ayudar a Marga a inspeccionar el lugar. Con el cuello semiparalizado, intenté mirar hacia arriba. El techo era tan alto que no podía distinguirlo. Caminamos con cautela pegados a la pared hasta que acabamos volviendo al punto de partida. No había salida. Aquella sala era un gran octógono. Por las paredes corrían gruesos conductos y había bobinas y maquinaria que recordaba a la de una antigua central eléctrica. Tres paneles similares a generadores con una palanca central se repartían por la estancia en los vértices de un imaginario triángulo equilátero. Bajamos las tres palancas y la sala se iluminó. No había nada en el centro. El octógono, de unos cien metros de diámetro, estaba totalmente diáfano.

—Estamos atrapados —dijo Marga.

Me llevé la mano al hombro para levantar la vista y descubrí que los tubos y los conductos que había pegados a las paredes se elevaban unos cuatro o cinco metros y luego confluían en el centro desde todas las caras del octógono. Era como estar bajo los radios de una gran rueda de bicicleta. Enseguida me percaté de que tanto las medidas como la forma octogonal de la sala coincidían con la estructura que había en el exterior. Debíamos encontrarnos justo debajo del Atrapamoscas. En el interior de una especie de gran máquina que suministraba energía o algo similar a la parte superior. Seguramente la electricidad que había comentado Terry. Si mi teoría era cierta, debían estar conectados. Recordé la concavidad que había justo en el centro del Atrapamoscas exterior, donde acababa de charlar con Terry Blake.

Quizá por ahí le suministraban desde aquí abajo la energía que necesitaba La Campana.

—Quizá haya una salida.

Me pegué a una de las paredes y traté de trepar por el tubo que ascendía en vertical. Allí fui realmente consciente del dolor de hombro. La manga izquierda estaba ensangrentada. Marga me hizo parar y me ayudó a quitarme la camisa. Estudió la herida. Luego, sin pensárselo, usó sus dedos para introducirlas en mi carne y extraer un casquillo.

—Solo un proyectil te ha alcanzado de pleno, los otros apenas te han rozado. Has tenido suerte. Son de bajo calibre, poco más que perdigones.

Se puso a mi espalda e intentó curarme con determinación. Me hubiera gustado que me mimase en otras condiciones y, aunque sentí que nuestra relación nos separaba cada vez más, no pude evitar un latigazo sensual. Consiguió parar la hemorragia. Entre el grueso tubo y la pared había algo más de medio metro. Me encajé y apoyando la espalda en el tubo y los pies en la pared empecé a subir. Marga me empujaba de una forma no muy decorosa. Cada palmo era un suplicio. Alguna articulación en el cuello o el hombro heridos lo complicaba todavía más. Había uniones del conducto a corta distancia unas de otras con grandes arandelas metálicas que me permitieron sujetarme. Al subir unos cinco metros el tubo se doblaba hacia el centro. Tenía medio metro de diámetro y casi podría andar por encima. Marga subió sin ayuda con mucha más agilidad. Lo recorrimos a gatas hasta el centro, donde confluían los doce tubos. Allí se estrechaban y ascendían retorciéndose entre sí. Trepamos por ellos usando sus juntas como escalera. Uno de los peldaños se dobló y por poco acabé en el suelo. Otra vez la mano de Marga fue providencial. Arriba había una escotilla de tipo náutica y otro volante circular como el de la puerta nazi.

—¿Qué es este lugar?

—Creo que una especie de central eléctrica. Y apostaría diez a uno a que está conectada con el exterior por esta portilla.

Traté de hacerla girar con todas mis fuerzas, pero me fue imposible. Oxidada y atascada. El hombro me palpitaba con fuerza y volví a sangrar. Marga me ayudó, pero fuimos incapaces de moverla. Ella descendió hasta el escalón suelto que casi me hace caer y lo terminó de desencajar a patadas. Volvió a subir y lo usamos como palanca entre los radios de una manivela circular. Tiramos cada uno de un extremo hasta que cedió y empezó a girar abriendo la escotilla superior. Nos cayó encima una mezcla de lodo y hojas. Aun así, la salida seguía obstruida. Con el tubo fuimos golpeando y cavando el techo. Por fortuna la tierra estaba húmeda. Cuando abrimos un hueco suficiente, me alcé ese último metro y me asomé. Efectivamente, estaba en el centro de la estructura exterior. Antes de salir, escruté el cielo y los alrededores. No había nadie y tampoco rastro de los drones. Salí como un gusano hacia el centro de la red invisible. Ayudé a Marga para que saliera y corrimos al bosque como alma que lleva el diablo. Los árboles no es que nos ocultasen demasiado, era como un campo plantado de postes sin una sola hoja, pero si reaparecían los drones, entorpecerían mucho su persecución. Hice que Marga parase en un par de ocasiones para recuperar el aliento. Si llegaba a enterarse mi entrenador me ganaría una buena amonestación. Mi única defensa era el hombro y cuello heridos y la pérdida de sangre. Él diría que no era excusa suficiente y que tenía que ponerme en forma. Seguimos entre aquellos árboles esqueléticos hasta uno de los edificios en ruinas. Allí nos ocultamos.

24

VODKA SPIRYTUS

Lo primero que hizo Marga fue volver a quitarme la camisa para revisar mi herida, ignorando mi oposición. Me sangraba todo el hombro derecho. La herida era extensa y limpia, aunque en la parte más profunda me atravesaba el trapecio y llegaba al esternocleidomastoideo ECOM. Con todo, la mancha de sangre era más escandalosa que peligrosa. Rasgó un pañuelo de seda y usó una parte para limpiarla y otra como gasa consiguiendo detener la hemorragia. Eso me tranquilizó. Volví a vestirme. Hacía frío y ella se acurrucó junto a mí.

—Estás algo pálido. ¿Te encuentras bien?

—Solo es un rasguño.

—¿Ese era Terry Blake?

Asentí.

—A juzgar por los disparos y el grito de los túneles, creo que tenemos que añadir otro fiambre a la lista y otro sospechoso que se desvanece.

—No creo que fuese el asesino. Simplemente lo utilizaron.

—¿Para qué lo utilizaron?

—Solo son teorías de momento, pero creo que lo usaron para diseñar una estructura muy similar al Atrapamoscas.

—Lo he investigado y tanto su despacho de arquitectos como él mismo tienen mucho prestigio. Pero no comprendo qué utilidad puede tener esa estructura hueca.

—Yo tampoco. Aunque estoy convencido que si encontramos la réplica de esa estructura nos llevará al asesino del señor White.

Me interrogó con la mirada. Sin duda dedujo que no le estaba contando todo lo que sabía. Pero aceptó mi silencio, al menos por el momento.

—¿Está cerca?

—Lo más probable es que no esté en Polonia. Creo que la misión de Terry Blake era alejarme del verdadero objetivo y eliminarme.

—Dicho así parece que encontrarla es una misión imposible, pero sé que tienes algo en mente. Suéltalo.

—¿Cómo sigues con tu novio, el friki?

Marga me dio un empujón.

—Ya te he dicho que Brian no es mi novio. Y, si estás pensando en meterlo en esto, olvídate.

—Se trata de una estructura bastante singular. Si le enviases algunas imágenes y la localización en la que acabamos de estar… Solo tendrías que decirle que use sus dotes frikis para encontrar una idéntica, pero el doble de alta.

—¿En cualquier parte del mundo? ¿Hablas en serio?

—Tiene acceso a imágenes por satélite, drones y Google Earth. Usando un programa similar al de reconocimiento facial podría ser factible. Seguro que él sabrá cómo hacerlo.

—Lo que me pides no es viable. Además, empiezo a cansarme de ser tu secretaria.

—¿Qué perdemos por intentarlo? Si la encuentra, prometo entregarte al asesino del señor White.

—¿Lo prometes? ¿No te contrataron para eso?

—No exactamente. Me temo que su verdadero objetivo es encontrar el emplazamiento de dicha estructura. Así que ambos ganamos. ¿Te he fallado alguna vez?

Soltó una carcajada.

—Envíame esas fotos.

Eso hice. Las revisó en silencio.

—Las imágenes tienen muy poca definición y no están separadas por capas. En nada se parece a una cara. Dudo que se pueda hacer lo que pides. Las coincidencias pueden ser infinitas y el proceso muy lento.

—Solo envíaselas. ¿Qué otra cosa podemos hacer?

—Estoy en ello —dijo tecleando en el móvil a gran velocidad—, aunque lo veo una pérdida de tiempo. Todo sería más sencillo si encuentras la forma de acotar la búsqueda.

No se me ocurrió nada. No podía pensar con claridad. Empezaba a notarme débil, como si fuese a desmayarme. Estaba cansado, famélico y casi congelado. Buscamos el asentamiento más cercano en Google Maps. Por la zona no había nada más que pequeñas aldeas. La más cercana estaba a pocos minutos caminando.

Marga me ayudó a incorporarme y nos dirigimos a ella campo a través para no correr riesgos. Al llegar, tenía los zapatos embarrados y los pies húmedos. La aldea estaba compuesta por cuatro casonas y ni un alma en la calle. Milagrosamente, a la entrada del pueblo, descubrimos el escaparate de una especie de colmado de barrio, de esos en los que se encuentra cualquier cosa a cualquier hora, con productos desde brújulas a cosméticos. En la misma entrada había un maniquí vestido con abrigo de lana, pieles, gorro y botas de época de los cosacos de Rusia, empuñaba un rifle. Una señora de la misma edad y ropa que el maniquí, seguramente la dueña, leía una novela por encima de unas gruesas gafas tras una cortina de tubos de macarrón sobre escalones de piedra desiguales. Levantó la vista al vernos, pero no dijo nada. Yo, a pesar del frío, me quedé en la misma puerta, evitando delatarme y dejé que Marga entrara a pasear entre las estanterías.

Pedí un TransCab, allí tardaban casi veinte minutos en llegar al punto de recogida. Vi a Marga echando cosas en una cesta y discretamente le señalé un paquete de pañales y una botella que destacaba en la vitrina de las de graduación alcohólica: un Vodka Spirytus 96%. Allí eran gente dura. Antes de pagar con la huella de su nueva identidad para no delatar nuestra ubicación, se las arregló para salir a darme ambas cosas y a continuación volver e ir dejando el resto de la compra en la cinta que la dependienta pasaba casi sin dejar de leer.

Llegó el taxi, me senté en el asiento trasero y en la pantalla seleccioné envío de mercancía. Dejé los pañales y, mientras esperaba que el scanner validase la carga, me congestioné al oler el contenido de la botella. Seleccioné Praga, Chequia como destino, estaba a menos de tres horas y sería creíble como ruta de escape. Hice el abono con mi huella. Sin duda lo interceptarían antes de que el taxi terminara la carrera y eso nos daría algo de tiempo para ocultarnos. En esos momentos deberían estar rastreando los túneles y todo el perímetro en nuestra busca. Nosotros habíamos decidido alejarnos del pueblo, puesto que no pasaríamos inadvertidos.

Marga salió del providencial almacén cargada como si hubiese hecho la compra de Navidad, pero para mi sorpresa, mi favor y mi bochorno, me entregó las botas y el abrigo del ahora desnudo maniquí. Entre sus risas y mis objeciones, me ayudó a calzármelos y nos alejamos campo a través en paralelo a la carretera. Estaba oscureciendo y las temperaturas no paraban de caer. Nos colamos en el primer edificio en ruinas que encontramos. Se trataba de la casona de varias plantas que había visto desde el taxi y de la que quedaba poco más que la fachada frontal. Al inspeccionarla más de cerca, comprobamos que en la parte trasera quedaban en pie algunas estancias cerradas. Subimos hasta la segunda planta por una escalera que parecía sostenerse por arte de magia y buscamos un cuarto lo más protegido posible. Solo tenía una ventana y daba hacía el lado opuesto a la carretera. Me decidí a dar un buen trago de vodka para tratar de entrar en calor. Tuve que escupir una parte. Aquello era alcohol puro. Marga me lo recriminó con la mirada, pero le ofrecí la botella y acabó dándole un tiento también. Aguantó más que yo, pero acabó tosiendo y nos reímos. Miré a mi alrededor. Había varios palés y algunos bidones oxidados apilados en una esquina. Rompí algunas maderas a pisotones y las introdujimos en uno de los bidones. Marga le echó un chorro de vodka y le prendió fuego. Agradecí aquella fuente de luz y calor. Me acordé de los desalojados de sus casas en Minsk. Ellos seguro que darían buena cuenta del Vodka sin inmutarse. Nos acercamos al bidón y Marga me desvistió de cintura para arriba. El contacto de su piel calentaba más que la hoguera. Me limpió la herida con un buen chorro de alcohol. Me costó reprimir el grito. Repitió tres veces la desinfección y luego le dio un trago antes de hacerme un buen vendaje con las gasas y que remató con cinta americana de la tienda. Me ayudó a ponerme una camiseta térmica limpia antes de volverme a poner el abrigo cosaco. Me quité las botas y coloqué los pies rozando el bidón ardiendo. Marga sacó algo de comida y la acompañé con algún que otro sorbo de aquel veneno. El plan era pasar la noche sin dejar que el fuego se apagase, de lo contrario no volveríamos a despertar. Así que preparamos varios montones de leña. Marga revisó su teléfono y al rato me lo pasó. Había una respuesta del informático del departamento de policía.

—Sabes que haría lo que fuera por ti, pero si no concretas el radio de búsqueda es imposible hacer lo que me pides. El mundo es muy grande, ¿lo sabes, no? Y por eso agradezco al destino que haya querido que trabajemos juntos. Una cara sonriente y una cara con un beso.

—¿Haría lo que fuera por ti? ¿Qué has hecho tú por él? Y esa carita sonriente y la carita con el beso… ¿en serio te va eso? ¿Estamos de nuevo en el instituto?

He de reconocer que estaba un poco molesto con ese mensaje y nos solo porque tenía razón y era necesario acotar la búsqueda. Lo que más me dolió era el tono de complicidad que parecía haber entre ellos. ¿De verdad iban en serio?

Marga no se enfadó, se acuclilló frente a mí y me atravesó con la mirada.

—Necesitamos acotar la búsqueda. Piensa, Halcón.

Tenían razón. Necesitaba acotar la posible localización del nuevo Atrapamoscas, pero no sabía por dónde empezar.

—¿Qué te ha dicho Terry dentro del Atrapamoscas?

—Le pregunté directamente por la ubicación, pero me dijo que la desconocía. Y creo no mentía.

Apoyó las manos en mis muslos.

—¿Qué más dijo?

—Explicó que para hacer posible el nuevo proyecto se necesitaba grandes dosis de electricidad, que la consiguieron gracias a la transferencia inalámbrica y al bajo coste actual gracias a la red de Torres Tesla.

—Esto no ayuda. La red de torres cubre casi la totalidad del planeta. ¿Qué más te dijo?

—Dijo que estaría en un lugar con poder electromagnético, donde los antiguos construían templos y enigmáticas construcciones.

—Esto podría servir —afirmó con ánimo—. Hay ciertos lugares en el mundo famosos por su poder. Como el Stonehenge o las Pirámides de Guiza.

—Pero también puede ser un arma de doble filo, porque lugares como la Puerta de los Dioses o el Atrapamoscas son totalmente desconocidos, al menos para mí.

—¿La Puerta de los Dioses?

—Es una larga historia… También dijo que necesitaba música. Dame un segundo…

En efecto, afirmó que para que el artefacto con forma de campana pudiese funcionar necesitaba de música. Pero en esta última apreciación Terry se interrumpió y no terminó de explicarlo. ¿Por qué lo haría? Quizá para proteger a Nadia. ¿Y si la música que necesitaba era lo que estaba grabando Nadia, su amante, en Perú? ¿Y si aquellos discos no eran para abrir la Puerta de Hayu Marka sino el combustible necesario para La Campana? Eso hizo que me acordase de José Flores. Cambié la tarjeta del móvil para ver si tenía algún mensaje suyo. Había tres llamadas perdidas de hacía poco más de una hora. Lo llamé varias veces, pero no me lo cogió. No me gustó.

—¿A quién llamas?

—A un buen amigo de Perú. Quizá él pueda ayudarnos.

Marga se encogió de hombros, sacó unos frutos secos y recargó el bidón con madera. Estaba acostumbrada a mi forma de investigar y me dejó hacer. Seguí llamando a José cada diez minutos hasta que un par de horas después me contestó.

—¡Patrón, qué alegría oírle! No me contestó las llamadas, pero *Ni mitz yolmajtok.*

—No te llego a entender, José…

—Decía que sabía que estaba bien porque mi corazón te siente, patrón. Disculpe que no le haya respondido antes, pero los había perdido y no podía contestar.

—¿A quién ha perdido?

—A los transportistas.

—¿Qué quiere decir?

—Una furgoneta de UPS se presentó en el asentamiento de las caravanas y cargaron algunas cajas. Luego pusieron rumbo a Bolivia y tuve algunos problemas en la frontera.

—¿Los tiene?

—Sí, estoy frente a un almacén de la compañía de transportes en La Paz. La furgoneta está dentro y todavía no la han descargado. Yo diría que esto es una escala y no su destino final. Si tuviese que apostar diría que mañana las llevarán a El Alto.

—¿El Alto?

—El aeropuerto, patrón. Está a pocos minutos y el principal negocio de UPS es gestionar envíos internacionales.

—Gran trabajo, José. Si está en lo cierto necesitamos el nombre de la compañía aérea en la que viajarán esas cajas y la hora de entrega, ¿podrá hacerlo?

—Cuente con ello. Le llamo en cuanto lo descubra.

—Tenga cuidado. Esos tipos son peligrosos.

—Descuide, patrón. Una última cosa… El extraño amigo suyo de la coleta entró en una de las caravanas del recinto de la discográfica, pero no ha salido. Me da mala espina.

—No se preocupe por él.

Lo teníamos. Aquellas cajas solo podían contener los discos. Si podíamos seguirlas, y mi teoría del combustible era cierta, nos llevarían hasta el nuevo emplazamiento secreto de La Campana.

Marga también recibió una llamada. Cuando terminó se acercó a mí impaciente.

—Dime que tienes algo más, Halcón. El caso ha saltado a la prensa y necesitan un culpable. Hay presiones del Ministerio. Los hermanos McCaw no avanzan y el jefe está desesperado. Necesito darle algo ahora que confía en mí.

—¿Era él, Marvin Randle?

Marga asintió.

—No quiero ni pensar lo que haría si descubriera que estoy aquí, contigo.

—Sí que le has causado buena impresión. No te preocupes. Hay cambio de planes. Solo tendremos que seguir un paquete.

—¿Qué paquete?

—Espero poder decírtelo en breve, pero tienes que confiar en mí. Esta nueva misión tengo que hacerla solo.

—¿Por qué no puedo acompañarte?

—No deben vernos juntos. No sé cuánto tiempo me llevará y te necesito en el departamento.

—Lo cierto es que Marvin también me ha llamado para exigirme que volviera de inmediato. Está muy alterado. Así que tú ganas.

—Lo que sí voy a necesitar es una identidad nueva para mi huella.

—Eso es ilegal y lo sabes.

—A ti te han asignado una… Lo sé, ya no estoy en el departamento. Me conformo con una que tenga validez de un solo día. Sabes que no te lo pediría si no fuese imprescindible.

—Para eso necesito la aprobación del jefe Randle y este necesita el visto bueno de un juez. Es un proceso complejo y no hay nada que presentar.

—Dile al jefe que es vital para resolver el caso. Si está tan desesperado como dices, se verá obligado a ayudarte… Aprovéchalo. Si Randle no colabora, quizá pueda ayudarte tu novio friki.

—No pienso hacer nada ilegal. ¿Para cuándo lo necesitas?

—Para mañana a primera hora. Tengo que tomar un vuelo sin ser descubierto.

—Eso es imposible, eres un maldito…

Como se puede escuchar en la grabación, Marga se pasó un buen rato despotricando antes de usar de nuevo su teléfono.

—Gracias, compañera —susurré.

Comí algo más sólido y bebí mucha agua mientras Marga se paseaba por la estancia pegada al teléfono. Casi podía escuchar los gritos del jefe al otro lado de la línea. Me puse dos pares de calcetines y eché un buen puñado de madera. Necesitaba descansar un poco. Puse la alarma cada hora para controlar el fuego y despertarme temprano. Marga hizo varias llamadas más. Me costaba mantener los ojos abiertos. Finalmente se sentó a mi lado.

—¿Cómo ha ido?

Apoyó la cabeza en mi hombro.

—Espero que sepas lo que haces —susurró.

25

LA SOLITARIA

Me desperté cuando empezaba a clarear. El fuego estaba alto y comprobé en el móvil que Marga había quitado las alarmas para dejarme descansar. Ella estaba levantada. Tenía el cuerpo dolorido y entumecido. El suelo no era especialmente cómodo. Me puse de nuevo las botas y Marga me cambió la venda del hombro. Había dejado de sangrar y podía moverlo con cuidado, aunque tenía dificultad para mover el cuello.

—Ya tienes la nueva identidad. El jefe Randle ha sido muy claro, si esto no da resultado, el mes que viene vuelvo a patrullar las calles.

—¿Qué haría sin ti?

Sonreí. Marga lo había conseguido en un tiempo récord. Sí que debían de estar desesperados por avanzar en el caso. Pedimos un taxi y marcó un tiempo aproximado de llegada de diecisiete minutos. Marga me ayudó a forrar la gabardina para disimular la sangre. Me embadurné la cara con crema para evitar el reconocimiento facial y luego le pasé el frasco a Marga. Lo estudió.

—¿Ahora somos delincuentes? —preguntó.

—Debemos extremar las precauciones porque sin duda nos estarán buscando y los aeropuertos siempre son los lugares más vigilados.

Se puso la crema. Cuando llegó el taxi, seleccioné el Aeropuerto de Cracovia-Juan Pablo II. Estaba una hora más lejos que el aeropuerto de Breslavia, pero este último era demasiado arriesgado. Además, había tiempo de sobra porque en la tarjeta de José no había novedades y todavía no tenía un destino. Al pagar con la nueva huella, el altavoz me dio la bienvenida como señor Logan Lean. Marga sonrió y me guiñó un ojo. Ella se identificó y nos pusimos en marcha. Ahora éramos Logan y Elisabeth. Dejé puesta en el móvil la tarjeta de José Flores. Seguro que el servicial compadre habría pasado la noche en su viejo coche frente a los almacenes de UPS lejos de su familia. Le debía mucho a aquel hombre sencillo y fiel. De camino al aeropuerto hicimos una parada para comprar algo de ropa y unas gafas de vista sin graduar. Un cambio de *look* podría ayudar. Marga se limitó a reírse de mí mientras me la probaba. Volví a pagar sin problema con la nueva identidad. Las huellas de infiltración siempre llevan asociadas un buen puñado de créditos. Volvimos al taxi y Marga no tardó en dormirse. Había pasado toda la noche velándome y cuidando de la hoguera. Yo me acomodé y entorné los ojos. Di alguna que otra cabezada en las casi tres horas de viaje. Aquel asiento y la calefacción eran mucho más acogedores que el suelo del edificio abandonado. Al llegar, seguía sin noticias de José. Evitamos entrar al aeropuerto hasta tener un destino claro. Podría haber gente al acecho. Entramos en una cafetería que había en los aledaños y pedimos un zumo, algo de fruta y una tostada.

—¿Qué hacemos aquí, Halcón? —preguntó Marga, preocupada.

Lo comprendía. Se estaba jugando mucho.

—Espero una llamada.

—¿Y si esa llamada nunca llega? No tienes ni idea de dónde ir, ¿verdad?

—Llegará.

—¿No piensas darme más detalles?

—Solo te pido que confíes en mí una última vez.

Marga se pidió un té y yo un café tras otro, que acabaron por estropear la sana comida. Empezaba a desesperarme. A partir del cuarto café le añadí un chorro.

Por fin sonó el teléfono.

—Hola, patrón. Acabo de salir del aeropuerto El Alto. Han facturado dos cajas de un metro por un metro y poco peso con *SA Airwais* a las dos de la tarde. Mis disculpas, me ha sido imposible averiguar nada más.

—Es más que suficiente. Mil gracias, José. Vuelve con tu familia y olvídate de este asunto para siempre.

—Gracias, patrón. Mi mujer preguntó si le gustó la coca.

—Estaba exquisita, como siempre. Dale las gracias de mi parte.

—El abuelo también quiere agradecerle que le dejase el violín.

—Me ayudó más de lo que se imagina. Ahora rompe esta tarjeta. Es peligroso.

—Eso haré, patrón. Cuídese.

Marga me atravesó con la mirada.

—Lo tengo —dije con satisfacción—. Aeropuerto de La Paz, Bolivia. Dos cajas de un metro por un metro y poco peso facturadas a las 14:00 en *SA Airwais*. El destino de esas cajas es el mío.

—¿Eso es todo?

—Es tu turno, Marga. Seguro que el departamento tiene algún contacto en Bolivia. O quizá se pueda usar el protocolo terrorista.

—Un paquete no es una persona.

—Pero sí puede ser una bomba. La idea es buscar la forma de llegar antes que la mercancía a su destino.

Marga cogió el móvil.

—Repíteme el nombre de la aerolínea.

—*SA Airwais.*

—No conozco la aerolínea. Dame unos segundos. Quizá no sea tan complicado.

La observé teclear.

—Es una línea africana internacional especializada en transporte de mercancías. Solo vuela a cuatro destinos desde La Paz. Tres de ellos durante los próximos tres días.

—¿Los tienes?

—Arizona, Estados Unidos. Dos zonas de Arabia Saudí y tres de Europa. La comisión trabaja en lugares fuera de USA, así que vamos a descartar Arizona.

—¿Qué vuelo sale primero de los otros dos? —pregunté.

—Arabia Saudí sale hoy mismo.

—Centrémonos entonces en Arabia Saudí. Tú habla con el friki para buscar la estructura en una zona alejada de las ciudades y yo intentaré otra cosa que podría estrechar todavía más el cerco.

—De acuerdo —dijo Marga, más animada—. Si descartamos las cuatro ciudades principales de Arabia Saudí, el resto es desierto. Quizá tengamos una oportunidad.

—Vamos a ello.

Marga se levantó para llamar. Le gustaba moverse mientras hablaba. Yo pasé los siguientes treinta minutos buceando en el móvil. Terry Blake insinuó que La Campana debía construirse en lugares con alto poder magnético. Así que busqué lugares en el planeta a los que se les atribuyese esas propiedades con la intención de centrarme en los que pudieran encontrarse en Arabia Saudí. Encontré un curioso artículo que relacionaba todos estos lugares magnéticos afirmando que las estructuras construidas sobre ellos podrían ser puertas estelares que los conectaban entre sí y, quizá, con otros puntos del Universo. Como agujeros de gusano. El artículo, para tratar de dar cierta credibilidad a sus hipótesis, referenciaba a otro de la NASA: «Son lugares donde el campo magnético de la Tierra se conecta con el campo magnético del Sol, creando un camino ininterrumpido que va desde nuestro propio Planeta a la atmósfera del Sol de 93 millones de millas de distancia.» También referenciaba a un artículo del CERN, donde se alojaba el acelerador de partículas más grande del mundo, afirmaba que mediante algunas colisiones de partículas se podrían haber generado microportales entre dimensiones y lo querían confirmar con el nuevo ILC de Japón.

Obviamente no le di ninguna credibilidad, pero podría servirme. Entre esos supuestos portales repartidos por el mundo estaba la puerta de Hayu Marka o Puerta de los Dioses de Perú. Así que lo leí con atención mientras tomaba un carajillo. El artículo, sin ninguna base científica, teorizaba sobre que podían estar conectados entre ellos o con otras dimensiones. Nombraba la puerta de Plutón, ubicada en Pamukkale, en el suroeste de Turquía. En el pasado se creía que conducía a otro mundo. El Templo de las Tres Ventanas, en Machu Picchu, Perú. Un lugar ligado al origen del Imperio incaico. Se cree que los hermanos Ayar, fundadores del Imperio incaico, ingresaron por tres ventanas similares en las montañas. Hacía referencia también al Gran Monumento Eskişehir, en la ciudad de Midas, Turquía, y a la Hasanbey Rock Kapilikaya, tumba o puerta estelar cortada dentro de la roca, también en Turquía. También estaba La Puerta de Mher en Armenia. Una supuesta puerta estelar sumeria. Y, finalmente, el que me interesaba. El Almaden Saleh en Arabia Saudí. Con un solo vistazo a las imágenes fue suficiente para saber que había dado en el clavo. Las similitudes de aquel lugar con la Puerta de Hayu Marka en Perú eran asombrosas. Hasta el propio artículo la comparaba con ella diciendo que mostraban notables y fascinantes similitudes. Lo cierto es que ambos 'portales' eran grandes puertas talladas en gigantescos pedazos de roca que no llevaban a ningún sitio. Además, se mencionaba que este último emplazamiento poseía imágenes de dioses solares y celestes con muchos nichos y altares, con especial simbología de Dushara, el Dios solar. Demasiadas coincidencias para ser una casualidad. Al parecer había varios portales esculpidos en grandes rocas de arenisca en medio del desierto de Arabia Saudí que marcaban un tipo de transición a otros planos existenciales. La imagen más icónica de Almaden Saleh es la de Qasr al-Farid, La Solitaria, un mausoleo tallado en un domo de arenisca solitario. Y ese era justo el que más se parecía a la Puerta de los Dioses de Perú.

Cuando levanté la vista del móvil me topé con los ojos de Marga.

—Es Arabia Saudí —afirmé.

—¿Seguro?

—Al cien por cien.

—En Arabia Saudí ya no somos bienvenidos. Desde la histórica caída de la demanda de petróleo nuestros acuerdos comerciales han saltado por los aires. En el momento que dejamos de considerarlo socio estratégico dejamos de ser tan buenos amigos. Además, les volvimos la espalda cuando nos pidieron ayuda por las masivas migraciones climáticas.

—No les culpo. Comprendo que no seamos bienvenidos después de dejar morir a cientos de miles de refugiados. En vez de ayudar lo que hicimos fue reforzar las murallas.

—¿Has descubierto el lugar?

—En las ruinas de Almaden Saleh.

Marga lo ubicó en su móvil.

—Maldita sea, Halcón. Eso se encuentra al norte de la ciudad santa de Medina y allí no hay más que arena. La pandemia, la falta de agua y la escasez de dinero provocaron que abandonasen aquel territorio a su suerte y ganó el desierto. Todas las ciudades al norte de Medina han sufrido un brusco proceso de desertización y despoblación. Allí no queda nada más que ciudades fantasmas.

—Solo ayúdame a llegar. Ya me las arreglaré.

—A ver… el aeropuerto más cercano sería el de Medina. Pero no es factible. El país no otorga visados turísticos y no permite el paso a no musulmanes por las ciudades santas, como Medina. Lo más sensato sería volar hasta El KAIA - Aeropuerto Internacional Rey Abdulaziz, que es una instalación aérea ubicada al norte de Yeda. Yeda se encuentra muy cerca de la ciudad islámica de la Meca y el aeropuerto tiene un fin muy claro: la terminal Hajj fue especialmente construida para atender a los peregrinos extranjeros con destino a la Meca.

»Así que debes hacerte pasar por un peregrino que quiere tomar parte de los rituales asociados al Hajj anual. Una vez allí, en el mismo aeropuerto, hay una estación de AVE, un tren de alta velocidad que la conecta con Medina en unas dos horas. Te será más sencillo así. Luego quedarían unos trescientos kilómetros hasta las ruinas.

—¿Cómo sabes tanto de Arabia Saudí?

—Es una larga historia… Quizá en algún momento los dos tengamos tiempo de ponernos al día.

Me devolvió el golpe.

—Dame un segundo más —dijo Marga—, porque llegar a las ruinas no será sencillo. A ver qué se puede hacer.

Esperé observando cómo trabajaba. Era eficiente, además de hermosa. Habló sin levantar la cabeza.

—En 2008, la Unesco proclamó a Mada'in Saleh 'Patrimonio de la Humanidad', convirtiéndose en el primer lugar de Arabia Saudí en conseguirlo. Por desgracia lleva años sin que se pueda visitar. Hasta hoy, un grupo de arqueólogos franceses dirigen las excavaciones. Lo único que se me ocurre es solicitar que te añadan como colaborador en tu nueva identidad e incluir un permiso de la Comisión Saudí para el Turismo y las Antigüedades.

—Eso sería fantástico.

—Con eso debería bastar, pero ¿estás seguro? Tu identidad te permitirá entrar en Arabia Saudí, pero caduca en 24 horas y allí no se permiten los viajes de ida y vuelta. La estancia mínima es de un mes y sin garantías de conseguir un visado de vuelta. Hay interminables peticiones en espera. Muchas de ellas de ciudadanos estadounidenses. Lo sabes, ¿verdad?

—Algo se nos ocurrirá.

—¿Y cómo piensas llegar hasta las ruinas cuando estés en Medina? Allí no hay vehículos privados y los taxis solo pueden transitar por las carreteras que unen las cinco grandes ciudades sagradas que siguen en pie. El resto es desierto y los que viven en él son una mezcla entre guerrilleros, bandoleros y piratas de arena que viven asaltando los convoyes que circulan por las carreteras radiales. Dudo que las carreteras antiguas sean transitables y la mayoría están prohibidas a los no musulmanes.

—Lo sé. Durante estos dos años he visto muchos documentales del canal historia —dije, tratando de sacar un poco de pecho—. No te preocupes por mí. Añade a mi ficha lo que me has comentado y del resto me encargo yo. Te avisaré en cuanto tenga algo.

Comprobamos que los dos vuelos que llegaban más rápido a Yeda tenían una escala. Una era en Dubai y la otra en el CDG de París. Me decanté por la segunda opción para evitar problemas. Además, prefería Air France que Emirates. Hice la reserva y nos pusimos más crema antirreconocimiento. Seríamos un par de fantasmas ante las cámaras. Antes de levantarnos, Marga apoyó sus manos sobre mis antebrazos.

—Halcón, te he visto escapar de la muerte mil veces, pero no puedes creer que siempre vas a poder hacerlo. Acudiste a la telaraña del Atrapamoscas sabiendo que era una trampa y, no contento con haber salido vivo por pura chiripa, ahora te vas de cabeza a un destino imposible y sin billete de vuelta. Es casi un suicidio. No creas que jugar a la ruleta rusa...

—Esto se nos escapa de las manos. Piensa en lo que está apostando el jefe Randle y lo que estás arriesgando tú misma. Creo que lo que hay en juego es más grande que la utilidad de una vida simple y desordenada.

—Ese es tu infierno, Halcón. Desprecias tanto la vida como la muerte y necesitas encontrar conspiraciones planetarias... Deberías valorar lo que tienes en vez de estar siempre insatisfecho, siempre en contra y siempre solo. Deberías valorar, si no la de los que te rodean, al menos tu vida. Saltas al vacío como si no tuvieses otra elección.

—No puedo esquivar mi destino. Quizá este sea el mejor camino que puedo tomar.

—Ahora subirás a ese avión y diluirás tus locuras con la efímera compañía de una copa de alcohol. Mañana volverás a lanzarte sin paracaídas a cualquier abismo.

—Vamos, Marga, dame algo de margen... Pronto...

—Me gustaría esperarte en Clifton, pero no voy a volver a hacerlo porque ya he entendido que eso va en contra de mi razón y de la tuya. Te deseo toda la suerte que puedas necesitar. Adiós, Halcón.

Marga cambió la tarjeta de su móvil y se puso en pie. Ni el grueso polar ni las botas de trekking pudieron ocultar el vuelo de su fantástica silueta perdiéndose entre la gente. Me pesó más su separación que sus palabras, a las que no quise dar significado. Me las arreglé para enviarle un *whatsapp* antes de perder la cobertura, sabía que no lo leería hasta más tarde porque había cambiado la tarjeta. Era posible que no lo leyera nunca.

En esta ocasión, entré con tiempo al aeropuerto. No era un vuelo común y podría haber algún trámite adicional. No me equivoqué. Tuve que pasar una exhaustiva revisión y rellenar un cuestionario de intenciones. Seguí el consejo de Marga y me presenté como un peregrino a la Meca, con seguridad era lo más habitual. Mi nueva identidad me permitió tomar el vuelo sin mayores contratiempos. En el trayecto hasta París dormí como un bebé. Nada de bebida ni de trabajo ni de diario. Lo necesitaba. El hombro había mejorado y casi lo podía mover con normalidad. Lo único que me incomodaba un poco eran ligeras molestias y pinchazos esporádicos.

Desde París embarqué hacia Yeda, Arabia Saudí, tras un control rutinario y cuarenta minutos de espera que aproveché para reservar el billete de AVE a Medina. El vuelo se me hizo algo pesado, pero tranquilo en general. La llegada fue algo más compleja. Me hicieron esperar junto a cinco viajeros y, luego, a mí me retuvieron todavía un poco más. La razón era evidente: no ser musulmanes. El control de pasaportes funcionó, pero luego tuve que pasar un tedioso y repetitivo interrogatorio. No se escucha porque me obligaron a quitarme las gafas. El agente de aduanas se puso muy pesado, supongo que no me vio cara de peregrino. Me ahorraré los detalles porque no son relevantes para la investigación. Cuando, por fin, me dejaron pasar, fui corriendo hasta la estación, pues el tren partía en menos de media hora. Llegué a tiempo. Era moderno, rápido y mi plaza era espaciosa con dos butacas enfrentadas y una mesita central. Todo un lujo. Tomé algo y disfruté del paisaje. Desde el aeropuerto hasta la primera escala en King Abdullah Economic City se veía la costa a la izquierda y las áreas urbanas que atravesamos eran modernas y cuidadas. Sin embargo, en el siguiente tramo del trayecto nos introdujimos hacia el interior y la costa desapareció. Al otro lado de la ventana no había más que kilómetros y kilómetros de montañas áridas y desierto. Poco antes de alcanzar Medina recibí un mensaje de Marga.

«Baja en la estación previa a Medina centro. En la salida Norte habrá alguien esperándote. Recuerda presentarte como arqueólogo y conservador de antigüedades».

No decía nada más. Había vuelto a cumplir su parte. Cuánto le debía a aquella atractiva, valiente y eficiente mujer.

Bajé en las afueras de Medina y en la misma estación me compré un turbante, un soporte para convertir las gafas en gafas de sol, unos prismáticos y un chal que me caía hasta los tobillos. Sabía que era imposible hacerme pasar por musulmán, pero tampoco quería dar mucho el cante al dirigirme al mismo desierto vestido de calle. Me dirigí a la salida indicada por Marga. Muy poco transitada. Había un hombre alto y fornido apoyado en la pared que debía ser mi enlace. Cruzamos las miradas un instante y se puso a andar. Lo seguí hasta un taxi.

—Bienvenido a Medina. Yo soy Alexander Kristof.

Tenía un fuerte acento europeo.

—Logan Lean. Le agradezco su ayuda.

Inclinó la cabeza y guardó silencio. Al cabo de cinco minutos paramos frente a una gran nave en una zona industrial. En el interior había cinco hombres que cargaban un camión.

—Aguarde un momento.

Kristof desapareció por una puerta lateral y no regresó hasta que terminaron de cargar. Abrió la puerta del copiloto y subimos delante. Había dos asientos libres y el tercero ocupado por un chofer con cara de pocos amigos. Un gruñido fue su saludo. Nos pusimos en marcha y, a los pocos minutos, dos vehículos militares nos salieron al paso. Nadie se inmutó. Uno se puso delante y otro detrás. Debía ser nuestra escolta.

—¿Adónde se dirige? —preguntó Kristof. No era un hombre de muchas palabras.

—A las ruinas de Mada'in Saleh. Colaboro con el equipo francés en la restauración.

—¿Los franceses?

—Así es.

Dudo que me creyera.

—¿Y va con las manos vacías? Ni siquiera algo de agua.

No supe qué responder. Alargó la mano a la parte trasera y me puso una mochila encima de las piernas. La abrí. Contenía un líquido de color naranja, dátiles y una gorra. Lo agradecí con un asentimiento. Luego señalé al vehículo militar que iba delante.

—¿Toda esta escolta es necesaria?

—La ayuda que transportamos al campo de refugiados de Jordania es muy golosa para los badawi, casi necesaria.

—¿Badawi?

—Son moradores del desierto. La gente no migró en busca de una vida mejor sino para sobrevivir. Los que se quedaron eran en su mayoría pastores pobres sin capacidad económica ni cultural. Cuando desactivaron las desaladoras y los pozos se secaron se quedaron sin agua y sin sustento. Hoy se han convertido en bandoleros a la fuerza. Gente cuya única manera de subsistir es el pillaje. Es su forma de vida.

Las carreteras estaban cubiertas de arena y salpicadas de socavones. El conductor se la debía conocer de memoria porque en muchos tramos no se distinguía del resto del desierto que nos rodeaba. En otros simplemente seguíamos algunos surcos. Marga tenía razón, un vehículo normal no podría circular por allí. De ahí las grandes ruedas. Pegué la cara a la ventanilla y contemplé el desolador paisaje. Arena, esqueletos de animales y algún que otro asentamiento abandonado y devorado por el desierto. ¿Dónde me estaba metiendo? De repente, varios vehículos similares a *boogies* salieron de la nada y cayeron sobre nosotros. Le di un codazo a Kristof.

—No se preocupe. Suele ocurrir

Nos detuvimos. El conductor salió del camión y descargó parte de la carga. Los asaltantes permanecieron en sus vehículos guardando las distancias.

—Es el peaje que hay que pagar por atravesar su territorio. Como le he dicho, lo necesitan para vivir. Algo así como los hombres felices de Robin Hood en *Sherwood*.

El conductor subió y arrancó de nuevo. Seguimos sin más contratiempos ni conversación. Unos noventa minutos después nos detuvimos de nuevo.

—No tenemos permiso para ir más al este. Si nos descubriesen, nos detendrían y se acabaría nuestro visado. Además, no conocemos el terreno y las posibilidades de encallar son muy elevadas. No sé qué pretende hacer allí, pero está solo. Le aseguro que no hay franceses allí. Si los bandidos o las autoridades sauditas dan con usted, de poco le servirá su huella digital. ¿Está seguro de querer bajar?

Asentí. El europeo se encogió de hombros.

—Siga el sol y en pocos minutos llegará a Mada'in Saleh.

—No se preocupe por mí. Gracias por los víveres y por traerme hasta aquí.

Bajé en medio de una inmensa llanura de arena anaranjada. No había donde cubrirse y el sol caía inmisericorde sobre mí. Me puse el turbante, la gorra y la visera de las gafas. Mis pies se hundían hasta los tobillos a cada paso. Seguí la caída del sol y en pocos minutos empezaron a aparecer los primeros pedruscos sobre la arena. Enormes domos aislados con extrañas formas que salían de la nada y salpicaban la llanura. Encontré cierta similitud con el paisaje de rocas con formas de animales petrificados que rodeaba la Puerta de Hayu Marka en Perú. De hecho, uno de aquellos enormes bloques de arenisca tenía forma de elefante. Al menos a mí me lo pareció. Se levantó algo de brisa y lo agradecí.

Había leído que las ruinas constaban de ciento treinta y un portales esculpidos en grandes rocas desperdigados en un área de trece kilómetros.

En esas condiciones no iba a ser sencillo dar con lo que buscaba. Empecé a preocuparme. El convoy no regresaría hasta dentro de cuatro días. Si no encontraba la estructura que buscaba y la supuesta base secreta con gente trabajando en La Campana podía darme por muerto. A cada paso, aquella arena interminable enterraba mis ánimos un poco más. El calor y el cansancio empezaban a someterme cuando encontré huellas de vehículos. Enormes surcos quebraban una carretera en aquel uniforme desierto. Debían ser recientes porque aquella misma brisa las estaba ocultando. No estaba solo allí y recuperé los ánimos. Avancé entre enormes moles de piedra, algunas de ellas con grandes portales grabados con inscripciones. Pero de momento no aparecía la que buscaba. Seguí las huellas durante más de una hora hasta que apareció delante de mí un gran peñasco solitario. Usé los prismáticos para comprobar que aquello era mi objetivo. Daba la impresión de que alguien hubiese seccionado aquel gran bloque de arenisca por la mitad y en el corte de la pared hubiesen tallado una gigantesca puerta en la roca que no podía llevar a ningún sitio, pues el bloque terminaba y por detrás solo había desierto. Aceleré mis pasos hacia él. Me detuve en seco cuando a pocos metros de mí divise lo que parecía el esqueleto de un camello. Me puso en alerta. Me había salido de las huellas de la carretera, que habían doblado a la derecha unos metros atrás. Enfoqué los prismáticos. Sin duda aquel enorme domo era lo que llamaban *Qasr el-Farid* o 'La solitaria'. La puerta tendría unos quince o veinte metros de altura y en lo más alto había unos escalones orientados desembocando al vacío, con dos cornisas apoyadas sobre cuatro columnas. Abajo, en el centro, estaba la puerta esotérica que supuestamente llevaba a la supuesta tumba. Digo supuesta porque en el artículo se afirmaba que nunca se encontraron los cadáveres. Esta subpuerta a una altura humana era muy similar a la de la Puerta de los Dioses de Perú.

Escruté los laterales. Si trazaba una línea imaginaria perpendicular a mi trayectoria, se podían divisar bastantes huesos de animales más pequeños al otro lado. Ratones, hienas, gatos o ganado. Uno pertenecía a una especie de cabra relativamente reciente y con numerosas marcas de perforaciones en la barriga, como de balines. ¿Otra vez drones? Miré hacia arriba, pero no conseguí distinguir nada entre la cegadora luz del sol. Las huellas de los camiones corrían paralelas evitando entrar a ese cementerio de animales y yo tampoco iba a hacerlo. Miré a mi alrededor y a mi espalda distinguí humo. Agucé los sentidos y creí escuchar sobre el viento lo que podría ser ruido de motores. Retrocedí unos pasos y, echando mano de mis últimas energías, seguí a ritmo acelerado los surcos de los camiones hasta unas formaciones rocosas que había al este. Allí la roca estaba perforada por varios sitios, como un gran queso emmental. Muchas de esas perforaciones eran simples orificios en bruto en la roca, pero otras estaban adornadas con puertas flanqueadas por columnas y decoraciones grabadas en la parte superior. Abandoné las huellas y me refugié en una de esas oquedades. Usé los prismáticos para escrutar la polvareda que se acercaba. Podrían ser más camiones, pero todavía estaban lejos. La cueva no tenía salida y probé con otras hasta descubrir que algunas estaban conectadas e incluso ascendían a diferentes alturas. Era como si millones de ratones hubiesen roído varios corredores en su interior. Estudié desde varias perspectivas la roca solitaria que era mi objetivo. Había algunos andamios adheridos a la parte trasera, como si la estuviesen reconstruyendo. Aunque visto con más perspectiva, ese añadido parecía un enorme depósito de agua de casi la misma altura que la roca. Un cilindro de unos veinte metros de alto.

Bebí agua y tomé algunos dátiles mientras esperaba a que llegasen los camiones. Empezaba a oscurecer y el viento cada vez silbaba más fuerte. De pronto, avisté a un grupo de hienas, la más audaz se acercaba a la cabra muerta. La seguí con los prismáticos. Poco después de rebasar la línea delimitada por las huellas de los camiones se escuchó un zumbido. La mantenía en mi objetivo y vi cómo dos drones cayeron sobre ella y la acribillaron sin piedad. El resto huyeron despavoridas. Los drones volvieron a elevarse y pude seguir uno de ellos hasta verlo estabilizarse a mucha altura. Conseguí distinguir otro punto minúsculo, pero supuse que habría por lo menos dos más protegiendo el perímetro. No tenía forma de acercarme a examinar el sospechoso cilindro adherido a La Solitaria sin que se me echasen encima.

Centré de nuevo la atención en el polvo y pude distinguir un convoy de dos camiones y dos vehículos militares de escolta. Los vehículos no tardaron en pasar pegados a mi posición y se encaminaron sin reducir velocidad hacia otra gran roca que tenía enfrente, como si tuviesen intención de chocar con ella. Ante mi sorpresa se introdujeron en ella por una gran apertura y desaparecieron de mi vista. Uno de los vehículos militares se quedó fuera y a los pocos minutos se marchó. La enorme mole por la que habían entrado, de unos cinco metros de ancho por quince de alto, no tenía salida por ningún sitio y lo que estaba claro es que no habían pasado a otra dimensión.

La formación conocida como *La Solitaria* con la puerta grabada en una de sus caras estaba a unos doscientos metros de aquella en la que habían entrado los camiones. La lógica me dijo que debían estar conectadas por un camino subterráneo. Tenía que seguir la ruta de los camiones. Me aproximé todo lo que pude usando las galerías en las que me encontraba. Pero desde el extremo de mi formación hasta la otra había unos treinta metros y parte de ellos con más restos de animales. ¿Cómo podría alcanzarla? Las rachas de viento eran cada vez más continuas y fuertes. La arena me golpeaba en el rostro, cuello y manos clavándose como diminutos alfileres y reduciendo mi campo de visión. Me fijé en que la cueva original se había ampliado recientemente por métodos más actuales y menos sutiles para permitir el paso de grandes vehículos. Rompía con la forma del resto. Dentro estaba oscuro y me fue imposible distinguir nada, aunque no parecía haber movimiento. Así que salí de mi escondite hasta la línea imaginaria donde los drones controlaban el movimiento. Estaba a tan solo veinte metros de mi objetivo. Esperé hasta que llegaron rachas de viento más fuertes. Aquello se estaba convirtiendo casi en una tormenta de arena que, sin duda, dificultaría el vuelo de los drones y sus sensores. Los vi descender en dos ocasiones para disparar a fantasmas. En una de esas rachas me protegí la cara y salí corriendo. Me lancé de un salto dentro de la gran apertura en la roca. Nunca sabré si me llegaron a detectar o no, pero lo importante es que conseguí entrar ileso. El interior era un hangar. Usé la luz del móvil para inspeccionarlo. Un espacio grande, pero totalmente vacío. En el extremo izquierdo había una rampa de elevada pendiente que bajaba en dirección al otro monumento. Bajé por ella hasta chocarme con un infranqueable portón metálico. Busqué la forma de abrirlo, pero no encontré ningún panel de control o cerradura. Empezaba a desesperar cuando la puerta se empezó a abrir por sí sola.

26

LA CAMPANA

Me escondí hecho un ovillo en un rincón y, desde allí, vi salir el otro vehículo militar y uno de los dos camiones que habían entrado. Esperé hasta que abandonaron el hangar de piedra y me colé casi rodando antes de que la entrada se volviese a cerrar por completo. Al otro lado había un amplio pasadizo que corría por el subsuelo. Lo seguí unos doscientos pasos hasta una gran sala ligeramente iluminada. Me refugié tras unos grandes paneles que sobresalían de la pared. A pocos metros estaba el otro camión del convoy con el portón trasero abierto y, a su lado, un gran camión grúa con brazo articulado. En el centro de la estancia destacaba un gran cilindro formado por altos paneles opacos. El interior estaba iluminado, pero no se podía distinguir lo que ocultaba. La sala tenía forma octogonal y con techo muy elevado. Gruesos conductos subían de cada una de las aristas y confluían en el centro a unos cuatro metros de altura. Me encontraba en una réplica de la sala que había bajo el Atrapamoscas de Polonia, así que, con toda certeza, arriba se encontraba la nueva estructura del Atrapamoscas, también oculta por una malla cilíndrica. En las paredes había enormes bobinas que asocié a grandes acumuladores o generadores de energía. Seguramente se surtirían de la torre Tesla más cercana, que en realidad no estaba muy lejos de allí. No tardaron en aparecer cuatro hombres. Uno llevaba una capa con el emblema del puma y un sombrero puntiagudo. Parecía una especie de monje. Este dirigió a los otros tres mientras descargaban el camión y trasladaban el contenido al recinto central. Permanecí oculto hasta que terminaron y el camión se marchó.

Después me acerqué con cuidado. Solo se habían subido dos hombres al camión, así que dentro debería estar el monje puma y uno de los trabajadores. Apoyé la mano en uno de aquellos paneles que ocultaban la zona central. No eran nada sólidos, poco más que una cortina para aislar un círculo de unos diez metros de diámetro. Pegué la nariz, pero no conseguí ver a través de ellos. Lo bordeé por completo y solo encontré una discreta puerta de entrada. La abrí sigilosamente con un dedo y me asomé. En el centro había una especie de nave de color metálico con una rotunda forma de campana. El diámetro de la parte inferior que apoyaba en el suelo sobre unos soportes tendría unos ocho metros y la cúpula superior unos cuatro. Altura de siete u ocho metros. La forma coincidía con la de los planos de Blake. No parecía haber nadie, así que entré y circundé la campana por un estrecho pasillo que había entre ella y los paneles. ¿Dónde estarían los dos hombres? El recinto no tenía salida y no encontré ningún acceso a la nave. Acaricié el artefacto, al tacto era más parecido a la cerámica que al metal. Completamente uniforme y suave. Algo se me escapaba. De pronto, aquella superficie vibró ligeramente y, como si fuese un gel, plásticamente se hundió un seno frente a mí formando una boca circular. La observé con desconfianza. ¿Me estaban invitando a entrar? No tendría más de un metro de diámetro y había que entrar casi a gatas. Me armé de valor y me introduje por ella un par de metros hasta llegar a una sala ovalada de techo bajo. Solo podía ser el centro del artefacto. Allí había un rostro conocido sentado en la posición de loto. A su lado yacía el monje de la capa con una especie de daga ritual junto a su mano. Estaba muerto. Me incorporé lo que pude y me acerqué. Amur, el falso intérprete, me ignoró por completo y siguió meditando con los ojos cerrados. La sala estaba completamente vacía. El techo y los laterales ganados a la cerámica del objeto eran de idéntico material. Bajo mis pies había un suelo transparente. Se apreciaban dos líquidos, uno de color azul y otro, púrpura, separados en dos tanques. También estaban los cinco discos de vinilo. Cuatro formaban un círculo exterior y el dorado estaba en el centro. Di por hecho que era el que vi grabar en el poblado uro por el violín de Nadia. ¿Sería realmente el disco de los siete rayos del Coricancha? Todo eso debía ser el motor de la máquina.

—Afirmó que volveríamos a encontrarnos, pero admito que no esperaba verle aquí —dije para llamar su atención.

Amaru, sin decir palabra, empezó a pintarse el rostro a franjas rojas con los dedos.

—Es usted un auténtico camaleón, se le da muy bien hacerse pasar por quien no es.

Más silencio. Seguía pintándose con la sangre que manchaba sus manos. Insistí.

—Me dijo que un chamán no podía matar. ¿Por quién ha cambiado esa vida esta vez? —pregunté, señalando al cuerpo inerte del suelo. El intérprete terminó su ritual de pintura y abrió los ojos. Seguía sentado sobre sus talones.

—Por la de toda la humanidad. Y también entrego la mía.

Extendió el brazo y abrió la mano ensangrentada con la que se había pintarrajeado el rostro. Era su propia sangre. En el costado tenía una herida sangrante, seguramente causada por la daga del monje.

—Debemos impedir que este artefacto se ponga en funcionamiento —dijo casi en trance.

—El disco dorado que hay bajo nuestros pies es…

—Es el disco de los siete rayos de Coricancha —confirmó el falso chamán—. Nadia lo encontró y grabaron sobre él los arcanos acordes mágicos.

—¿Por qué lo usan aquí y no en la Puerta de los Dioses?

—Una jugada muy inteligente. Lo usarán de llave en otra puerta estelar conectada a Hayu Marka y sobre un artefacto diferente como cerradura: la Campana nazi. Nos encontramos en un lugar de elevado poder electromagnético, lo que conocemos como un vórtice. El plan de los Pumas es arriesgado, pero podría funcionar. Hay que detenerlo o regresarán…

Se le notaba la voz débil. Estaba perdiendo mucha sangre. Hice amago de acercarme a contener la hemorragia, pero me lo impidió con un gesto autoritario.

—¿Quién vendrá? —pegunté algo molesto—. ¿El rey azteca de Hayu Marka o algún rey nabateo?

—Los 'antiguos' volverán a dominar el planeta. Debe encontrar a Luz e impedirlo.

Al nombrar a Luz me puse en alerta. ¿Se referiría a la Dama de Luz? ¿A quién si no? ¿Se conocían? Pero era imposible dar con ella. Desde hacía dos años, lo único que supe de ella fue esa nota que me entregó James y por la que acepté el caso.

—Así que fue usted mismo el que me contrató y no el esquivo James Fenimore.

—Sam More nos ha traicionado. Nunca debimos confiar en él, pero estábamos desesperados. Luz tenía razón. Debimos confiar solo en usted.

Se escuchó un suave sonido de succión y bajo nuestros pies se abrieron los tanques de los líquidos y empezaron a mezclarse en uno central.

—Ahora salga de aquí y avise a Luz.

—Puedo sacarle.

—Mi vida ya no me pertenece. Olvídese de mí y hable con Luz. Ella sabrá qué hacer.

—Lamento decepcionarle, pero aunque quisiera no podría contactar con ella.

—¿Está seguro?

—Completamente.

Con serenidad me dirigió una mirada desafiante y una sonrisa sardónica.

—Me decepciona, Halcón. Pensaba que era más inteligente. Use su visión para hacerlo. Ahora márchese.

Salí de La Campana y la escotilla de jabón se cerró a mi espalda. No quedó ni una mínima marca de la apertura. Un cierre perfecto. El biombo protector ya no estaba y la sala se encontraba completamente iluminada. Como si el mismo aire emitiese luz. Los generadores producían un zumbido y la energía se podía adivinar corriendo por los conductos transparentes que subían hacia el techo. Líneas irisadas describían en haces el movimiento de los corpúsculos al atravesarlos. No había duda de que estaban poniendo la máquina en marcha. Miré a mi alrededor. Tenía que salir de allí y la única forma era hacerlo con La Campana. Me escondí bajo el gran camión pluma y esperé. Noté cómo crecía el zumbido y las chispas eléctricas a mi alrededor erizándome el vello. Casi podía escuchar el sonido de la energía que corría por los tubos, pero no veía a nadie. Empezaba a desesperarme. Me tranquilicé. Era evidente que el camión estaba allí para transportar La Campana hasta la estructura exterior. Solo era cuestión de tiempo. Traté de permanecer inmóvil, pues sufrí varias descargas al mínimo contacto con partes metálicas de los bajos del camión. Por fortuna, mis botas de cuero tenían suela aislante de goma. Desde que me enfrenté al Rayo de la Muerte seguía el consejo del ingeniero. Comprobé el móvil. Estaba cargando y con máximo de cobertura. El lugar estaba bien acondicionado. Me puse a completar las últimas horas del diario del caso. Algo me decía que era posible que no saliera bien parado de esta, así que a partir de este momento decidí narrarlo en directo por lo que pudiera pasar. Por eso desde aquí escucharán susurros y algo de estática de fondo. Busqué las coordenadas de mi ubicación y las envié por SMS a Marga y, luego, las recité en voz alta.

—Coordenadas del enclave arqueológico de la Solitaria: 26°46'26.7"N 37°57'40.1"E.

«Use su visión», había dicho hace unos minutos el hombre camaleón. ¿Se referiría a mis gafas de visión que graban? Tenía sentido, lo más probable era que Luz estuviese escuchando todo este tiempo el caso en las grabaciones, incluso el intérprete puede que también lo hiciese, pues siempre iban un paso por delante de mí. Marga también lo escucharía tarde o temprano, así que hablé para ella.

—Hola, Marga, has cumplido tu parte y yo cumpliré la mía. Voy a entregarte ya al asesino del señor White porque algo me dice que más tarde me será imposible. Acabo de enviarte las coordenadas del lugar donde me encuentro, no sé si te pueden servir para algo. Ahora saldemos la deuda: tu asesino, como habrás deducido al escuchar hasta este punto del caso, es Sam More. A mí se me presentó como James Fenimore, el hombre del paraguas con empuñadura tallada en forma de Puma que seguiste hasta la biblioteca. Ahora las pruebas: tenemos una grabación de las cámaras de seguridad instaladas por el jardinero que lo sitúa en la mansión del señor White unos días antes del asesinato y también la mañana después, antes de avisar a la policía. Cuando las revises, olvídate del acompañante al que no se le distingue la cara, no es relevante. Te mando al correo la ruta del servidor donde se almacenan las grabaciones y también una copia por si lo han borrado después de liquidar al jardinero Domingo Cruz. Cuando deis con James, os recomiendo analizar los guantes negros que siempre lleva puestos. En el dedo índice encontraréis restos del veneno que usó para asesinarlo, el mismo veneno que impregnaba el disco que el señor White estaba escuchando y que, sin duda, propició su muerte. El mismo veneno que mató al simpático cobaya en la caravana de Perú y que posiblemente también hubiese acabado conmigo de no tomarme de forma fortuita el antídoto del brujo. Comprobaréis que coincide con las trazas de veneno que aparece en el informe de la autopsia del señor White. Un veneno extraído de la temible araña conocida como 'la viuda negra' y fabricado por el brujo amigo de José en Perú y vendido al clan del Puma. Eso es precisamente lo que convierte los discos en letales y no solo la música que contienen. Un veneno que antes de matar excita las endorfinas causantes del placer y luego provoca de súbito la apoplejía letal. Como cuando mueres durante un orgasmo. También encontraréis en el guante restos de saliva y es posible que ADN del difunto señor White. De eso me encargué yo. El homicidio de Tom Herber, el verdadero mayordomo de los White, y de Domingo Cruz, su jardinero, se llevó a cabo con el cordel que hay extrayendo el mango de su bastón. Sam More era un sicario al que solo recurrían en situaciones críticas. Ahí tendréis que ingeniároslas para demostrarlo. Para localizarlo quizá puedan servir las reservas en la biblioteca o la ópera. Ahí tienes a tu asesino, compañera. Espero que sea suficiente para detenerlo y condenarlo.

»Un momento, acabo de escuchar la puerta metálica. Disculpad que mi voz sea apenas un susurro, pero al menos cuatro pares de piernas se dirigen hacia mí. Dos han subido al camión grúa y los otros dos están junto a La Campana. Supongo que podréis escuchar el ruido del motor y de las cuatro patas metálicas que afianzan el camión. La grúa se está moviendo y los otros dos hombres ayudando a sujetar el artefacto. Acaban de fijar los soportes y La Campana empieza a elevarse. Vienen hacia aquí. Voy a tratar de aferrarme entre el depósito y el chasis. Ya está.

»Acabo de notar el impacto de La Campana sobre el camión. Los soportes auxiliares se recogen y empezamos a movernos. No sé si podré aguantar mucho aquí. Es muy incómodo. Acabamos de abandonar el hangar y es un milagro que no haya quedado aplastado en la rampa de salida. Espalda y culo han rozado el suelo en varias ocasiones. Menos mal que el camión se acaba de detener. Los músculos no me responden. Me he dejado caer en la arena.

»Estamos otra vez en el desierto. Es de noche, pero todo está iluminado a nuestro alrededor. Los cuatro soportes vuelven a bajar y afianzan el camión. Puedo asomarme por debajo. Veo la estructura del Atrapamoscas. Está a unos treinta metros de mi posición. Ya está descubierta y distingo con claridad las doce columnas que forman los doce portales y arriba el gran círculo. Es casi el doble de alta que la de Polonia. También veo unos veinte militares armados custodiando el perímetro. Comienzan a descargar La Campana con la pluma. Esta se extiende y eleva el artefacto por los aires a varios metros. El camión se tambalea un poco sobre mí. Siguen alzándola, la van a introducir por el círculo superior del Atrapamoscas. Ya está arriba y la van dejando caer poco a poco. Me llama la atención el hecho de que la apoyan con el hombro y el labio queda arriba. Está invertida.

»Acaban de encajar la cúpula superior en el agujero central donde confluyen los conductos de la sala enterrada, justo por donde salí en Polonia. Están soltando La Campana de la pluma y queda inmóvil en el centro. Como una enorme peonza metálica que se mantiene en vertical sin necesidad de girar. Ahora recogen los soportes y paran los motores del camión grúa. Parece que va a quedarse aquí y puedo seguir oculto. Hay tres cables gruesos enganchados a la parte superior circular del Atrapamoscas, los tres puntos de anclaje forman un triángulo equilátero. Los están fijando a la cúpula de La Campana. Acaban de terminar de engancharlos. No están tensos, tienen una holgura de unos tres metros y el cable pende entre las columnas.

»¡Increíble! La Campana acaba de elevarse en el aire volteándose sobre sí misma, como si la hubiesen sometido a las fuerzas del polo opuesto de un imán y ha frenado en seco con un tirón de los cables de acero. Ahora está flotando dos o tres metros sobre el círculo superior del Atrapamoscas. Los cables están tensos, parecen retenerla para que no salga disparada. Los cables están fijos sobre una capucha metálica adherida a la parte superior de La Campana. El artefacto empieza a temblar ligeramente y lo envuelve un halo azulado. Varios acólitos de la orden del Puma, mujeres y hombres, con capa y capucha se acercan a la estructura. Se colocan uno a uno bajo los arcos que forman las columnas. ¿Qué habrá pasado con el cadáver que está dentro de La Campana? ¿No lo echan de menos? Seguramente no quieran parar el experimento. Se escucha música, supongo que la podéis oír. Una mezcla de cuerda, percusión, una melodía recursiva como un canto gregoriano. Me acabo de poner los tapones en los oídos, no quisiera quedar otra vez fuera de combate. La música se intensifica y entra la voz. Aquel cloqueo gutural y monódico. Los monjes danzan al compás con ritmos acompasados. La Campana empieza a vibrar intensamente. Su vibración penetra en mi mente. El mismo suelo diría que está vibrando. Los tapones no sirven de mucho. Algunos de los monjes caen al suelo y otros hincan sus rodillas. ¡Las cadenas que unen La Campana al Atrapamoscas ya no están tensas! La capucha superior se desprende y cae al suelo con las cadenas. La nave está flotando en el centro. La base inferior está a pocos metros del círculo superior de la estructura. El halo azulado es más intenso y la extrema vibración hace que parezcan infinitas campanas superpuestas. No sé si podréis escucharme, la música se ha vuelto ensordecedora y la vibración me hace llevarme las manos a los oídos. Un momento, alguien me está llamando. Lo he notado por la pantalla de mi móvil, que acaba de encenderse.

27

LUZ

»Está llamando Marga. Voy a cambiarme los tapones por los auriculares y sincronizarlos a las gafas. Este sencillo acto me cuesta un horror. Acepto la llamada y me pongo las manos encima de los oídos apretando con fuerza.

—Philippe.

—Tú no eres Marga. ¿Quién eres y por qué tienes su móvil? Un momento… ¡Eres Luz!

—Disculpa, Halcón. Esa mujer amiga tuya estaba esperándome en mi casa y no he podido hacer nada.

—No te preocupes, Marga. Luz suele colarse en casas ajenas. Pásamela otra vez.

—¿Cómo te encuentras, Philippe?

—Estoy decepcionado, Dama de Luz. El artefacto que flota ante mí no es más que un arma, ¿verdad? Nada de magia ni de profecías ancestrales.

—Te dije una vez que la magia deja de ser magia cuando la ciencia la explica. Lo que tienes frente a ti es un portal que puede enlazar realidades que no deben coexistir en el mismo plano. Para mí es auténtica magia.

—Para mí es solo un arma nazi mejorada. ¿Otra bomba atómica?

—La Campana no fue diseñada como un arma convencional. Es un instrumento capaz de conectar diferentes realidades. Diferentes lugares. Diferentes tiempos. ¿Te lo imaginas, Philippe?

—Luz, no me digas que también crees en los portales estelares…

—La tecnología que contemplas no es nuestra y debemos impedir que sea usada.

—Veo que en esta ocasión te encuentras al otro lado. Ahora eres tú la que quieres interrumpir el progreso. Lo que otros intentaron hacer con las Torres Tesla.

—Este proyecto solo beneficiará al que lo posea, en nada es comparable a las Torres Tesla. Hay puertas que no deben ser abiertas. Hay un mundo antiguo. Mágico. Y tremendamente peligroso ansiando apoderarse de lo que cree suyo.

—La magia no existe, Luz. Dejémonos de juegos.

—Se estima que el planeta Tierra tiene unos cinco mil millones de años de antigüedad. Cinco mil millones. En ese tiempo han florecido y desaparecido muchas otras civilizaciones antes que la nuestra. Se han encontrado infinidad de evidencias por todo el planeta que así lo demuestran, pero no queremos verlo. Negarlo es cerrar los ojos. Algunas evidencias eran de artefactos muy avanzados tecnológicamente. Incluso objetos psíquicos. Tecnología diferente a la nuestra y que no comprendemos, pero muy avanzada. Hay partes de un 'mundo antiguo' que nunca ha terminado de marcharse. Desaparecieron ante una catástrofe o por su misma evolución, pero no murieron. Y están desde entonces intentado regresar. Los 'antiguos', a través de filtraciones, son los responsables de las construcciones megalíticas y de los muchos lugares de poder que hay a lo largo y ancho del planeta: La Puerta de los Dioses, las Pirámides, Machu Picchu, Tíbet, La Campana... En su último intento de regresar usaron a los nazis durante la Segunda Guerra Mundial. ¿De dónde crees que el

Tercer Reich consiguió una tecnología tan avanzada, diferente y superior? Los 'antiguos' controlaron a los nazis. Les facilitaron la tecnología y los utilizaron para tratar de regresar. Los nazis con su obsesión inducida de dominar el mundo, sin saberlo, trabajaban para ellos. Fueron sus marionetas. Nada peligrosos comparados con sus titiriteros. Los nazis creyeron que La Campana era una misteriosa arma capaz de cambiar el curso de la guerra en el último minuto y abandonaron la bomba atómica en pos de este proyecto. Pero la verdad es muy distinta. La guerra les traía sin cuidado a los 'antiguos'. Se aprovecharon de los nazis y los engañaron. Por fortuna fracasaron. Y ahora lo están intentando de nuevo.

—¿Realmente crees eso, Luz?

—Que hubo otras civilizaciones avanzadas antes de la nuestra es un hecho. Imagina que, en el periodo actual, una catástrofe asola la tierra y fulmina a todos los humanos que moran en ella, pero que, por ejemplo, no afecta a los que están en la Estación Espacial. Estos sobreviven y luego pretenden volver cientos, miles de años después. Su vuelta lo cambiaría todo. Su forma de vida no sería compatible con los que viven en ese momento. Estos humanos primitivos pasarían a ser sus esclavos. Como ocurrió con la gente de color, los indios, los mayas…

—¿Me cuentas a mí todo esto o solo quieres dejar constancia en la grabación y que sirva de expiación a todos vuestros actos en el intento de destruir lo que sea que aquí esté sucediendo?

—Ambas cosas, Philippe.

—En resumen. Lo que tengo ante mí es un portal o un arma que hay que destruir, ¿cierto?

—Eso es. Creo que podría ser una versión mejorada de los actuales aceleradores de partículas.

—¿Y cómo piensas que lo detenga? Si te soy sincero, no creo que pueda hacer nada.

—No te estoy pidiendo que lo detengas. Tu parte era localizarlo y lo has conseguido. La mía es acabar con él.

—Así que, como los 'antiguos' a los nazis, me habéis utilizado desde el principio para poder encontrar La Campana y destruirla. Seré el último peón del tablero por sacrificar. Al emisario de la muerte le ha llegado su turno, ¿verdad? Esta llamada, en realidad, no es más una despedida.

—Haz exactamente lo que te digo, Philippe. Abandona tu escondite y camina hasta La Campana.

—¿Por qué iba a hacerlo?

—Porque no tienes otra opción.

—¿Puedes pasarme con Marga para despedirme?

—Soy yo, Halcón. Estoy aquí. Estoy contigo —sollozos—. Hazle caso a esta mujer, compañero. Asegura que tienes una oportunidad. Hazlo por mí. Y por ti. Sabes quién soy y sé quién eres.

—Ya has oído a tu novia, Philippe. Tú decides.

—Lo haré. No tengo otra opción. Pero hay un grupo de prosélitos bajo los arcos y una veintena de guardias armados custodiando el perímetro.

—Nadie te hará absolutamente nada. No creo que estén en condiciones de disparar y, si pudieran, no se atreverán. Philippe, entra en la estructura y colócate justo debajo de la campana. Avísame cuando estés listo.

—Voy a ello, aunque no creo que tenga muchas opciones. Estoy saliendo. La cabeza me va a estallar. Noto todos los pelos erizados y un cosquilleo antinatural por todo el cuerpo. Me aprieto las orejas como hacen los pocos guardias que quedan en pie. Dos han levantado sus armas hacia mí. Los otros están fuera de combate, algunos en el suelo.

—No te preocupes por ellos y continúa.

—Estoy a menos de diez metros y sigo en pie. Los monjes danzan con espasmos. Atravesaré por un arco en el que el monje yace inerte en el suelo. Creo que está muerto. ¡Un momento! ¡Ha desaparecido todo! No hay monje, ni atrapamoscas ni campana. Veo una inmensa pradera verde con animales pastando.

—Sigue andando, Philippe. Solo diez pasos más. Cierra los ojos y olvídate de lo demás. Céntrate en los diez pasos.

—Ahora vuelve el desierto, pero no están las enormes piedras. Solo arena y obeliscos negros y pulidos como la obsidiana. Un momento, vuelve a cambiar…

—Sigue, por favor. No queda tiempo.

—Acabo de dar el paso número diez. Pero no tengo claro dónde estoy. La vibración y la música están dentro de mí, pero no hay ni rastro de La Campana ni del Atrapamoscas.

—Quítate uno de los auriculares. Déjalos entrar y escucha mi voz.

—*Achala chitta achara achalaha…*

—¿También conoces la lengua de los chamanes?

—Es sánscrito, ¿recuerdas? La lengua más antigua conocida. Todas derivan de ella. Es muy poderosa. Mi bisabuelo lo supo y los chamanes de Perú también. Ahora cierra los ojos y escucha mi canto. Tienes que creer. Es un conjuro para saltar. Repítelas con un murmullo. También trata de repetirlas en tu interior.

«Se escuchan murmullos de Halcón acompañando el cántico de Luz».

—Ya no oigo ni siento nada. ¡Un momento! Creo que no está funcionando porque puedo escuchar el estruendo de unos cazas. Los veo. Ahora lo comprendo, vais a bombardearlo todo. Esta vez los drones poco podrán hacer contra los cazas. Habéis vuelto a ganar. No os culpo por haberme utilizado.

«Se escucha el silbido de las bombas al caer y el estruendo al impactar. Luego, silencio».

28

MARGA

Marga pausa la grabación.

—Ahí tiene a mi confidente, jefe Randle.

La cara de asombro de Marvin Randle es digna de enmarcar. Los hermanos McCaw, que están en la sala también, muestran un semblante a caballo entre el asombro y la rabia. El jefe pasea por la estancia en silencio estirándose del labio inferior en actitud pensativa. Finalmente se detiene y da un fuerte golpe en la mesa.

—Halcón, ese maldito cabronazo otra vez. A ver si aprendéis algo de él. ¡Maldita sea! —grita Randle, dirigiéndose a los hermanos McCaw.

—Jefe —dice Kevin McCaw—, ¿esos sonidos finales eran la explosión de las bombas?

—No, eran los fuegos artificiales de las fiestas del 4 de julio. Malditos ineptos. Espero que aprendáis algo.

Marga se gira para ocultar sus lágrimas. El jefe se acerca a ella y le apoya la mano en el hombro.

—Disculpe mi brusquedad, inspectora Brenes. Pero recuerde que, en el anterior caso, Halcón murió de forma similar en una grabación. Ese tipo tiene más vidas que un gato, ya lo has escuchado. Todavía le quedan cinco, si he contado bien. Hasta me estoy planteando en readmitirlo en el cuerpo. Ustedes dos harían una buena pareja de inspectores.

—Gracias, jefe.

—Eso que ha dicho sobre Sam More, el supuesto asesino que buscamos, ¿lo cree usted, Marga?

Marga toma la palabra.

—¿Adivine quién ha ocupado el puesto de Terry Blake en la comisión? Un tal Sam More.

—¿Tenemos su dirección?

Marga asiente.

—A qué esperáis, gandules. Levantad vuestros inútiles culos y a por el tal Sam More.

Los hermanos salieron disparados sin saber muy bien dónde ir. Marga se encerró en su despacho. Necesitaba un minuto para reorganizar su mundo y poder continuar, sabiendo que Halcón ya no estaría. Se lo había advertido, no siempre se podía caer de pie. Aquel engreído no se merecía las lágrimas que resbalaban por sus mejillas. ¿De verdad se había ido para siempre? Marga dio un puñetazo de rabia contra su mesa y descubrió el vuelco de un pequeño estuche de joyería que antes ahí no estaba. Lo hizo girar entre sus dedos intentando que no temblasen. Abrió la caja y su rostro se iluminó como si recibiese una potente luz e instintivamente miró a su alrededor buscando un fantasma. Dentro estaban los pendientes que tuvo que entregar como pago al sinvergüenza del hotelucho de mala muerte de Providence para que le dejara subir a reunirse con Halcón. ¿Cómo era posible que estuviesen ahora allí? Sin poder contener un esbozo de sonrisa, puso el teléfono móvil en modo espejo para, sin prisa, secarse los ojos y jugar a ponérselos, dilatando el tiempo y la esperanza hasta que sonó un tono de *whatsapp*:

«*Ni mitz yolmajtok*. Mi corazón te siente»

FIN